文学百花园

（第二卷）

张荣初 ◎ 著

暨南大学出版社
JINAN UNIVERSITY PRESS

中国·广州

图书在版编目（CIP）数据

文学百花园. 第二卷/张荣初著. —广州：暨南大学出版社，2018.4
ISBN 978 - 7 - 5668 - 2332 - 8

Ⅰ.①文…　Ⅱ.①张…　Ⅲ.①中国文学—当代文学—作品综合集
Ⅳ.①I217.2

中国版本图书馆 CIP 数据核字（2018）第 043408 号

文学百花园（第二卷）
WENXUE BAIHUAYUAN（DIERJUAN）
著　者：张荣初
···

出 版 人：徐义雄
策划编辑：苏彩桃
责任编辑：苏彩桃　彭　睿
责任校对：叶佩欣
责任印制：汤慧君　周一丹

出版发行：暨南大学出版社（510630）
电　　话：总编室（8620）85221601
　　　　　营销部（8620）85225284　85228291　85228292（邮购）
传　　真：（8620）85221583（办公室）　85223774（营销部）
网　　址：http://www.jnupress.com
排　　版：广州良弓广告有限公司
印　　刷：佛山市浩文彩色印刷有限公司
开　　本：890mm×1240mm　1/32
印　　张：8.125
字　　数：238 千
版　　次：2018 年 4 月第 1 版
印　　次：2018 年 4 月第 1 次
定　　价：35.00 元

（暨大版图书如有印装质量问题，请与出版社总编室联系调换）

内容提要

　　本书叙写禅宗创始人、起义有功而被误为反革命者、客家精英、丑小鸭变白天鹅者、连遭"七舛"的命运多舛人等人物；记叙抗战时营救在港文化精英、听欧阳山讲文学创作、山鸡窝里飞出无数金凤凰、撞飞母亲扬长而去、写错一个字死了千万人等事情；谈论评介古今令人拍案叫绝的特异诗、同音文、趣联、超短诗文；介绍南越王赵佗佗城遗迹；描述霍山、小鸟天堂如诗如画风景；阐述为人、处世、处事之道理及如何成为有创新思维的人；解说"十用九错"的词语，阐析养生长寿之道；抒发对坏人、坏事、黑暗社会的无比愤慨之情，对好人、好事、新社会的无限热爱之情。人物、事情、事物、景物、哲理、知识、情感和感悟无所不有。共有 23 种体裁的作品。具有题材广泛、内容丰富、奇特有趣、思想性强、体裁多样、可读性强等特点。

自　序

习近平总书记在中国文联第十次全国代表大会、作协第九次全国代表大会上强调，文艺事业是党和人民的重要事业，文艺是铸造灵魂的工程。

文艺是时代前进的号角，时代风貌的反映，文化自信的展现，最能引领时代的风气。

举精神之旗，立精神支柱，建精神家园，离不开文学艺术。

彰显信仰之美，弘扬崇高精神，凝聚一切力量，离不开文学艺术。

要提高、升华人民大众的精神世界，首推文学艺术。揭露黑暗，鞭挞丑恶，控诉罪行，歌颂崇高，描绘光明，赞扬正义，讴歌奋斗，振奋精神，激励奋进，离不开文学艺术。

刻画形形色色的人物，倾诉百姓喜怒哀乐爱恶欲，传播正能量，引领人民大众树立良好道德品质，克服种种艰难险阻，沿着康庄大道阔步前进，离不开文学艺术。

教育人民，团结人民，打击敌人，战胜敌人，离不开文学艺术。

总之，文学艺术可以鞭挞一切假恶丑，颂扬各种真善美。因此，文学艺术无比重要。

为此，数十年来，我创作了百余篇文学作品。

我从这些作品中选出 80 篇编成《文学百花园》一书，交出版社出版发行。此书深受读者欢迎。这使我得到鼓舞，于是继续创作，又创作了数十篇。今将这些文章和一些旧作结集成此书。

本书与《文学百花园》一样题材广泛、内容丰富。歌颂先进人物之丰功伟业，描写草根人物创业之艰辛，记叙发人深省事情，阐析人生感悟，咏叹热土、美景、友谊、亲情，弘扬正义、高尚品德。讴歌共产党、改革开放，痛斥贪腐者、贪婪者、狂妄者、弄虚作假者，揭露坏事、丑事、可笑事，鞭挞假恶丑，赞颂真善美。还有对古今令人拍案叫绝的诗文、对联、同音文的谈论、评介，以展现文学的神奇。对一些"十用九错"的词语、标点作分析，以提高读者的语文水平等。因此，阅读本书会增加多方面正能量。

本书体裁多式多样。有戏剧、诗歌、散文和随笔。戏剧中有戏剧小品、课本剧。诗歌中有赋、散文诗、抒情诗、讽刺诗、快板、儿歌。散文中有写人散文、叙事散文和议论散文。随笔中有记叙性随笔、说明性随笔和议论性随笔。此外还有故事、传说、寓言、相声、人物传记、文学评论。故事中有真实故事、虚构故事、民间故事。除了文学作品，还有文学杂谈。文学杂谈中有超短诗文、趣联、同音文、特异诗赏析、评介。

本书内容多种多样，体裁形形色色，是《文学百花园》的姐妹篇。

爱生孔祥梦、温天蔚、陈春培、黎明，同事盘海鹏，宗亲张元凯大力支持本书出版。中国书画研究院研究员、中国书法美术家协会名誉主席林云庆为本书题写书名，并赠予封底国画。对他们的鼎力支持，特表示衷心感谢！

2018 年 1 月

目 录

C O N T E N T S

✵ 散 文 ✵

⊶❀ 随　笔 ❀⊷

记叙性随笔

议论性随笔

说明性随笔

故事·传说·寓言·相声

文学杂谈

　　朋友，您见过一字社论、两字对联、三字小说、四字演讲吗？您见过各种各样的趣联吗？您见过全篇都是同音字的文章吗？您见过方形、十字形、十字加圆形、宝塔形、楼梯形排列的诗吗？您见过独句诗、变体诗、剥皮诗、十七字诗、神智诗吗？相信多数朋友都会感到陌生。阅读此书"文学杂谈"部分，您或许可以一窥究竟。

匪夷所思的超短诗文赏析

数十年来，笔者收集了百余则令人拍案叫绝的特短诗文，在《文学百花园》一书中介绍了数十则，有些读者反馈"非常有趣"，现在在本书再介绍数十则。

莎士比亚说："简洁是智慧的灵魂，冗长是肤浅的藻饰。"刘勰说："句有可削，足见其疏；字不得减，乃知其密。"古今中外都有不少精妙短章，言简意赅、辞约意丰、脍炙人口，令人百谈不厌，为之拍案叫绝。

一字信

清朝湘军将领鲍超，在被太平军团团包围，情势十分危急的时候，命幕僚速拟信求援。幕僚们斟酌措辞，迟迟未能把信写好。鲍超急了，抢过笔来在信笺上写了一个大大的"鲍"字，在其四周密密麻麻地画上许多圈圈，意思是：我鲍超被敌军团团包围了，赶快派兵来救我。信使立即突围将信送出，赢得了时间，援兵及时赶来，鲍超得以顺利逃脱。

在我国著名戏曲史专家赵景深教授于 1932 年写给老舍的信上，也只有一个被圆圈圈着的"赵"字。老舍阅信后，立即寄去了自己最新创作的短篇小说《马裤先生》的稿件。原来，当时正在北新书局编辑《青年界》杂志的赵景深一时稿荒，于是给老舍寄去此信，意即：老赵被围，请速救急。老舍先生心领神会，便为赵景深解了燃眉之急。

一字回信

相传乾隆十九年朝廷开科大考，纪晓岚赴试前，给同县才子张珪写了一封信，全文如下："纪五问张五（纪晓岚和张珪在兄弟中都排行第五），进京会试不？"书童送信归来，呈上张珪复信，纪晓岚打开一看，只有一个"不"字。书童在一旁笑开了，说："有才气的人，下笔千言，你们两位才子，为何写信如此简单？"纪晓岚严肃地答道："古来为文之道，'达而已矣'！"既然用一个"不"字可以

达意，就不必画蛇添足了。可谓惜墨如金。

一个爱嫉妒的人写了一封讽刺信给美国著名作家海明威："我知道你现在的身价是一字一金，现在附上一美金，请你寄个样品来看看。"海明威收下美金后回信说："谢!"

一字社论

1986年4月，美国《明星晚报》发表了一篇评论约翰逊竞选总统失败的社论，标题是《约翰逊认输》，正文只有一个"妙"字。这一个字把该报和其所代表的阶层的态度鲜明地表达了出来，言简意赅，有趣而耐人寻味。

一字电报

著名作家沈从文在中国公学教书时深深地爱上了自己的学生张兆和，张兆和与他的父亲接受了沈从文这个"乡下人"。张兆和的二姊张允和出面打了一份电报给沈从文，这封电报连正文带落款只有一个字——允。这个"允"字内涵丰富，既表示允许沈从文与张兆和的婚事，又表示打电报者是张允和。这封世界上最短的电报，终于"允"成了一对佳侣，让人津津乐道。

一字赠言

清代著名诗人、书法家何绍基接到夫人的信，让他给将要出嫁的女儿办点嫁妆。不久，何绍基寄回一个小箱子，箱子里空空如也，只有一张纸，上面写着一个大字：勤。这就是他给女儿的嫁妆——一字赠言。原来，诗人的良苦用心是要女儿、女婿将勤劳铭刻于心，靠自己的双手去创造幸福美满的生活。女儿、女婿明白了他的意思，把"勤"字贴在屋中，作为座右铭。

一字批复

电视连续剧《末代皇帝》中有个镜头：伪满皇帝坐在抽水马桶上批阅"公文"，有的溜一眼，有的连看也不看，一律批个"可"字。他不敢不批，更不敢批"不可"，这个"可"字，活生生地勾画出了傀儡皇帝的狼狈相。

一字座右铭

鲁迅12岁时，就读于故乡绍兴的"三味书屋"。一次因帮母亲做事，上学迟到了，严厉的寿镜吾老师狠狠地责备了他。为了牢记教训，从严律己，他用小刀在书桌的右下角刻了一个方方正正的"早"字。

一字对联

清咸丰年间，有人举"墨"字求对。不少人以"书""笔"等字对之，但均不甚巧妙。独有一人以"泉"对之，十分工巧，一时传为美谈。

因为"墨"字上半部为"黑"，"泉"字上半部为"白"，各属颜色中的一种，且黑白相对；两字的下半部分别为"土"和"水"，互相对应又同属于五行。细加品味，真是妙不可言。

只有名字的信

法国著名作家雨果将《悲惨世界》手稿寄出后，许久未见其书出版，便给出版社写了一封信，信上写的是："？——雨果。"很快，他就收到一封回信，信上写的是："！——编辑室。"雨果信中的问号表示：我的书稿怎么样？编辑室回信中的感叹号表示：非常好！不久，轰动文坛的《悲惨世界》便与读者见面了。

两字对联

阮元是清代中叶的大学者，江苏仪征人，道光六年（1826）曾任云贵总督。传说，有一年他进京赶考，到了京城考期已过。考官问他叫什么名字，他答叫阮元。考官有心试他一试，叫他用"阮元"二字作上联对成一联，他当即对出"伊尹"二字。伊尹是商代的贤宰相。他不但对得工整，还把自己和古代名人并举，显得豪气十足。考官认为他才智过人、胸有大志，对他大为赏识。

三字报道

1986 年，国外某报为一次足球大赛组织了"最简短的报道比赛"，获奖的一篇报道只有三个字："哟——0：0。"

三字小说

《解放日报》曾刊登过一篇超级微型小说，题目叫《第一篇稿件寄出之后》，全文只有三个字："等待着……"余味无穷，给人留下深刻的印象。

三字捷报

古罗马凯撒大帝，在一次出征中大获全胜。他的战斗捷报只用

了三个字："Vehi！Vidi！Vici！"意思是："来！观！战！"因为三个字的开头字母都是"V"，所以历史学家称之为"三 V 文书"。

四字演讲

新中国成立初期，罗荣桓元帅参加华东野战军的一个大会，会上大家热烈鼓掌欢迎他讲话，盛情难却，他只好登台，说完"同志们好"后即下台。全场欢声雷动，人们盛赞这是有话则说、无话则免的典范。

四字广告

新中国成立前，上海梁新记牙刷的广告牌上只写了"一毛不拔"四个字，配上一幅绘画手法夸张的宣传画：一个人拿着钳子用九牛二虎之力拼命拔着牙刷上的毛。画面妙趣横生，引人注目，过往行人无不驻足顾盼。从此，"梁新记牙刷一毛不拔"的盛名不胫而走，越传越广，打开了市场销路。

五字广告

《水浒传》里景阳冈下那个小酒铺，门前竖着一杆旗子，上书"三碗不过冈"。这简单五个字的"广告"，可说是颇具诱惑力。

某国一家打字机公司的广告，只有五个字："不打不相识。"它巧妙地套用了民间俗语，胜过"首创""优良"之类的套话，既风趣又恰切，增强了对顾客的吸引力。

五字记录

《春秋》对僖公十六年陨石坠地一事的记录，只用了五个字："陨石于宋五。"记录了事件是陨石坠落，地点在宋国，数目是五颗。添一字则繁，减一字则损，充分体现了简洁美。

六字墓志铭

美国著名作家海明威为自己写的墓志铭只有六个词"Pardon me for not getting up"（恕我不起来了）。非常幽默风趣。

七字广告

1989 年，电影《寡妇村》上映，其"第一部儿童不宜"的七字广告在国内引起轰动。最终该电影发行拷贝 180 份，收入 4 000 万元，此收入在当时绝对是不小的数目。

一句话奏章

唐代著名宰相裴度临终前决定把唐宪宗赠给他的玉带上缴朝廷，需要表明皇上。门人的代拟稿都不精练，裴度只好亲自口授："内府之珍，先朝所赐，既不敢将归地下，又不合留在人间。"堪称清廉榜样。

一句话歌诀

古时候曾经流传一首制鼓歌诀，只有一句话："紧蒙密钉，晴雨同音。"意思是：制鼓时牛皮要蒙得紧，钉子要钉得密，这样制作出来的鼓，晴天雨天敲起来都一样响亮。八个字把制鼓技术要求、工艺技巧、目标效果都写出来了。

一句话序文

欧阳修的诗话集《六一诗话》的序文只有一句话："居士退居汝阴而集，以资闲谈也。"无一废字。

一句话提案

著名华侨领袖陈嘉庚早年和汪精卫私交不错。抗日期间，陈嘉庚听到汪精卫密谋与敌媾和，便把多年交情放在一边，不畏权势，拍电报到重庆责问这个"国民党第二号人物"，并在报纸上公开发表。后来，重庆召开国民参政会议时，他又从新加坡发来一条仅有11个字的电报提案："敌未出国土前言和即汉奸。"这提案在共产党员参议员的支持下终于通过了。邹韬奋在《抗战以来》一书中评价这条提案说："这寥寥十一个字，却是几万字的提案所不及其分毫，是古今中外最伟大的一个提案。"

一句话遗言

被失聪折磨了整整20年的音乐家贝多芬生前给人类创作了许多不朽的乐章，临终前他留下这样一句令人伤感的话："我将在天堂里听到一切。"

两句话祭文

宋人曲端任泾原都统时，他的叔叔任偏将，因作战不力，被曲端按军法处死。为此，曲端写了篇祭文："呜呼！斩副将者，泾原统制也；祭叔者，侄曲端也。"这种公私分明、大义灭亲之举使全军畏服。

清代《宋稗类钞》载，北宋仁宗时皇后去世，辽主派人来致哀，而祭文竟不写一字，意欲侮辱大宋王朝。当时任主祭的杨亿打开一看，暗暗吃惊。他灵机一动，心撰口诵道："惟灵巫山一朵云，阆苑一团雪，桃源一枝花，秋空一轮月，岂期云散雪消，花残月缺。伏惟尚飨！"这篇"急就"祭文用比喻手法随物赋形，痛悼皇后，十分得体，有力地维护了宋王朝的尊严。

两句话报告

1926年，北伐战争开始，国民革命军总司令在广州邀请瞿秋白向全军政工人员做报告，瞿秋白登上讲坛说："宣传关键是一个'要'字。鲁智深三拳打死镇关西，拳拳打在要害上。"讲毕走下讲坛，全场愕然。寂静几秒钟后，突然爆发了雷鸣般的掌声。

两句诗游记

刘半农先生1923年写过一首题为《柏林》的诗："大战过去了，我看见的是不出烟的烟囱，我看见的是赤脚的孩子满街走！"他在《后记》中这么说："虽只29字，我却以为抵得一篇游记了。"

三句话祭文

宋代清江知县李观写给欧阳修母的祭文，只有三句话："昔孟轲亚母，母之教也。今子有如轲，虽死何憾。尚飨！"此祭文类比确切，颂扬得体，胜过千言万语。

三句话恋爱经过

某杂志社征文：请以最短的篇幅叙述你的恋爱经过。某人的文章如下：

初恋：心里眼里只有她；

热恋：妈妈叫我向东，情人叫我向西——向西；

失恋：情人结婚，新郎不是我。

三句话小说

2005年出版的《冯骥才自选集》收录了一篇名为《哈哈镜》的微型小说："站在哈哈镜前，各人反应不同。有的一笑了之。有的恼火：'难道我这样丑吗?'"入木三分地讽刺了那些"假亦当真"的人。

五句话小说

《聊斋志异》中的《秦桧》，全文五句话："青州冯堂家，杀一豕。燖去毛鬣，肉内有字云：'秦桧七世身。'烹而啖之，其肉臭恶，因投诸犬。呜呼！桧之肉，恐犬亦当不食之矣！"

大奸臣秦桧"转世"七次变成了猪，其肉仍有恶臭，恐怕狗也不会吃。短短的五句话把人们对奸邪的愤慨之情表现得生动传神。

六句话记叙文

唐代李肇所撰《唐国史补》中有《李廙有清德》一文，共六句话：

李廙为尚书左丞，有清德。其妹，刘晏妻也。晏方秉权，尝造廙宅。延晏至室。见其门帘甚弊，乃令潜度广狭，以粗竹织成，不加缘饰，将以赠廙。三携至门，不敢发言而去。

全文的大意是：李廙担任尚书左丞，有清廉正直的品德。他的妹妹是刘晏的妻子。刘晏当时正掌握财政大权，他曾去过李的住所。被请到宴室时，见到李家的门帘很破，于是派人偷偷地量了门帘的宽窄，用粗竹编织成了一挂不用布绳边的门帘，准备把它送给李廙。刘晏多次把门帘带到李家的门口，都不敢开口而离去。

李尚书勤俭节约、为官廉洁的美德跃然纸上。几句话，几十个字，表达内容如此丰富，可谓以少胜多。

六句话自传

世界科学最高奖的创立者、瑞典著名化学家和发明家诺贝尔，写过这样一篇别具一格的自传：

阿·诺贝尔呱呱坠地之时，小生命差点断送在仁慈的医生手中。

主要美德：保持指甲干净，从不累及他人。

主要过失：终身不娶，脾气不佳，消化力差。

唯一愿望：不要被人活埋。

最大罪恶：不敬鬼神。

重要事迹：无。

这篇与众不同、饶有趣味的自传不足百字，可说是世界上最短的自传，很难概括诺贝尔的一生。但从中我们可以看出这位杰出的科学家谦虚谨慎、严于律己，对生活享受和名利地位从不讲究，对事业追求永无止境的高尚品德和宝贵精神。

七句话小说

某报社向马克·吐温约稿，请他写一篇短篇小说。他提出了一个条件：他写一篇很短的小说，但报社付给他长篇小说的稿酬，因为这篇短文浓缩了一部长篇小说的内容。

报社答应了这个条件。马克·吐温很快就把文章送到了报社编辑部。文章如下：

丈夫支出账本中的一页　　　　马克·吐温

招聘女打字员的广告费……（支出金额）

提前一星期预付给女打字员的薪水……（支出金额）

购买送给女打字员的花束……（支出金额）

同她共进的一顿晚餐……（支出金额）

给夫人买衣服……（一大笔开支）

给岳母买大衣……（一大笔开支）

招聘中年女打字员的广告费……（支出金额）

全文虽然只有七句，一部长篇小说的主要情节却鲜活地呈现在读者面前：一位已有了妻室的男人，倾心于一个女打字员，给她送了花束，和她共进晚餐。此事使他的妻子和岳母极为恼怒。为了平息这场风波，丈夫又破费给妻子和岳母买了贵重的礼物。最后，这位先生不得不再次刊登广告，重新招聘打字员。这次的广告上清楚地写着年龄要求——中年。

百余字小说

美国某杂志社以征文形式，征求最简短、情节最曲折的小说。结果这篇150字的小说荣登榜首。

巴布猎狮

伊莉薇娜的弟弟佛莱特伴着她的丈夫巴布去非洲打猎。不久，她在家里收到弟弟的电报："巴布猎狮身死。——佛莱特"

伊莉薇娜悲不自胜，回电给弟弟："运其尸回家。"半个月后，从非洲寄来一个大包裹，里面是一具狮尸。她又赶发一份电报："狮收到，弟误，请寄回巴布尸。"

她很快得到了非洲的回电："无误，巴布在狮腹内。——佛莱特"

这篇小说故事情节跌宕起伏，扣人心弦。佛莱特与巴布到非洲打猎，这是一桩消遣的乐事，谁知祸从天降，巴布猎狮身亡。伊莉薇娜接到电报，如晴天霹雳，使故事情节突变。伊莉薇娜悲痛之余，回电要弟弟寄丈夫尸体回来。谁料大包裹里面竟是狮子，不见丈夫尸体。伊莉薇娜以为弟弟误会了，再次发出电报，让弟弟寄巴布尸体回来。到结尾才真相大白。

德军剩下来的东西　　　　　　哈巴特·霍利

战争停止了，他回到了从德军手里抢回来的故乡。他匆匆忙忙地在路灯暗淡的街上走着。有一个女人捉住了他的手，用喝醉了酒似的口气和他讲："你到什么地方去？是不是到我那里？"

他笑了一笑，说："不是。不是到你那里——我在找我的情人。"他回看了女人一下。他们两个人走到路灯旁边。女人突然叫了起来："啊！"

他也不自觉地抓住了女人的肩头，把她拉到路灯下。他的指头嵌进了女人的肉里。他们的眼睛闪着光。他喊道："约安！"把女人抱了起来。

战后，一对久别的情人重逢了，却是如此的戏剧性：他寻找她，殊不知眼前这个把自己当嫖客的妓女就是她。短短一百多字的篇幅，就把战争给人民留下的巨大创伤活脱脱地表现了出来。它构思上的成功之处，正是抓住了情节的戏剧性。战争使人们离乡别井、沦为

娼妓是屡见不鲜的，久别重逢时惊叹对方的变化也是普遍的，但是你能想到这种如此偶然却又是必然、使人高兴却又悲伤的重逢吗？

随着找到情人的"他"最后的惊呼，读者也会为这个精彩结局的戏剧性惊呼起来。把生活中的矛盾冲突如此高度凝聚、集中，以如此典型的场面爆发，用极为吸引读者的戏剧性完成，是微型小说的艺术魅力所在。

"文学皇冠上的明珠"对联说趣

对联，又称楹联、对子、联语、楹帖，是中国文学皇冠上的一颗明珠，是汉字艺术中的一道亮丽风景。它最初被题写在桃符板上。王安石的《元日》诗写道："千门万户瞳瞳日，总把新桃换旧符。"桃符板上刻的是两尊门神像，两门神名叫神荼、郁垒，是神话传说中能够驱妖辟邪的神。据《蜀梼杌》载：有一年的除夕，后蜀主孟昶命学士辛寅逊在桃符板上写上词句挂于寝门，"以其词不工"而自己写了两句："新年纳余庆，嘉节号长春。"清代梁章钜的《楹联丛话》认为这就是"有案可稽"的第一副对联。至于用大红纸书写的春联，那是到明代才出现的。《簪云楼杂说》云："明太祖都金陵，除夕忽传旨，公卿士庶门上，须加春联一副。"此后相沿成习。

对联开初主要用来表示祈祷和祝愿，以后逐渐成为一种装饰，高楼深阁、名园古刹都因配有对联而显得格外风流雅致。后来，交际庆吊等也都用上对联，每当年终岁首及节日喜庆之时，华夏儿女将情怀、哀思和祈盼浓缩在对联中，所以对联可谓中华民族传统文化的一朵奇葩。"吟诗作对"也逐渐成了文人墨客的一种时尚，以至"联海茫茫"。

数十年来，笔者从报刊书籍中收集到数十比趣联。今将其中最有趣又富正能量、能够启迪思维的挑选出来，与读者共同赏析。

乾隆年间，郑板桥中了进士，被派往山东潍县任县令。一个乡下塾师前来告状。说为了生计，到一姓陆的员外家教书，讲好每年酬金八吊钱，谁知到了年底，陆员外竟赖账。郑板桥问塾师："你是不是学问不精，误人子弟，主人才不给钱？"塾师说，自己饱读诗书，如果不信，可以当堂面试。

郑板桥指着县衙大堂上挂的灯笼，出了个上联：

四面灯，单层纸，辉辉煌煌，照遍东南西北；

塾师想到自己的遭遇，愤然对出下联：

一年学，八吊钱，辛辛苦苦，历尽春夏秋冬。

郑板桥听后，满意地点点头，命手下名从官署中拿两吊钱赏给塾师，责令陆员外如数付出酬金。

有个大盐商请郑板桥写对联。郑板桥毫不客气地要价 1 000 两银子。盐商要求降低一半。郑板桥说："我写字是要先付钱的。"盐商送来 500 两银子，郑板桥收下，铺开纸，写下上联：

饱暖豪富讲风雅；

写完叫盐商拿走，盐商说："先生，你只写了上联呀！"

郑板桥说："你不是只给了一半钱吗？"

盐商无可奈何，只得再拿 500 两银子来，郑板桥才写出下联：

饥寒画人爱银钱。

盐商指着下联说："你怎么……"意思是你怎么这样写？郑板桥说："富豪有钱想高雅，穷人无钱爱钱财，不是对得很好吗？"盐商无可奈何。

郑板桥"致富"后没有忘记穷人，对缺衣少食的人及时救济。相传，有一天苏州府一个蔡姓官员与郑板桥外出巡游，体察百姓疾苦。他们走到南门街的时候，看见一户人家贴着这样一副对联：

二三四五；

六七八九。

郑板桥看见对联，对蔡官员说："请兄台稍等片刻，敝人马上回来。"说完离去。过了一会，他拿着几件衣服、一块肉、一袋粮食回来，送给了那户人家。

蔡官员对郑板桥说："郑先生，你如何知道这户人家没有衣服穿、没有粮食吃？"郑板桥说："这对联上联是二三四五，下联是六七八九，不就是缺一（衣）少十（食）吗？"

古时候，有个姓罗的秀才外出游玩，看见农夫、村姑在插秧，一把把的秧苗都用禾秆捆绑好，于是想出一上联，想同农夫、村姑对对子。村姑莲妹说："秀才先生有何上联，请说出来让我试试。"

罗秀才说：

稻草捆秧父抱子；

莲妹略思片刻，说出下联：

竹篮装笋母怀儿。

大家都赞莲妹的下联对得非常妙。秀才本想卖弄一下自己的才华，为难一下农夫们，想不到"泥腿子"也如此聪明。

从前，有个专爱舞文弄墨的秀才，爱作打油诗、对联来炫耀自己。这天赶集，他看见一个农民挑两篮花赶集，走上前去摇头晃脑地说了一联：

小篮也是篮，大篮也是篮，小篮放到大篮里，两篮共一篮；

农民听了，随口对出下联：

秀才也是才，棺材也是材，秀才放进棺材里，两材（才）共一材。

秀才张口结舌，赶快溜走。

古时候，有个秀才出身的财主，经常吟诗作对，卖弄文采。一天，一个樵夫担着柴在他门前经过，他诗兴勃发，叫住樵夫，要和樵夫对对子。樵夫放下担子准备应对。财主指着柴捆念出上联：

山上长树不长柴，砍下树来变成柴，变成柴来多麻烦，不如当初就成柴；

樵夫想了想，随口说道：

老爷吃饭不吃屎，饭进肚里变成屎，变成屎来多麻烦，不如当初就吃屎。

看热闹的人听了说："对得好！"财主听了，气得面红耳赤，但又无可奈何。

张之洞任湖广总督时，梁启超到武昌去拜访他。张之洞出联求对：

四水江第一，四时夏第二，先生居江夏，谁是第一，谁是第二？

才思敏捷的梁启超略加思索，巧妙地对出下联：

三教儒在先，三才人在后，小子本儒人，何敢在先，何敢在后。

康熙年间，贵州才子周起渭中进士，入翰林院。这年，朝廷任命他为浙江主考官，消息传出，浙江考生议论纷纷。因为周起渭是贵州人，他们很瞧不起他这个从"蛮夷"之地来的人。于是，他们商议，周主考一到，即让他当场出丑，逼他离开浙江。周起渭的轿子到了试院，考生们"恭恭敬敬"地站立两厢欢迎。一个考生代表虽然抱拳，却昂着头高声问道：

洞庭八百里，波涛涛、浪滚滚，宗师由何而来？

周起渭知道这是出对子试试考官才学，他笑容一敛，凛然答曰：

巫山十二峰，雾霭霭、云重重，本院从天而降！

考生们顿时目瞪口呆，好一会儿才回过神来，一齐长揖，口呼"拜见宗师"。

清朝人刘定向赴京参加科举考试，从广西乘船到山东。山东一些文人以为自己生于邹鲁之地，得洙泗之源，都瞧不起其他地方的人。在闲谈中得知刘定向是广西人，更不相信这个"乡巴佬"有学问，便出联奚落他：

西鸟东飞，满地凤凰难下足；

这里的"西"指广西，"东"指山东。"满地凤凰"比喻山东遍地才子。这刘定向不是等闲之辈，立刻对出下联：

南麟北走，遍山虎豹尽低头。

"凤凰"们佩服"麒麟"的才思敏捷，不敢再看不起刘定向。后来，刘定向中举，当上翰林。

有这么一个故事。从前，有个地方的东西街住着两个大户人家——一户姓朱，一户姓项。家族大，纠纷自然多，谁都想压倒对方，互不相让。

为了显示本族威风，朱姓家族在东街修建了一座富丽堂皇的大祠堂。项姓家族不甘示弱，也在西街盖了一座美轮美奂的大祠堂。朱氏家族中有人提出在祠堂大门上挂一副气魄宏大的对联，把姓项的压倒。写什么呢？后梁的朱温、明朝的朱元璋都做过皇帝；宋朝的朱熹是著名理学家、一代"圣人"。把这些写上就够威风了，于是他们在祠堂大门上悬挂了一副大字楹联：

两朝天子；
一代圣人。

项氏家族的人看了这副对联，即刻商量如何压倒对方。有人说："《三字经》上说'昔仲尼，师项橐'。孔子是最大的圣人，而项橐

是孔子的老师，朱熹就不在话下了。"接着又有人说："楚汉相争时，项羽曾扬言要把刘邦的父亲用大鼎煮死。他姓朱的当过皇帝，我们姓项的可以把皇帝老子煮死，谁厉害？"众人听了欢呼雀跃，很快挂出一副大楹联：

煮天子父；
为圣人师。

朱姓家族的人看了这副对联，目瞪口呆。

相传明代杨慎考中状元后，在从水路返家途中遇上一个武状元的船。两只船谁走前谁走后，一时互不相让。武状元沉思半晌，对杨慎说："我有一联，你能对上，我甘愿随后。"他的上联是：

二舟同行，橹速哪及帆快。

武状元利用谐音，以橹速指鲁肃，以帆快指樊哙，含有"文不及武"之意。杨慎当时未能对上，只得忍辱居后。

几十年过去，杨慎还没对出下联。他的儿子娶亲之日，锣鼓喧天。听到箫笛声后，他终于想出了下联：

八音齐奏，笛清怎比箫和。

此联也利用谐音，笛清指狄青，箫和指萧何，含有"武不及文"之意。

1900年，八国联军侵华，清军大败。1901年签订屈辱的《辛丑条约》。据说，在签字仪式中途休息时，在场的一个外国人傲慢地对参与签订条约的中国人说：你们中国人不是很善于对对子的吗？我今出一上联，看看你们能不能对上，然后说出上联：

琵琶琴瑟八大王，王王在上；

他以为此上联非常难对，恐怕无人能对。然而，不一会儿，中方的一个文书便说，这有何难？我来对。随即说出下联：

魑魅魍魉四小鬼，鬼鬼犯边。

那外国人听了，哑口无言。

清朝衡阳太守刘朝玉，在京办完公事打算回湖南。临行前前往纪晓岚家，对纪晓岚说："今日求见，一是辞行，二是请大人赐以墨宝。"原来南岳衡山上有座南岳庙，当家和尚最近坐化归天。刘太守回去后要参加祭奠仪式，请纪晓岚作一副对联挂在灵堂上。纪晓岚一听便答应了，立即铺开纸写下上联：

南岳庙死个和尚；

刘太守心中一惊，暗想：如此对联带回去悬挂起来，岂不让人笑话？偏偏纪晓岚还问："你看如何？"

"这个……"刘太守实在不好回答。纪晓岚微微一笑，接着写出下联：

西竺国添位如来。

刘太守转忧为喜，连连拍手称绝。

对联化有三种：正对、反对、流水对。此联属于流水对。

《水浒传》作者施耐庵通晓医理，以行医为生。一次，一个老者求医时出了个上联：

白头翁牵牛过常山，遇滑石跌断牛膝；

施耐庵随口对出下联：

黄发女炙草堆熟地，失防风烧成草乌。

此联用白头、牵牛、常山、滑石、牛膝、黄发、炙草、熟地、防风、草乌共十种中药名，借助少量衬字串组而成。通顺，对仗工整，形象生动。

相传有一年除夕，一个姓钱的财主跑到祝枝山家里，请他写春联。祝枝山想到这个钱财主平日欺压百姓，搜刮乡里，今日正好借机奚落他一番，于是挥笔写下这样一副对联：

明日逢春好不晦气；
来年倒运少有余财。

祝枝山对钱财主说："这副对联写的是：'明日逢春好，不晦气；来年倒运少，有余财。'"钱财主连声说好，拿回去贴在门口。过往的人因为对这黑心财主恨之入骨，都这样念：

明日逢春，好不晦气；
来年倒运，少有余财。

潘、何联姻，请乡中饱学之士写喜联，学士思索了一会儿，提笔写道：

嫁得潘家郎，有田有米有水；
娶来何门女，添人添口添丁。

"潘"字有水、米、田，"何"字有人、丁、口，可谓"天作之联"。

由于对联在社会文化生活中的广泛应用，私塾把"对对"作为一门"必修课"。

有这样一则民间笑话：一位私塾老师，教课不负责任，经常出些难对让学生去对，自己钻进帐内睡觉。一次他出的上联是：

画眉笼，笼画眉，画眉鸟跳上跳下；

学生面面相觑，都对不上。这位塾师自顾睡觉，还不时掀开帐幔问："对出了吗？"神态颇为得意。将近午饭时，他又把头伸了出来，一位学生突然说"有了"：

乌龟罩，罩乌龟，乌龟头伸进伸出。

这位先生听后哭笑不得。

《鸥陂渔话》中收有一副对联，前后历三十年才有人对出，上联是：

马宾王，骆宾王，马骆各宾王。

都是人名，又运用离合法，一时无人能对。直到三十年后，恰逢清道光癸卯年间会试，贵州主考姓龙，云南主考姓龚，才有人对出：

龙主考，龚主考，龙龚共主考。

可谓天造地设，铢两悉称。

清朝时候，有人用诸葛亮一生的事迹写成上联：

收二川，排八阵，六出七擒，五丈原前，点四十九盏明灯，一心只为酬三顾；

上联出来后，轰动一时，不知过了多久，才有人写出下联：

取西蜀，定南蛮，东和北拒，中军帐里，变金木土爻神卦，水面偏能用火攻。

两联合璧，对仗工整，典故相对，让人叹为观止。

清兵入关后，李自成兵败遇难，他的谋士牛金星叛变降清。南

明福王朱由崧建立的弘光小朝廷重用权奸马士英，排斥史可法等抗清名将。不久，清兵大举南下，腐朽的弘光小朝廷土崩瓦解，朱由崧与马士英都被清军俘杀。有人叹息李自成与朱由崧都不是能光复中原的"真主"，又痛恨牛金星变节事敌、马士英专权误国，便制成一联：

> 自成不成，福王无福，两个皆非真主；
> 北人用牛，南人用马，一般俱是畜生。

有个进士老爷专横跋扈，不可一世。有年春节，他为了炫耀自己，在大门两旁贴了副对联：

> 父进士，子进士，父子皆进士；
> 婆夫人，媳夫人，婆媳均夫人。

有位穷秀才看了这副对联，露出鄙夷的目光暗笑了一下。晚上，他趁周围无人，小心地在对联上改动了一些字的笔画。次日清晨，进士门前围满了人，大家议论纷纷，都称改得好，改得妙！进士老爷听到屋外吵嚷声，连忙开门看个究竟。他抬头一看对联，立即昏倒在地。原来，他的对联已被改成这样：

> 父进土，子进土，父子皆进土；
> 婆失夫，媳失夫，婆媳均失夫。

清朝，有个县官大肆搜刮民脂民膏，徇私枉法，却百般标榜自己清廉，在县衙门贴出一副对联：

> 爱民若子；
> 执法如山。

有位有正义感的知识分子看了此联非常气愤，想揭穿他的真面

目。当天夜里，他在这副对联的上下联后各加了一句话，变为如下对联：

爱民若子，金子银子皆吾子也；
执法如山，钱山靠山均为山乎。

如此一改，便无情揭露了这个贪官的丑恶嘴脸，百姓无不称快！

明清之际，洪承畴任兵部尚书，深感皇恩浩荡，决定肝脑涂地报效朝廷，在自家门旁书一副对联：

君恩深似海；
臣节重如山。

崇祯十四年（1641）他率13万士兵与清军大战于松山，兵败被俘，后来降清。有人十分鄙夷他，在此对联上下联各添了一字：

君恩深似海矣；
臣节重如山乎。

乾隆皇帝作过这样一副对联：

客上天然居，居然天上客；

这是一副回文联，将上联回读成为下联。虽如此，内容却十分深刻：客人来到天然居酒楼，会成为神仙那样的客人。构思巧妙，内容耐人寻味。

乾隆想出这副对联后非常得意，把它当作上联，让大臣们想下联。大臣们你看看我，我看看你，没人出声。纪晓岚说："让我试试。"接着说出下联：

人过大佛寺，寺佛大过人。

书生刘凤诰乡试、会试连连及第。可惜他只有一只眼睛，按照当时的规定，五官不全者不能及第入仕。好在主考是个惜才之人，让其及第，并破例禀告乾隆，看能否让他参加殿试。乾隆不想被人说他"以貌取人"，准他参加殿试，并亲自考他。乾隆念出上联：

独眼不登龙虎榜；

刘凤诰昂首念出下联：

半月依旧照乾坤。

乾隆又出上联：

东启明，西长庚，南箕北斗，朕乃摘星汉；

刘凤诰随即对出下联：

春牡丹，夏芍药，秋菊冬梅，臣是探花郎。

乾隆大喜，当场钦点刘凤诰为殿试探花。

李鸿章是安徽合肥人，他所任的大学士通常被人称作宰相。翁同龢是江苏常熟人，他所任的户部尚书通常被人称作大司农。有人撰对联骂他们。联云：

宰相合肥天下瘦；
司农常熟世间荒。

民国著名笔记小说《小奢摩馆脞录》说此联"嵌官名地名而意主双关，真匪夷所思"。此联确实绝妙。

一财神庙门旁挂着一副对联，联曰：

只有几文钱，你也求，他也求，给谁是好；
不做半点事，朝也拜，夕也拜，教我为难。

此联用财神的口吻说出：我只有几文钱，每天都有很多人来求财，我要满足谁的要求？只顾求神拜佛，不做半点事情而想发财富贵，我难满足你们的要求啊！借神仙之口批评人们想不劳而获的世俗思想。

山海关位于河北省秦皇岛市东北，北依角山，南临渤海。因处山海之间，故名。山海关孟姜女庙门口有一副对联，联曰：

海水朝朝朝朝朝朝朝落；
浮云长长长长长长长消。

如何念这副对联呢？
"朝"是个多音多义字：①zhāo 早晨。②cháo 朝见、朝拜……
"长"也是个多音多义字：①cháng 两端距离大。②zhǎng 生长；增加……
此联应念作：
Hǎishuǐcháo zhāozhāocháo zhāocháo zhāoluò
Fúyúnzhǎng chángchángzhǎng chángzhǎng chángxiāo
意思分别是：
海水前来朝见，天天早上都来朝见，早上来朝见，早上退潮；
浮云涨，大大地涨，大涨大落。
明代江西人解缙从小才华横溢，年纪轻轻就中了解元，方圆百里无人不知。一天，他外出游玩，途中觉得口渴，便走进一间草屋，向屋内一位白发老人讨茶喝。老人问："你是谁？"解缙随口答道："解解元。"老人想，何不试试这个小神童。
老人说："我出上联，你对下联，对得好才有茶喝。"解缙请老人出上联，老人说：

一杯清茶，解解解元之渴；

句中三个"解"字三个读音、三种解释：①jiě 解除。②Xiè 姓。③jiè"解元"的"解"。全句意为：一杯清茶，可以解除姓解的解元之渴。要对此上联确实不容易。

解缙看见屋里有一把七弦琴。经过询问，知道老人姓乐，曾在朝廷乐府做官，这样对句便出来了：

七弦妙曲，乐乐乐府之音。

句中三个"乐"字两个读音、三种解释：①lè 快乐，使……快乐。②Lè 姓。③yuè"乐府"的"乐"。全句意为：七弦妙曲，乐姓乐府官的乐音可以使人快乐。

老人听了，拍手称妙，赶快捧上香茶。

郭沫若幼年时曾和同学一起偷摘了私塾隔壁庙里的桃子，和尚找先生告状。先生在查问时见没人承认，便出了一句上联：

昨日偷桃钻狗洞，不知是谁；

他说：谁能对出，免罚。郭沫若不假思索，很快对出下联：

他年折桂步蟾宫，必定有我！

先生与和尚惊其才志，十分高兴，全班学生都因此免于责罚。

1916 年，近代民主革命家黄兴病逝，北洋政府迫于反袁战争胜利后的革命形势，为他举行国葬，葬礼隆重，挽联甚多。为黄先生送挽联的，既有他生前的同志、朋友，也有他的敌人。当时有一副评论性的挽联：

甲也为先生友，乙也为先生敌，丙也与先生叛离，丁也得先生亲信，三三两两，幸得大会齐临，诚俯首扪心，亦曾愧对先生否？

成则受国人欢，败则受国人骂，生则遭国人猜忌，死则令国人悲哀，是是非非，直到盖棺定论，愿从头细算，果何辜负国人乎？

此联发出的评论与责问，使那些从前反对、迫害、背叛黄兴先生而现在又来参加追悼会的人面红耳赤，无地自容。

国民党反动派统治时期，推行保甲制度，抓丁拉夫，敲诈勒索，致使民不聊生，人民群众非常愤恨。当时有人贴出一联：

保，保什么？保地方土豪，保四季不安，保保都要出钱，拿与龟儿子造孽；

甲，甲哪些？甲街巷邻里，甲士农工商，甲甲何时得脱，除非王八蛋垮台。

此联用群众语言，两问两答，揭露了保甲制度的反动本质，骂得痛快淋漓。

1945年8月，抗日战争胜利，举国欢腾。报纸副刊尤为活跃，诗、赋、对联，令人目不暇接。成都某报有一副对联，构思极为巧妙，一时不胫而走。联曰：

中国捷克日本；

南京重庆成都。

上联均为国名，其中"捷克"一语双关，既指国家，又含胜利击败敌人之意，点明了中国取得抗战胜利的主题；下联均为市名，其中"重庆""成都"同样一语双关，既指城市，又含重新庆祝南京成为首都之意。因抗战期间，国民政府迁都重庆，抗战胜利后还都南京。一副仅十二字的对联，没有一个动词，却能通过别解，记载重大史实，反映民族感情，令人叫绝。

1956年，毛泽东到湖南视察，同行的有周恩来。车行至湘江橘子洲头岸边时，毛泽东看到了自己当年读书、游泳的地方，不由意兴勃发，和周恩来对对子助兴，随即咏出上联：

橘子洲，洲旁舟，舟行洲不行；

周恩来思索良久还没想出下联。当小车行至天心阁，看到一群鸽子从阁内飞出时，他恍然大悟，忙说："主席，下联我想出来了。"接着咏道：

天心阁，阁中鸽，鸽飞阁不飞。

毛主席听后，会心地点了点头。

对联一般有上下两联，但是也有三联的，叫作"三枪对"。下面是一副拆字三枪对：

人曾为僧，人弗可以成佛；
土也是地，土皮倾斜称坡；
女卑名婢，女又被迫为奴。

三枪对贴于何处？有些亭子是三柱式的三角亭，三枪对便张贴或书写在三根柱子上。

《巧对录》《中华对联大典》等书和报刊中有不少构思精巧、浑然天成、令人叫绝的对联。例如：

菜籽榨油油炒菜；
棉花织布布包棉。

高山怒水景颇壮；
东乡满苗土家昌。

八刀分米粉；
千里重金锺。

进古泉畅饮十口白水；

登重岳纵览千里丘山。

四口同圖，内口皆从外口管；
五人共伞，小人全仗大人遮。

山石岩前古木枯，此木为柴；
长巾帐内女子好，少女更妙。

弓长张张弓，张弓手张弓射箭，箭箭皆中；
木子李李木，李木匠李木雕弓，弓弓难开。

大鱼吃小鱼，小鱼吃虾，虾吃水，水落石出；
溪水归河水，河水归江，江归海，海阔天空。

童子打桐子，桐子落童子乐；
丫头啃鸭头，鸭头咸丫头嫌。

水水山山处处明明秀秀；
秀秀明明处处山山水水。

湛江港清波滚滚；
渤海湾浊浪滔滔。

江河湖海波浪滔滔；
嵩岱岷崂峰岳屹屹。

寂寞寒窗空守寡；
俊俏佳人伴伶仃。

白塔街，黄铁匠，生红炉，烧黑炭，冒青烟，闪蓝光，淬紫铁，
坐北朝南打东西；

淡水湾，苦农民，戴凉笠，弯酸腰，顶辣日，流咸汗，砍甜蔗，养妻教子育儿孙。

天水育林芝，酒泉醉武汉；
钟山栽玉树，百色迷来宾。

密云清远，日照红原显瑞丽；
玉树长春，凤翔青海呈吉安。

老舍莫言陈村住；
田汉孙犁夏雨耕。

爱妻，爱子，爱家庭，不爱身体等于零；
有钱，有权，有成功，没有健康一场空。

"余与于瑜遇俞禹于俞寓"

——趣味同音文译析

　　同音文：全文每个字的读音都相同的文章。对汉语语音非常熟悉，掌握充足的古汉语词汇，具备丰富的古文文法知识和较强的语言驾驭能力，才能写出这样的文章。有人说：这种文章，能够看懂的人可称"强"；能够写出来的人可称"很强"；别人读出来，你能够听懂的话可称"相当强"。

　　笔者收集到同音文八篇，本书选取其中五篇与读者共赏。每一篇都配有译文与简析。

施氏食狮史

　　石室诗士施氏，嗜狮，誓食十狮，施氏时时适市视狮。十时，适十狮适市。是时，适施氏适市。施氏视十狮，恃矢势，使十狮逝世。施氏拾是十狮尸，适石室。石室湿，施氏使侍拭石室。石室拭，施氏始试食是十狮尸。食时始识十狮尸，实十石狮尸。试释是事。

译文

姓施的人吃狮子的历史

　　居住在石房子里的诗人施先生，喜好吃狮子肉，曾经发誓要吃掉十头狮子。他经常到集市上去看狮子。这天十点钟的时候，集市上恰好有十只狮子。这时候正好施先生也来到集市上。他注视着这十头狮子，依仗箭矢的锐利，射死了这十头狮子。施先生把这十头狮子的尸体运回他的石房子里。房子很潮湿，施先生便叫他的仆人擦拭石房子。擦完石房子，施先生才开始尝试吃这十头狮子。吃的时候，他才意识到这十头狮子其实是石狮子。请试着解释这件事。

　　本文作者为赵元任，语言学家、作曲家。这篇同音文是流传最广、最常见的同音文。全文每个字的读音都是 shi。作者用了 95 个同音字说了一个吃狮子的小故事。故事曲折，但是个别地方有些不合情理。

熙戏犀

西溪犀，喜嬉戏。席熙夕夕携犀徙，席熙细细习洗犀。犀吸溪，戏袭熙。席熙嘻嘻希息戏。惜犀嘶嘶喜袭熙。

译文

席熙戏犀牛

西溪有只犀牛，很喜欢嬉戏，席熙每天傍晚都带它去走一走，并认真地训练它，给它洗澡。犀牛吸溪水喷向席熙逗他，席熙嘻嘻哈哈地希望它不要闹。犀牛却嘶嘶叫着乐此不疲。

作者用了40个字写犀牛吸水袭击席熙的情形。题目改为《犀戏熙》可能更加恰切，因为席熙没有戏袭犀牛，而犀牛却不断戏袭席熙。

于瑜与余欲渔遇雨

于瑜欲渔，遇余于寓。语余："余欲渔于渝淤，与余渔渝欤？"

余语于瑜："余欲鬻玉，俞禹欲玉，余欲遇俞于俞寓。"

余与于瑜遇俞禹于俞寓，逾俞隅，欲鬻玉于俞。遇雨，雨逾俞宇。于瑜语余："余欲渔于渝淤，遇雨俞寓，雨逾俞宇，欲渔欤？鬻玉欤？"

于瑜与余御雨于俞寓，余鬻玉于俞禹，雨愈，余与于瑜踽踽逾俞宇，渔于渝淤。

译文

于瑜与我想去捕鱼而遇雨

于瑜想去捕鱼，在我家门口遇到我。他对我说："我想到河水泛滥后有淤泥的地方去捕鱼，你想同我一起去那里捕鱼吗？"

我告诉他："我想卖玉，俞禹想买玉，我想到俞禹家里去见他。"

我和于瑜在俞禹家里遇见俞禹，走到他家的屋角，想卖玉给他。

这时突然下起了雨，雨水浸了俞禹的房子，于瑜对我说："我想到河水泛滥后有淤泥的地方去捕鱼，跟着你来到俞禹家里，遇到下大雨，大雨浸了俞禹的屋子，你现在想同我去捕鱼还是想卖玉呢？"

于瑜和我在俞禹家里避雨，我卖玉给俞禹。雨停后，我同于瑜慢步离开俞禹家，到河水泛滥后有淤泥的地方去捕鱼。

本文作者为杨富森。全文118字，除了"踽"外，其余均念yu。文章曲折。作者以为"踽"念yu，其实它念ju。

季姬击鸡记

季姬寂，集鸡，鸡即棘鸡。棘鸡饥叽，季姬及箕稷济鸡。鸡既济，跻姬笈，季姬忌，急咭鸡，鸡急，继圾几，季姬急，即籍箕击鸡，箕疾击几伎，伎即齑，鸡叽集几基，季姬急极屐击鸡，鸡既殛，季姬激，即记《季姬击鸡记》。

译文

季姬击鸡记

季姬感到寂寞，就买了一些在荆棘下放养的鸡来饲养。鸡饿了就叽叽地叫了起来。季姬听到即用簸箕装着小米去喂鸡。鸡吃饱后，飞到季姬的书箱上，季姬怕脏，立即赶鸡下来。鸡吓坏了，飞到几案上。季姬更着急了，立即用簸箕掷击鸡。簸箕疾飞，击中几案上的陶伎俑，陶伎俑被打得粉碎。鸡被吓得叽叽地叫着集中躲在几案下，季姬一怒之下用木屐掷击鸡。鸡被打死，季姬激动，写下这篇《季姬击鸡记》。

本文共78个字，均念ji。故事连贯顺畅，比较合情理。

遗镒疑医

伊姨殪，遗亿镒。伊诣邑，意医姨疫，一医医伊姨。翌，亿镒遗，疑医，以议医。医以伊疑，缢，以移伊疑。伊倚椅以忆，忆以亿镒遗，以议伊医，亦缢。噫！亦异矣！

译文

遗失亿金，怀疑医生偷窃

伊的姨母跌倒受伤，伊的姨母存有大量钱财。伊到城里，想请医生给姨母治伤，就请一个医生医治她姨母的伤。第二天，钱财不见了，怀疑被医生偷去，因而非议医生。医生因为受到伊怀疑，自缢身亡，借以证明自己的清白。伊靠着椅子回忆事情经过，因为自己怀疑医生导致医生自缢，这使伊感到非常愧疚，也自缢身亡了。唉！也算奇异了！

本文 56 个字均念 yi。故事有警醒作用：事情未调查了解清楚之前，不要随意下定论。

汉语有阴平、阳平、上声、去声四个声调，因而说汉语语音有抑扬顿挫的变化，特别动听。同音文作者利用汉语同音有四个声调这一特点写文章，可谓别出心裁。著名语言学家赵元任也写这种文章，故不可轻易说这种文章是文字游戏。它是文学百花园中的一朵小花，是中国文学作品丰富多彩的表现之一。

奇趣无穷的特异诗集粹

数十年来，笔者收集到上百首特异诗，在《文学百花园》一书中介绍了数十首，有些读者说看了这些特异诗后如获至宝。现在再介绍有趣、阳光的特异诗数十首，再飨读者。

特异诗指或排列独特，或内容怪异，或写法奇特，或用词迥异，或书写怪诞等独特怪异的诗，亦称怪体诗、怪异诗。

文中有些特异诗其实是特异词，由于词在诗的范畴内，所以也称之为特异诗。

一、排列独特的特异诗

方形诗

岩　出　来

要　花　戴

拿　果　开

这九个字看似"无厘头"，实则是一首特殊排列的离合诗。

离合指的是将一个合体字拆开为两个或者两个以上的独体字，又还原为合体字。即合体字又离又合。有时"先合后离"，有时"先离后合"。这首方形离合诗属于"先离后合"，读为：

> 山山出花果，山石岩花开；
> 西女要花戴，合手拿花来。

九个字成为一首二十个字的诗，别出心裁，令人耳目一新，有奇趣。

十字形诗

```
              动
              马
              人
    唐 到 西 山 水 流 长
              见
              日
              光
```

此诗原存于敦煌红山口以南泉把弯一所古庙大殿东间北壁，为著名敦煌学家李正宇先生所录。诗云：

唐到西山水流长，长流水山见日光；
光日见山人马动，动马人山西到唐。

十三个字成为二十八个字的诗，构思独特，趣味盎然。

十字加圆形诗

```
                   才
        元                  子
      状        秀                读
      做        成                   书
    我    达    通    君         路    来
      选        教                   到
      如        学            百
        学                  花
                   开
```

这首诗是清朝末年破落秀才赵文川先生给学生上第一课时，为指明老师对学生成才的重要性而写的。他通过巧妙的构思、独特的手法把当时的科举历程生动地展现在学生面前。念时必须从顶上的"才"字开读，先读中间的"十"，读成七言回文绝句。再从"才"起读，绕外围的圆圈，读成五言顶真绝句。读起来朗朗上口，心旷神怡。细心咂摸，玩味无穷：

才秀成君教学开，
开学教君有路来，
来路有君通达我，
我达通君成秀才。

才子读书来，
来到百花开，
开学如选我，
我做状元才。

宝塔诗

传说有个大恶霸满脸麻子，忌讳说"麻"，听到"麻"字便对人拳脚相加，为此，有人用"麻"的隐语写了一首宝塔诗。

筛
天牌
炉排盖
雨打尘埃
莲蓬朝天开
马蜂窝密密排
石榴皮子翻过来

字数逐句增加，句句寓有"孔洞"之意，趣味盎然而形容生动。生理缺陷本不应被讥笑，但是用来描状恶霸丑态也无不可。

一七令·诗　白居易

诗

绮美，瑰奇。

明月夜，落花时。

能助欢笑，亦伤别离。

调清金石怨，吟苦鬼神悲。

天下只应我爱，世间惟有君知。

自从都尉别苏句，便到司空送白辞。

　　宝塔诗多由一字到七字、一句到七句，所以宝塔诗也叫一七体诗。此诗标题中"一七令"即宝塔令。令，杂曲的一种体制。此诗写诗歌瑰美，可用来抒发诗人的各种情感，所抒情感可以惊天地、泣鬼神。

楼梯诗

　　曾国藩在做湘军统帅时，军师刘蓉曾想辞职回家，曾国藩设法挽留。刘蓉说："你要是能写出一首令我发笑的诗来，我就留下不走了。"曾国藩便把家乡娄邵一带流传的一首取笑姑爷疑神疑鬼的楼梯诗抄录给刘蓉：

虾

豆芽

芝麻花

饭菜不差

爹妈笑哈哈

新媳妇回娘家

亲朋围桌齐坐下

姑爷一见肺都气炸

众人不解转眼齐望他

原来驼背细颈满脸坑洼

　　刘蓉看后，忍俊不禁，遂留在军营中继续为曾国藩效劳。此诗写岳父招待女婿的菜中有虾、豆芽、芝麻花，驼背、麻脸的女婿以为这是讽刺他的生理缺陷，肺都气炸，可谓疑心太重了。疑心太重，就会以为人们处处与他作对，不得安生。

盘中诗

盘中诗是将诗句写于盘中，屈曲成文，词意回环。它以晋苏伯玉妻的《盘中诗》而得名。其中不少诗句可以倒读，已是地道的回文。相传西晋人苏伯玉出使蜀国，久而不归，远在长安的妻子便将所作之诗，按特殊形式写在盘中相寄。这种别出心裁的做法显然是为了唤起丈夫的归心。

此诗极具特色，它以措辞精练的三字句为主，多处用民歌比兴的手法，在匀称的节奏中委婉推进感情的表达，吟来十分动人。其篇末，用七言句点明盼归主旨，语句舒展而醒目，最后揭示读法。编排巧适，独具匠心。现在我们就来看看这首缠绵悱恻的长诗应有的样子：

山树高，鸟鸣悲。泉水深，鲤鱼肥。空仓雀，常苦饥。吏人妇，会夫稀。出门望，见白衣。谓当是，而更非。还入门，心中悲。北

上堂，西入阶。急机绞，杼声催。长叹息，当语谁？君有行，妾念之。出有日，还无期。结巾带，长相思。君忘妾，未知之；妾忘君，罪当治。妾有行，宜知之。黄者金，白者玉。高者山，下者谷。姓者苏，字伯玉。人才多，智谋足；家居长安身在蜀，何惜马蹄归不数。羊肉千斤酒百斛，令君马肥麦与粟。令时人，知四足。与其书，不能读。当从中央周四角。

二、内容怪异的特异诗

不打诗

宋代才女朱淑真的父亲骑驴外出时，不小心冲撞了州官，州官要拿他治罪。朱淑真闻讯后跑上大堂为父求情。州官以"不打"为题，让她当堂作诗。朱淑真随即吟出：

> 月移西楼更鼓罢，夫收渔网转回家。
> 卖艺之人去投宿，铁匠熄炉正喝茶。
> 樵夫担柴早下山，飞蛾团团绕灯花。
> 院中秋千已停歇，油郎改行谋生涯。
> 毛驴受惊碰尊驾，乞望老爷饶恕他。

全诗共十句，其中前八句都暗含了"不打"之意。分别是：不打鼓，不打鱼，不打锣，不打铁，不打柴，不打蛾，不打秋千，不打油。州官听罢，惊喜异常，连连夸赞，当堂释放了朱父。

了语诗

了，表示结束、了结。每句诗都表示了结之意，古人称之为"了语诗"。例如：

了语诗 雍裕之

扫却烟尘寇初剿，深水高林放鱼鸟。
鸡人唱绝残漏晓，仙乐拍终天悄悄。

相反，每句都表示不了结的意思，称为"不了语诗"。例如：

不了语诗　雍裕之

浮名世利知多少，朝市喧喧尘扰扰。

车马交驰往复来，钟鼓相催天又晓。

荒年诗

《瓜棚夜话》辑录了两首"荒年诗"。

明嘉靖年间，全国涝、旱成灾，野有饿殍，民不聊生。诗人金珊在除夕之夜作了两首"荒年诗"，以嘲讽时弊、发泄愤怒：

年去年来来去忙，不饮千觞也百觞。

今年若还要酒吃，除去酒边酉字旁。

年去年来来去忙，不杀鹅时也杀羊。

今年若要杀鹅吃，除却鹅边鸟字旁。

第一首诗，"酒"字除"酉"是个"水"字。意思是：今年还要与往年那样不饮千杯也饮百杯？饮水吧！

第二首诗，"鹅"字去"鸟"是个"我"字。意思是：今年还要与往年那样不杀鹅也杀羊？杀自己吧！

生肖诗

历朝历代均有"生肖诗"，其中最有名的还属宋代理学家朱熹写的一首生肖诗：

夜闻空簞啮饥鼠，晓驾羸牛耕废圃。

时方虎圈听豪夸，旧业兔园嗟莽卤。

君看蛰龙卧三冬，头角不与蛇争雄。

毁车杀马罢驰逐，烹羊酤酒聊从容。

手种猴桃垂架绿，养得鹍鸡鸣喔喔。

客来犬吠催煮茶，不用东家买猪肉。

此诗不但写出了十二生肖相应动物的特点、作用，还形象地描绘了这些动物的生活习性和叫声，可谓形、色、声兼备。

二十八星宿诗

古人为了观测天象和日、月、五星在天空中的运行，在黄道带与赤道带的两侧绕天一周，选取了二十八个星宿作为观测时的标志，称为"二十八宿"或"二十八星"。把二十八宿平均分为四组，与东、西、南、北四个方位和苍龙、白虎、朱雀、玄武四种神兽形象相配，称为"四象"。二十八宿以北斗斗柄所指的角宿为起点，由西向东排列，它们的名称和四象的关系是：

东方苍龙　角、亢、氐、房、心、尾、箕。

北方玄武　斗、牛、女、虚、危、室、壁。

西方白虎　奎、娄、胃、昴、毕、觜、参。

南方朱雀　井、鬼、柳、星、张、翼、轸。

二十八星宿诗最早见于《山谷集》，因此，一般都认为这种诗体是黄庭坚首创的。

二十八宿歌赠无咎　黄庭坚

虎剥文章犀解角，食未下亢奇祸作。

药材根氐惧斸掘，蜜虫夺房抱饥渴。

有心无心材慧死，人言不如龟曳尾。

卫平哆口无南箕，斗柄指日江使噫。

狐腋牛衣同一燠，高丘无女甘独宿。

虚名挽人受实祸，累棋既危安处我。

室中凝尘散发坐，四壁蠹蠹见天下。

奎蹄曲隈取脂泽，娄猪艾豭彼何择。

倾肠倒胃得相知，贯日食昴终不疑。

古来毕命黄金台，佩君一言等觜觿。

月没参横惜相违，秋风金井梧桐落。

故人过半在鬼录，柳枝赠君当马策。

岁晏星回观盛德，张弓射雉武且力。

白鸥之翼没江波，抽弦去轸君谓何？

二十八星宿诗也是一种星名诗。不过，作者把二十八个星宿的名称全部嵌入句中，并且按顺序出现，因而在诗题上就能明确标为二十八星宿诗，跟一般星名诗可以任选几个星名嵌入句中相比，写作二十八星宿诗的难度显然更大，这种诗也就更为难得。

药名诗

明代文学家、戏曲家冯梦龙，除著有闻名于世的《喻世明言》《警世通言》《醒世恒言》外，还编有《挂枝儿》，其中有用药名写的情诗：

红娘子叹一声，受尽了槟榔（郎）的气。你有远志，做了随风子，不想当归是何时，续断再得甜如蜜。金银花都费尽了，相思病没药医。待他有日的茴香（回乡）也，我就把玄胡索儿缚住了你。

你说我负了心，无凭枳实。激得我蹬穿了地骨皮，愿对威灵仙发下盟誓。细辛（心）将奴想，厚朴你自知，莫把我情书也当破故纸。

想人参（生）最是离别恨，只为甘草口甜甜的哄到如今，黄连心苦苦的为伊担心，白芷（纸）儿写不尽离别意，嘱咐使君子切莫作负恩人。你果是半夏当归也，我愿对着天南星彻夜的等。

细数文中中药药名，共有二十五味。情思、情趣跃然纸上，体现出这位古代文学大师兼有的医药知识功力。

汤方词

《老人报》刊登了记者蔡卫杨等介绍的《水调歌头·汤头拾趣》词，词如下：

竹叶柳蒡道，泰山磐石边。龟鹿二仙兴至，逍遥桂枝前。更有四君三子，大小青龙共舞，玉女伴天仙。阳和桃花笑，碧云牡丹妍。

酥蜜酒，甘露饮，八珍餐。白头翁醉，何人送服醒消丸？凉膈葛花解醒，保元人参养荣，回春还少年。四海疏郁罢，常山浴涌泉。

此词收纳了三十个汤方，依次为：竹叶柳蒡汤、泰山磐石散、

龟鹿二仙胶、逍遥散、桂枝汤、四君子汤、三子汤、大青龙汤、小青龙汤、玉女煎、天仙藤散、阳和汤、桃花汤、碧云散、牡丹皮散、酥蜜膏酒、甘露饮、八珍汤、白头翁汤、何人饮、醒消丸、凉膈散、葛花解醒汤、保元汤、人参养荣汤、回春丹、还少丹、四海疏郁汤、常山饮、涌泉散。

将中医药与诗词的优美韵律完美结合，可谓难能可贵。

数字诗

卓文君同司马相如热恋，一同私奔。后来，他们一同返回临邛，卓文君当垆（放酒瓮的土台子）卖酒，司马相如外出为官，与人交游。司马相如长时间没有回来，卓文君思夫心切，作数字诗抒发思念之情。诗云：

一别之后，二地相思，只说是三四月，又谁知五六年，七弦琴无心弹，八行书无可传，九连环从中折断，十里长亭望眼欲穿，百思想、千系念，万般无奈把君怨。

万语千言说不完，百无聊赖十依栏，重九登高看孤雁，八月中秋月圆人不圆，七月半烧香秉烛问苍天，六月伏天人人摇扇我心寒，五月石榴如火偏遇阵阵冷雨浇花端，四月枇杷未黄我欲对镜心意乱。忽匆匆，三月桃花随水转。飘零零，二月风筝线儿断。唉！郎呀郎，巴不得下一世你为女来我为男。

此诗先从"一"写到"万"，再从"万"写到"一"，表达了卓文君对丈夫的"百思想、千系念"之情。独出心裁，别具一格。

方程诗

据《笑笑录》载，清代诗人徐子云曾写过一首诗，全诗居然是道方程式：

巍巍古寺在山林，不知寺内几多僧。
三百六十四只碗，看看用尽不差争。
三人共食一碗饭，四人共吃一碗羹。
请问先生明算者，算来寺内几多僧。

通过解二元一次方程，可以算出寺内共有和尚 624 名。寓方程于诗中，颇有趣味。

宋词词牌诗

《老人报》刊登了郑安先生撰写的《宋词词牌诗》六首，诗如下：

> 春暖摊声 [浣溪沙]，[雨中花] 卉 [蝶恋花]。
> [减字木兰花] 坐阵，[西江月] 夜 [定风波]。

> [浪淘沙] 慢 [苏幕遮]，[水调歌头] 绿新荷。
> [醉落魄] 还 [生查子]，[木兰花慢] [忆秦娥]。

> [思远人] 登 [最高楼]，[扬州慢] 解百忧愁。
> [念奴娇] 插新岸柳，衷情 [疏影] [玉京秋]。

> [少年游] 戏 [渔家傲]，恭 [贺新郎] 步步高。
> [千秋岁引] [风流子]，[凤凰台上忆吹箫]。

> [木兰花] 欲 [诉衷情]，[人南渡] 到 [燕山亭]。
> [如梦令] 赐 [钗头凤]，[踏莎行] 时 [忆帝京]。

> [烛影摇红] 花影重，[江神子] 诵 [满江红]。
> [惜分飞] 燕诗词对，神州天地 [一萼红]！

四季诗

著名画家顾恺之有一首名为《神情诗》的诗，其实是四季诗。诗云：

> 春水满四泽，夏云多奇峰。
> 秋月扬明辉，冬岭秀寒松。

四季风光取之不尽,应选重点来表现。"有水就有春天的一切。"所以春季选水。夏天的天空,巨大的云朵堆砌出各种形状的"奇峰高山",展现出季节的奇妙,所以夏季选云。秋天的月亮最美,所以秋季选月。冬天寒风凛冽,万物凋零,松树青翠仍旧,高耸傲寒,所以冬季选松。四个季节各用一物代言,以点带面,达到"传神写照"效果。

养生诗

"四休安乐法",是一名"四休居士"提出的生活方式。"四休居士"是黄庭坚住在乡下时的邻居孙君昉,后来两人成为好友。孙君昉曾做过太医,他性格豁达,淡泊名利,晚年过着俭朴的生活。

黄庭坚问孙君昉:"何谓四休?"孙君昉笑着回答:

> 粗茶淡饭饱即休,补破遮寒暖即休。
> 三平两满过即休,不贪不妒老即休。

"三平两满"中的"三"指"衣""食""住","两"指"名"与"位",即衣、食、住平平常常,对已有的名与位满足。"过即休"中的"过"指过得去。

黄庭坚听了孙君昉的回答后大为赞叹,随即作了《四休居士》诗三首:

> 无求不著看人面,有酒可以留人嬉。
> 欲知四休安乐法,听取山谷老人诗。
>
> 富贵何时润髑髅,守钱奴与拘官囚。
> 太医诊得人间病,安乐延年万事休。
>
> 一病能恼安乐性,四病长作一生愁。
> 借问四休何所好,不令一点上眉头。

从黄庭坚的这三首诗,我们可以看到他对知足常乐、安乐延年、乐天长寿、自然养生的大加赞赏。孙君昉的"四休安乐法"主要提倡顺其自然，寡欲知足，不做非分之想，满足于有限的可以实现的愿望。在生活方面简单平常一些，温饱无忧即可。在心态上，不奢求，不攀比，淡泊无欲。心态平静安详、心情舒畅，知足常乐，自然健康长寿。

有一天，范成大照镜子时，发现自己面目憔悴，容貌已经衰老，但是他并不灰心丧气，也不悲观，还极为幽默地写下《春日览镜有感》：

> 形骸即迁变，岁华复蹉跎。
> 悟此吁已晚，即悟当若何？
> 乌兔两恶剧，不满一笑呵。
> 但淬割愁剑，何须挥日戈。
> 儿童竞佳节，呼唤舞且歌。
> 我亦兴不浅，健起相婆娑。

此诗大意是：如果发现自己衰老该如何对待呢？不必愁眉苦脸，应把它看作是日月演变的恶作剧。时光不会停留，这是难以违背的自然规律，不必把衰老挂在心上，只要自己打磨一把利剑，斩去愁丝，割去忧虑，扫平心上的愁云，就像儿童过节那样，欢声笑语，唱歌跳舞，自然心安体健。

古人说"乐而忘忧"。范成大就是以乐观的态度对待人生和衰老的。他重视情志养生，晚年生活轻松恬淡，尽管"夕阳西下"，仍然心境坦然，保持乐观态度，所以，他在花甲之年仍然身体康健。

谜语诗

谜语诗即以诗作谜面的诗。

谜底是画的谜语诗：

> 远看山有色，近听水无声；
> 春去花还在，人来鸟不惊。

谜底是扇子的谜语诗：

> 有风就不动，一动就生风；
> 要想抛弃我，等到起秋风。

谜底是鱼的谜语诗：

> 有头没有颈，不怕水冰冷；
> 有翅不会飞，无脚千里行。

有些谜语诗一谜两猜。例如：

> 南阳诸葛亮，稳坐中军帐；
> 摆起八卦阵，单捉飞来将。

此谜猜蜘蛛、雷达。

有些谜语诗数诗猜同一物。例如：

明朝有个碧山吟社，参加者多为老人。一年初冬，他们议定各吟一首咏物诗。86 岁的李庶先吟：

> 青丝头发粗布衣，藤缠雪倚岁地居；
> 傲立山头迎风笑，坚韧不拔名不虚！

秦旭诗云：

> 风味既淡泊，颜色不妖媚；
> 孤生崖谷间，有此凌云气！

不满 60 岁的潘绪脱口吟出：

> 吾家洗砚池头树，个个花开淡墨痕；
> 不要人夸好颜色，只留清气满乾坤！

这三首诗的谜底都是松树。

寓谜于诗，吟诗猜谜，别有情趣。

独句诗

一般的诗，至少有四句。民间歌谣里偶尔也有两三句的。

在古籍中，有的民谣往往只有一句，初疑是引用者所删节，其实是独句诗。它们有一个共同的特点，即内容上是对人或事的一种评价，从形式上讲只有一句，但都有句中韵，即第四字与第七字韵母相同，显然在吟唱时句中要稍作停顿。由于都是七个字，所以袁崧把它叫作"七字谣"。我们把它叫作"独句诗"。例如：

> 焦头烂额为上客。（《汉书·霍光传》）
> 天下中庸有胡公。（《后汉书·胡广传》）
> 五经无双许叔重。（《后汉书·许慎传》）
> 京都三明各有名。（《晋中兴传》）
> 逢儒则肉师必覆。（《唐书·黄巢传》）
> 以时及泽为上策。（《齐民要术》）

独句诗是一种诗体，不是引者删节。句中有韵，也许当时还有相应的独特唱法。

集意联句诗

联句诗一般是每人吟一句，意思连贯，虽为多人所作，也没有预先设定具体怎么写，全诗却浑然一体。

有些诗人戏作集意联句诗，先定一个"意"，即内容，大家要根据这个"意"来吟，故叫集意联句诗。例如：

乐意联句

良朋益友自远来，（严伯均）

万里乡书对酒开。（皎然）

子孙蔓衍负奇才，（疾）（失姓）

承颜弄鸟咏南陔，（澄）（失姓）

鼓腹击壤歌康哉。（巨川）（失姓）

这首集意联句诗，是唐代诗人游戏的笔墨。每人一句，都不离"乐"意，所以叫乐意联句。还有"远意""恨意""馋语""滑语""醉语"等多种。

变体诗

近体诗要求二、四、六、八句押韵，第一句则入韵不入韵都可以。要求押平声韵，这也许是平声便于延长吟哦的缘故。一、三、五、七句的最末一字要求是仄声，不押韵。唐代诗人章碣自己创新，别出心裁，让一、三、五、七句最末一字都押仄声韵，形成上句最末一字全仄押韵，下句最末一字全平押韵的诗，自称"变体诗"。

变体诗 章碣

东南路尽吴江畔，

正是穷愁暮雨天。

鸥鹭不嫌斜两岸，

波涛欺得逆风船。

偶逢岛寺停帆看，

深羡渔翁下钓眠。

今古若论英达算，

鸱夷高兴固无边。

诗中上句最末一字"畔""岸""看""算"都是仄声 an 韵，下句最末一字天、船、眠、边都是平声 an 韵。若不论平仄，可算是句句入韵了。这类诗，也可以算是"四声诗"的一种形式吧。

剥皮诗

把人们熟悉的前人的诗改动部分字句，表达新的内容，即叫"剥皮诗"。

曹植的《七步诗》是历代传诵的名作。诗云："煮豆燃豆萁，豆在釜中泣。本是同根生，相煎何太急！"

鲁迅先生在《咬文嚼字》中曾依原韵改作一首：

> 煮豆燃豆萁，萁在釜下泣。
> 我烬你熟了，正好办教席。

此诗抒发了鲁迅先生对杨荫榆一帮学阀摧残迫害青年学生、独霸教育的卑劣行径的强烈抗议和愤慨之情。

郭沫若也曾"反其意而剥皮"一首：

> 煮豆燃豆萁，豆熟萁亦灰。
> 不为同根生，何缘甘自毁。

郭老的诗吟咏亲人相互体谅成全，旨在突出"豆熟萁亦灰"。与曹诗慨叹骨肉自相残害的意思完全相反。这种剥皮诗又被称为"翻案剥皮诗"。

崔颢《黄鹤楼》有"唐人七律诗，当以此为第一"之誉。诗曰："昔人已乘黄鹤去，此地空余黄鹤楼。黄鹤一去不复返，白云千载空悠悠。晴川历历汉阳树，芳草萋萋鹦鹉洲。日暮乡关何处是？烟波江上使人愁。"

1933 年初，日军侵占热河省，逼近京津，华北危急。国难当兴，北平城里，达官贵人仓皇出逃，大学生们集体请愿，为民族存亡而奔走呼号。目睹此状，鲁迅先生将《黄鹤楼》"剥皮"为：

> 阔人已骑文化去，此地空余文化城。
> 文化一去不复返，古城千载冷清清。
> 专车队队门前站，晦气重重大学生。

日薄榆关何处抗，烟花场上没人惊。

全诗对置民族危亡于不顾，依旧在烟花场上醉生梦死的当局者，进行了无情的批判、嘲讽；对大学生们的报国行为"点赞"。

郑板桥的《竹石》诗常被吟诵。诗曰："咬定青山不放松，立根原在破岩中。千磨万击还坚劲，任尔东西南北风。"

习近平主席把此诗改为：

> 深入基层不放松，立根原在群众中。
> 千磨万击还坚劲，任尔东西南北风。

在习近平主席心中，人民始终处于中心位置，他始终同人民群众想在一起、干在一起。在这首诗中，他心系群众、情系群众、深入基层的精神，跃然纸上。

打油诗

明代刘元卿撰写的《王婆酿酒》，写一个道士为了报答王婆，给她挖了一口会涌出好酒的井，王婆自然发财了。后来，道士问王婆酒好不好。王婆说，酒很好，但是没有可用来喂猪的酒糟。道士听后，在墙上写了一首打油诗：

> 天高不算高，人心第一高，
> 井水当酒卖，还说没酒糟。

道士写完之后，那口井再也不出酒了。

檃括诗

檃括诗是把前人的诗文加以增删剪裁、概括改制而成的诗。它比剥皮诗改动更多更大。

瑞鹤仙·檃括《醉翁亭记》 黄庭坚

环滁皆山也，望蔚然深秀，琅琊山也。山行六七里，有翼然泉上，醉翁亭也。翁之乐也，得之心，寓之酒也。更野荒佳木，风高日出，景无穷也。

游也，山肴野蔌，酒洌泉香，沸筹觥也。太守醉也，喧哗众宾欢也。况宴酣之乐，非丝非竹，太守乐其乐也。问当时，太守为谁，醉翁是也。

这首词，短短 102 字，檃括了欧阳修《醉翁亭记》数百字的内容，且保持了原作的艺术风格，十分巧妙。

十七字诗

十七字诗也称"吊脚诗"，民间称"三句半"。全诗四句，前三句均为五字，第四句用两字，共十七字。它一般多为嘲讽而作。在用词的俚俗、诙谐方面近似打油诗。

明朝正德年间，某生喜作诗，才思敏捷，触题即咏。当时天大旱，太守祈雨不成。某生作诗嘲讽道：

> 太守出祈雨，万民皆喜悦。
> 昨夜推窗看：见月。

太守大怒，把某生抓来。太守对他说："你会作十七字诗，我试你一试，作得好就放了你。我的别号称西坡，你就以此为题作一首上来。"某生应声道：

> 古人号东坡，今人号西坡。
> 若将两人较：差多！

太守大为恼火，把某生责打了十八大板。某生又吟道：

> 作诗十七字，被责一十八。
> 若上万言书：打杀！

太守忍不住大笑，将他放了。

离合谜语诗

有一种特殊离合诗，把诗句中某个字拆离，取其一部分成为其他字。例如以散曲形式出现、描写被遗弃妇女的痛苦心情、既是离合诗又是谜语诗的《十字巧谜》。

> 帘下去卜郎归卦，
> 到天明不见人儿转回家。
> 怨玉郎莫得一点知（直）心话，
> 欲罷（"罢"的繁体字）不能罷，
> 敛吾愁只得把口哑。
> 论交情素无差，
> 这皂白果难分耶？
> 忍分离心中插了刀一把。
> 恨抛别撇得我手软力又乏，
> 细思量口与心都是假。

第一句中"下"离"卜"是一；
第二句中"天"离"人"是二；
第三句中"玉"离"直"（竖）和"点"是三；
第四句中"罷"离"能"是四；
第五句中"吾"离"口"是五；
第六句中"交"离"差"（交叉）是六；
第七句中"皂"离"白"是七；
第八句中"分"离"刀"是八；
第九句中"抛"离"手"（扌）和"力"是九；
第十句中"思"离"口"和"心"是十。

全诗离成"一二三四五六七八九十"十字。它结构巧妙，感情真实，真不失为一首离合诗谜佳作。

三、用词迥异的特异诗

虚词诗

《东京梦华录》中记载，宋时有位落魄书生写了一首虚词诗：

> 吾人有志于仕途，岂可苟焉而已乎？
> 然而正未易言也，学者知其所勉夫！

全诗二十八个字，却含有十六个文言虚词：于、岂、可、焉、而、已、乎、然、而、正、未、也、者、其、所、夫。此位落魄书生可谓遣词高手，匠心独运，非常有趣。

重字（复词）诗

重字：在一首诗中反复出现同一个字词。

一首诗要力避重复出现同一个字，但是有的诗人却偏偏让某个字在每句中都出现，别具一格。例如：

念奴娇·中秋效李敬齐体　白朴

一轮月好，正人间，八月凉生襟袖。万古山河，归月影，表里月明光透。月桂婆娑，月香飘荡，修月香人手。深沉月殿，月蛾谁念消瘦。

今夕乘月登楼，天低月近，对月能无酒。把酒长歌邀月饮，明月正堪为友。月向人圆，月和人醉，月是承平旧。年年赏月，愿人如月长久。

这首词几乎每句用"月"字，却不会使人感到牵强。

长思仙·赠平州刘志真　王丹桂

慕全真，处全真，举动行为务正真。惟凭一志真。　　合天真，契天真，十二时中守内真，头头现本真。

全诗反复用"真"字，它既是被赠诗人的名字，又是道家追求的目标。"真"指"本原"，经过修炼，恢复人的本来面目，后称仙人为真人。王丹桂在昆嵛山修道，号"白云子"，刘志真是他的道友。

卜算子·赠王喆　马钰

师父重阳号，炼就重阳宝。紫诏重阳赴玉京，方显重阳好。我为重阳到，庵为重阳造。特为重阳守服居，符合重阳道。

"重阳"指天。积阳为天，天有九重，所以叫重阳。

喜迁莺·贺人生第三子　王特起

古今三绝，唯郑国三良，汉家三杰，三俊才名，三儒文学，更有三君清节。争似一门三秀，三子三孙奇崛。人总道，赛蜀郡三苏，河东三薛。

欢悭，况正是三月风光好，倾杯三百，子并三贤，孙齐三少，俱笃三余事业。文既三冬足用，名即三元高揭。亲朋庆看，宠加三锡，礼膺三接。

全词二十四句，有二十个"三"字。列举史上良将、功臣、名士，都以"三"为数，在内容和形式上统一和谐，互相映照，韵味无穷。

四、书写或阅读怪诞的特异诗

神智诗

神智诗：不按常规书写或不按常规阅读的诗，它"以图写意，令人自悟"，启发神智，所以叫神智诗。

宋神宗熙宁年间，北宋内忧外患。统治阶级腐败无能，北方少数民族经常进犯中原地区，且气焰十分嚣张，就连他们派到中国来的使者，也傲慢无礼，十分骄矜。

杰出的文学家苏轼，对当时北宋积贫积弱的现象深感不安，特别是对北方少数民族不断的骚扰深为忧虑。有一次，辽的使者来到中原，神宗皇帝派苏轼接待。这位使者附庸风雅，总爱摇头晃脑哼几句歪诗，还把一些不三不四的东西拿去诘难翰林院的学士们。苏轼见他这样盛气凌人，决定好好教训他一下，就微微笑道："作诗有什么困难，依我看，读诗比作诗还要难呢。我写你念，怎么样？"辽使想，照着念还不容易，便答应了。于是，苏轼挥毫写下了题目《晚眺》，然后，沉吟片刻便在纸上挥笔写下了 12 个大字：

亭 景 畫 老 筍

首 雲 暮 江 蘸 峰

北使颠来倒去看了半天，也不知怎么个念法，甚是狼狈。苏轼这才又微微一笑："怎么样？读诗不容易吧？看来只有我读给你听啰！"于是朗声念道：

> 长亭短景无人画，老大横拖瘦竹筇。
>
> 回首断云斜日暮，曲江倒蘸侧山峰。

苏轼一边念，一边瞟着辽使，只见他大汗淋漓，尴尬万分。后来这位自鸣得意的辽使再也不敢谈诗了。

和其他诗一样，创作特异诗也是为了抒发某种情感。为了为父求情，创作"不打诗"。为了揭露封建社会灾荒严重、民不聊生的景象，创作"荒年诗"。为了抒发思念丈夫的缠绵悱恻之情，"盘中诗"破壳而出。为了讽刺太守的愚蠢粗暴，创作"十七字诗"。为了抒发对学阀摧残学生的愤慨之情，创作"剥皮诗"。为了反映书生落魄情景，创作"虚词诗"。为了让盛气凌人、附庸风雅之人当众出丑，"神智诗"应运而生。均为有感而发。

特异诗或形式，或内容，或写法，或用词，或书写别具一格，五彩纷呈，奇趣无穷。

　　普通人写特异诗，一般文人写特异诗，大诗人、文学家也写特异诗，而且人数不少。白居易、苏轼、朱熹、黄庭坚、冯梦龙、范成大、鲁迅、郭沫若都写过特异诗。

　　从特异诗可以窥见我国文学多姿多彩的一个侧面，特异诗对作家、作品有一定影响和价值，不能把它视作文字游戏。

戏 剧

　　大娘的爸爸是定居美国的华侨。他买彩票中了大奖，奖金三千万美元。他寄了两千万人民币给大娘。大娘的两个儿子百般讨好大娘，企图得到她的钱。大娘一分钱也不给他们。为什么？

　　楚国有个叫卞和的人，在山上得到一块未经雕琢的璞玉。他把璞玉献给楚厉王，结果被定欺君罪，砍掉他的左脚。楚武王即位，卞和又去献璞玉，又被定欺君罪，砍掉他的右脚。楚文王即位，卞和把璞玉献给文王，文王叫玉匠认真加工琢磨它。经过加工琢磨，璞玉变成了举世无双的美玉，命名为和氏璧。后来，此璧到了赵王手中。秦王想用十五座城池换和氏璧。和氏璧已经到了秦王手中，却又"完璧归赵"。为什么？

戏剧小品

变　脸

（一个 60 余岁的大娘提着一个小挎包上场。一个小偷从她背后把挎包抢去，转身而逃。大娘转身追小偷。）

大娘　抓小偷呀！

（一个警察快步上场。）

大娘　警察，抓小偷！

（大娘指着小偷，小偷下。）

警察　好，你在这里等着。

（警察下。大娘喘着粗气席地而坐。大娘儿子老大、老二上场，走到大娘跟前。）

老大　娘，终于找到您了。听说在美国的外公买彩票中了大奖，奖金三千万美元，从穷光蛋变成了富翁，寄了一千万元人民币给您，这是真的吗？

大娘　是呀。

老二（惊喜地）哎呀！这下我发财啦！娘，您累了吧，我给您捶背。（蹲下用双手给大娘捶背。）

老大　娘，老二是假关心您。您忘了吗？当初是老二把您赶出家门，害得您流离失所的。您来我家吧，我一定好好服侍您。

老二　娘，是我不好，对不起您，您回来吧，我今后一定好好赡养您。

老大　娘，外公寄来的钱呢？我先帮您存着。

大娘　你们外公中奖才几天，就卷入一宗大案，要交三千五百万美元罚款。把中奖的钱全部交上去都还不够，所以我把那一千万寄回给他了。

老大　（惊愕地）你这个老不死、糊涂虫，那笔钱对外公来说是杯水车薪，有它不多，无它不少。但是，对我们来说，那可是巨款，救命钱啊！

老二（气愤地）死老鬼，不要回我家，继续住庙里！

大娘　不过经过深入调查，判定此案与你们外公无关，不用交罚款，你们外公把我寄去的钱寄回给我了，还多了一千万呢。

老大　（惊喜地）娘，我不是在做梦吧？

老二　（惊喜地）娘，真的吗？

大娘　当然是真的。

（老大、老二赶快把大娘扶起来，然后同时跪下。）

老大　娘，回我家吧！老二对您不好，把您赶了出来。

老二　娘，回我家吧！老大对您不好，您才来我家的。

老大　娘，那两千万呢？

大娘　存入银行了。

老二　娘真聪明！

老大　存款单呢？能不能拿出来看看？

大娘　放在一个新买的挎包里，挎包刚刚被小偷抢走了。

老二　（失望地）你这个晦气鬼，今后不要进我家。（转身欲走。）

老大　（失望地）老糊涂，干吗不叫我陪你呢？有我陪，或者由我拿包，小偷抢得走吗？（转身欲走。）

（警察抓着小偷上。）

警察　大娘，是他偷了您的东西吗？

大娘　是呀，警察同志，谢谢您！

警察　这个包是您的吗？

大娘　（惊喜地）是呀！

（警察把包交给大娘。）

警察　看看里面的东西少了没有。

（大娘打开包往里看，老大、老二凑上去看，惊喜状。）

大娘　没少，没少。真是太谢谢您了！

警察　不用谢，这是我应该做的。

老大　娘，刚才真对不起，您回我家吧，我一定好好服侍您。

老二　娘，我以往对您不好，今后一定改邪归正，好好供养您。

（老大、老二一人拉住大娘的一只手，反反复复地一人拉过来，一人拉过去。）

大娘　你们别拉了，我不上你们家，我买房自己生活。

课本剧

完璧归赵

第一幕

（赵惠文王的宫殿里。一把大椅子放在舞台中央。赵王坐在椅子上。他的旁边站着缪贤。文武大臣若干人站在两边。）

赵　王　众位爱卿，秦王想用十五座城池交换寡人的和氏璧。大家知道，那秦王是个蛮不讲理的人。跟他换，恐怕和氏璧给了他，却得不到那十五座城池；不跟他换，又恐怕他以此为借口，派兵来攻打我国，而我们又不是他的对手。大家说，该怎么办？

（大臣们面露难色，无人说话。）

缪　贤　大王，微臣有个门客，叫蔺相如，是个足智多谋、善于排忧解难的人。现在大家无计可施，可以叫他来商议这件事吗？

赵　王　这个人现在在哪里？

缪　贤　臣知道今天商议交换和氏璧这件大事，便带着他上朝，现在正在门外等候。

赵　王　宣他进殿！

缪　贤　宣蔺相如进殿！

（蔺相如迈着有力的大步上场，在赵王面前跪下。）

（众人看着他的一举一动。）

蔺相如　大王！（行礼）

赵　王　蔺相如，秦王说要用十五座城池交换寡人的和氏璧，要不要跟他换？

蔺相如　秦王拿十五座城池来换和氏璧，大王不换，理亏的是大王；和氏璧给了他，他不给十五座城池，理亏的是秦王，他的信誉，就会在天下人面前丧失得一干二净。

赵　王（茅塞顿开）有道理！（面向众大臣）众位爱卿，寡人想派一位使者带和氏璧到秦国去，同秦国交换十五座城池，你们谁愿意去？

（众大臣个个低下头，无人出来应答。）

蔺相如　大王，如果没有人愿意去，我愿意去。秦王果真拿十五座城池来交换，我把和氏璧交给他；如果没有把握得到那十五座城池，我会带着完好无损的和氏璧回到赵国来。

（大臣们有的吃惊，有的捂着嘴暗笑。）

赵　王　好！寡人现在任命你为使者，希望你做好准备，过几天送你上路。

蔺相如　（行礼）谢大王！

第二幕

（秦昭王的宫殿里。一把大椅子放在舞台中央。秦王坐在椅子上。他的近旁站着两个妃子，稍远处站着一个老太监。文武大臣若干站在两边。）

老太监　宣蔺使者上殿！

（蔺相如抱着用布包着的和氏璧，带着两个随从上场。他们走到秦王面前跪下。）

（秦王回礼，蔺相如与随从站起来。）

秦　王　蔺使者，把和氏璧献上来！

（蔺相如把和氏璧交给老太监，老太监小心翼翼地把包裹和氏璧的布打开，再把装璧的盒子打开，把璧交给秦王。秦王大喜，众人也大喜。）

秦　王　哈哈！哈哈！哈哈哈！果然名不虚传！举世无双，举世无双呀！

（秦王把和氏璧交给一个妃子。那妃子才看了一会，另一个妃子便抢了过去。两人你争我夺。）

秦　王　哎，别抢！别抢！

（秦王从座位上站起来，从妃子手中拿回璧玉，兴奋地看一下，吻一下。）

（蔺相如注视着他们的一举一动。他眉头一皱，计上心来。）

蔺相如　大王，这块璧玉虽然精美无比，天下无双，但是也有一些瑕疵，请让我指给大王看。

秦　王　什么？这块璧玉也有瑕疵？怎么寡人看了这么久还看不出来？好，你指给寡人看。

（秦王把和氏璧交给老太监，老太监又把璧交给蔺相如，蔺相如拿着璧退后几步，靠在一根柱子上。）

蔺相如（非常气愤）赵王为了尊重大王，在决定送璧前来交换后，斋戒五天，在正殿上举行隆重的送璧典礼。可是，大王不但不在正殿上接见我，而且接璧时一点礼节也没有。我看大王也没有拿十五座城池来换璧的诚意，所以用计把璧取回来。如果大王逼迫我，硬要抢璧，我就在柱子上把璧撞破，再把我的头撞破！

（蔺相如手拿和氏璧，斜着眼看着柱子，做出将要在柱子上撞璧的样子。秦王大吃一惊。）

秦　王（急切地）蔺壮士，且慢，且慢！寡人一时疏忽，没有遵照礼仪来迎接和氏璧，请壮士千万不要把璧撞破，寡人立即叫人拿地图来，把十五座城池划给赵国。

蔺相如　和氏璧是天下公认的稀世珍宝。赵王送璧时斋戒五天，在正殿上举行隆重典礼。现在，大王也要斋戒五天，在正殿上举行隆重典礼，把十五座城池划给赵国，我才把璧送上。

秦　王　是！是！是！寡人一定做到！一定做到！

第三幕

（布景与第二幕相同。）

老太监　宣蔺使者上殿。

（蔺相如独自一人空手上殿。秦王等感到意外。）

秦　王（大惑不解）蔺壮士，按照你的要求，寡人已经斋戒五天，今天举行接璧典礼，你怎么不带和氏璧来？你那两个随从呢？

蔺相如　自秦穆公以来，秦国的二十多位君王没有一个讲信用、重合约。我担心被大王欺骗，辜负了赵王，所以，我已经叫两个随从化装成老百姓，带着和氏璧，抄小路回赵国去了。他们已经走了几天，估计已经回到赵国了。

（秦王大吃一惊，随即大失所望，猛拍胸口，妃子、太监、大臣们也深感震惊。）

秦　王　（非常愤怒）蔺相如，你不想活了？

蔺相如　大王且息怒，听我解释。秦国强大，赵国弱小，赵王是不敢不尊重大王的。大王你看，你派个使者到赵国去，说想用十五座城池换和氏璧，赵王立即派我带和氏璧来交换。如果大王真有诚意换璧，真的把十五座城池划给赵国，赵王就是吃了老虎胆，也不敢不把和氏璧奉送给大王，以免得罪大王，招来灭国之灾。今天，我欺骗了大王，该当死罪，但我早已把生死置之度外，你处死我吧！

（秦王、大臣等面面相觑，懊丧而又无可奈何。）

一大臣　大王，这家伙胆大包天，明目张胆地欺骗大王，应该把他拉出去，一刀砍了！

众大臣　（异口同声）对！把他砍了！

秦　王　（沉吟，无可奈何）把蔺相如杀了，不但得不到和氏璧，反而会使赵国和秦国断绝外交关系，有害无益。不如趁此机会，好好招待他，让他平平安安回国，在赵王面前美言几句。相信赵王不会在交换和氏璧这件事上欺骗寡人、得罪寡人。传寡人命令，在正殿上设九宾之礼接待蔺使者！

蔺相如　（行礼）谢大王！

幕落

（根据《史记·廉颇蔺相如列传》改编）

诗　歌

　　滋润万物，泽及一切，追求生命极致的是什么？

　　不畏艰辛，永葆青春，要求极少，给予极多的是什么？

　　毛泽东主席如何称颂鲁迅？

　　影视武打有何常规？

　　为什么说新旧社会两重天？

文 赋

水 赋

　　山岚绕峰，白云缀天；霞光灿烂，彩虹绚丽。水之汽也。冰山浮海，冰峰刺天；千里霜白，万里雪飘。水之固也。小雨淅沥，大雨滂沱；汩汩泉流，千尺飞瀑；小溪淙淙，江河哗哗；大海汹涌，汪洋澎湃；潮水奔腾，倾涛泻浪。水最神奇，千姿百态。

　　冰清玉洁，晶莹之美；绚丽多彩，灿烂之美；汩汩淙淙，纤柔之美；波高浪涌，壮阔之美，云遮雾障，朦胧之美。水最爱美，美美咸集。

　　悬崖绝壁，一跃而下；高峡险滩，一往无前；汹涌澎湃，势不可当；一泻千里，摧枯拉朽；柔而难犯，弱而克刚。水最勇猛，无坚不摧。

　　容清纳污，扬清激浊；涤荡污垢，濯洗肮脏；洁净万物，污浊自己。水最坦荡，大公无私。

　　河纳百溪，川纳百河；海纳百川，洋纳百海；愈积愈深，地位愈低；去盈就卑，自戒溢满。水最谦恭，虚怀若谷。

　　水滴石穿，持之以恒；千里奔江，万里向洋；"万折而必东"，锲而不舍；不屈不挠，历险致远。水最执着，矢志不移。

　　避高就低，避实就虚；因温制宜，因地制宜；顺应客观，相机而动；以柔克刚，曲线灵活。水最变通，随机应变。

　　流到塘库，随遇而安；流到堤防，清静下来；流到缝隙，不嫌逼仄；流到大洞，浸润透达。水最智慧，安于规范。

　　一平如镜，静如处子；涓涓淙淙，不温不火；跌宕起伏，波澜壮阔；汹涌咆哮，恣意汪洋。水最智慧，有礼有节。

　　灌溉农田，浇绿林木；环保电力，重要能源；背负船舰，疾行

如飞；人人必需，物物必需；沐浴众生，滋润万物；生命之源，须臾难缺。百行百业，无处不用。水最重要，居功至伟。

"上善若水。""水滴石穿。""流水不腐。""水多成洋。""水能载舟，亦能覆舟。""海纳百川，有容乃大。""逝者如斯夫，不舍昼夜。""柔弱不过山溪水，到了不平地上也高声。"最富哲理，发人深省。

展现不同形式之美，享受不同层面快乐；勇往直前，无坚不摧；舍己为人，大公无私；谦恭低调，虚怀若谷；既灵活多变，又安于规范；既矢志不渝，又随遇而安；既柔情万种，难得糊涂，又雷霆万钧，毫不留情；滋润万物，泽及一切；追求生命极致……

松　赋

　　悬崖扎根，山巅挺立；大漠生长，野岭成林；焦土发芽，荒山绿遍。不畏艰辛，四海为家。

　　枝繁叶茂，青翠欲滴；郁郁葱葱，苍劲挺拔；英姿飒爽，神采奕奕。奋发向上，永葆青春。

　　绿化大地，点缀名胜；对抗风暴，阻挡黄沙；枕木松板，松香松油。要求极少，给予极多。

　　狂风暴雨，无所畏惧；雷电交加，岿然不动；日晒霜打，生机勃勃；千里冰封，精神抖擞；四野萧疏，更显苍翠。"大雪压青松，青松挺且直。"坚强不屈，百折不挠。

　　松柏常青，松贞玉洁；顶天立地，刚正不阿；"岁寒后凋"，"百木之长"；不与百花争艳，不会变色趋时。高风亮节，崇高伟大。

散文诗

用钢刀一样的笔刺向敌人
——歌鲁迅

你"横眉冷对千夫指；俯首甘为孺子牛"。你"吃进去的是草，榨出来的是奶、血"。

你的骨头是最硬的，没有丝毫的奴颜婢膝。你是绅士阶级的逆子贰臣，用钢刀一样的笔刺向敌人。

可怜可悲的阿Q、孔乙己、祥林嫂……可歌可泣的狂人、夏瑜、刘和珍……令人发指的礼教、友邦、"民国"、丧家狗……在你的笔尖下，跃出一个又一个栩栩如生的人，闪出一幅又一幅惊心动魄的画。

文是投枪匕首，诗是号角雷霆；字字惊豺狼，句句泣鬼神。

你是中华民族新文化的方向，你是中国新民主主义文学奠基人；你是伟大的文学家、思想家、革命家，你是一面耀眼的大旗。

你的思想、行动、著作都是马克思主义的，你是党外的布尔什维克；你有政治远见、斗争精神、牺牲精神，你是民族先锋、民族英雄！

抒情诗

相　聚
——为学生聚会而作

为了再次握手，我们相聚，
为了再次拥抱，我们相聚；
为了再次拍拍胸膛，我们相聚，
为了再次搂搂肩膀，我们相聚；
为了热泪盈眶，我们相聚，
为了如醉如痴，我们相聚；
为了前世的债，我们相聚，
为了今世的情，我们相聚。

因为思念，我们相聚，
因为友情，我们相聚；
因为要打开珍藏多年的回忆，我们相聚，
因为要倾诉多年的离情，我们相聚；
因为要看到熟悉的身影，我们相聚，
因为要听到熟悉的声音，我们相聚；
因为要看焕然一新的母校，我们相聚，
因为要看日新月异的故乡，我们相聚。

岁月使我们成长，
历练使我们成熟；
实践使我们成才，

奋斗使我们成功。
为了看同窗成熟的风采，我们相聚，
为了看同窗成才的英姿，我们相聚；
为了汲取成功的经验，我们相聚，
为了得到更多正能量，我们相聚。

为了不辜负同窗的期盼，我们相聚，
为了不辜负老师的期盼，我们相聚；
为了不辜负母校的企望，我们相聚，
为了不辜负乡亲的企望，我们相聚；
为了集体欢腾，我们相聚，
为了尽情狂欢，我们相聚；
为了心心相印，我们相聚，
为了友谊天长地久，我们相聚！

乌　云

不慕彩云绚丽外衣，
不慕白云闲适安逸；
孕育雨水越多头越低，
峰峦越傲越被它遮蔽。

带来雷声，唤醒大地；
带来骤雨，荡尽污泥。
艳阳高照，河山锦绣，
悄然离去，无声无息。

讽刺诗

为何如此不要"命"？

——影视武打常规

大人败于小孩，
男人败于女人；
威猛打不过矮小，
健壮打不过残疾；
千军万马输给单枪匹马，
真刀真枪输给气功幻术；
赤手空拳胜全副武装，
遍体鳞伤胜毫发无损；
连战连捷终败北，
奄奄一息终获胜；
拳打脚踢不受伤，
刀砍剑劈不流血。
"真实是艺术的生命"，
为何如此不要"命"？

快 板

新旧社会两重天

我叫何阿福，今年九十六。
一九四九前，哪有半点福。
吃的是野菜粥，穿的是烂衣服；
用的是破旧物，住的是茅草屋。
欠了一身债，还欠人租谷。
子女没书读，饿得哇哇哭。
给地主打工，做得腰驼背又曲。
世代做牛马，有苦暗中哭！

一九四九后，开始享小福。
吃上白米粥，添了新衣服；
建了砖瓦屋，小孩有书读。
改革开放后，开始享大福。
天天吃鱼又吃肉，四季衣裳新簇簇；
建了钢筋水泥楼，各种电器摆满屋。
银行有存款，出门"四个辘"。
感谢共产党，阿福才有福！

儿 歌

村里变化多

大公鸡，尾婆娑，
村子里，变化多。
村东广场多活动，
村西山头多水果；
村南工厂机器大，
村北别墅一座座。
小伙伴们手拉手，
又唱又跳多快活。

散　文

为什么客家人能够刻苦勤俭、开拓进取、精英辈出？

为什么有人连遭七舛都能从容面对？

为什么茅盾说抗战期间营救在港文化精英是最伟大的抢救工作？

为什么山鸡窝里能够飞出无数金凤凰？

如何才能具有创新思维？

写人散文

客家人

秦始皇吞并六国后，派数十万大军南下。平定岭南后，不少军人留守当地。接着，不少军属、商人、移民、官员等从中原前来岭南定居。西晋末永嘉年间（4世纪初），黄河流域的一部分汉人，因为战乱南徙渡江。唐末（9世纪末）以及南宋末（13世纪末），又有大批汉人过江南下至赣、闽及粤东、粤北等地。他们被称"客家"，以别于当地原来的居民，以后遂相沿而成为当地汉人的自称。客家人最为明显的特征是讲客家话。

一、客家渊源

黄河中游、洛水流域称河洛、中原地区。河洛地区土地肥美、气候温和、宜种作物。从远古起，人类就在这里繁衍生息，生产劳动，缔造了文明。在七千到五千年前新石器时代晚期，这里村落棋布，人们在这里打鱼狩猎，纺织稼穑。随着生产力的发展，生活在河洛地区的人们懂得制作青铜器并创造了文字，都市也逐渐成形。河洛地区是中国最早建立国家的地区之一，洛阳是中国历史上19个王朝的古都。

每逢封建王朝改朝换代，政局动荡，或者黄河泛滥，田园荒芜，河洛地区的汉族士庶，都会有不少人向南迁徙，在异乡重建家园。他们在特殊的社会环境、地理环境中具有共同心理素质，他们与当地民族相互交流，并吸收当地的文化与语言，形成客家人，或称客家民系。

因此，客家民系源于中原，根在河洛。

二、客家迁徙

公元前 221 年，秦统一六国后，秦军兵分五路平定百越。从此，中原人因仕宦、随军、业贾而客居岭南者渐众。赵佗在任龙川县令时，为解决驻守在此的将士兵卒缝补浆洗等问题，曾上书朝廷请求拨三万北方妇女南下，结果朝廷许其"万五"。留驻在这里的将士兵卒及其家庭成员成了最早的客家先民。

不过，这只是客家人大迁徙的"前奏"，真正的大迁徙从西晋开始，共五次。

第一次大迁徙在西晋末年。由于统治阶级的腐败，民族矛盾的激化引起永康元年的"八王之乱"，继而在永嘉年间（307—313）又爆发了各地人民反对晋王朝的战争。不堪奴役的汉人大举南迁，他们由中原经河南南阳，进入襄樊沿汉水入长江迁向湖北、安徽、江苏、浙江一带；朝东则由九江到鄱阳湖，或顺赣江进入赣南山区。其前锋已抵达今之梅州大埔。

第二次大迁徙在唐朝"安史之乱"后。战乱所及唯有赣东南、西南和粤东北"比较堪称乐土"，于是各省客家先民的大部分，由江州顺赣江而下，来到今天的赣南、闽西、粤东北的三角地带定居。这次南迁，延续到唐后的五代时期，历时 90 年。

第三次大迁徙发生于公元 112 年北宋都城开封被金兵攻占后。宋高宗南渡，在临安（今杭州）称帝，建立南宋王朝。随高宗渡江南迁的臣民达百万之众。此时，处于黄河流域的汉族人为躲避战乱又一次渡江南迁。经过浙江、福建、江西后，东路进入广东大埔、蕉岭、梅州一带。西路进入广东南雄、始兴、曲江一带。其中一部分到达平远、蕉岭。除了庶民，还有官员、文人、志士。早先南迁的客家人，为寻安宁的生存环境，又继续南迁，进入粤东的梅州、惠州一带。

第四次大迁徙原因有两个。一是满族入主中原。受此影响，有随郑成功到台湾的；有向粤北、粤中、粤西搬迁的；有的则到了广西、湖南、四川。二是客家内部人口膨胀。人口膨胀，人多地少，要外出谋生，适逢清政府于康熙年间发起了"移湖广，填四川"的移民运动。于是，原先由中原移居两广两湖的汉民，大量入川。

第五次大迁徙在清朝咸丰、同治年间。洪秀全领导的太平天国运动从1851年到1864年，辗转征战长达14年之久。在此期间，粤中地区发生了持续12年的土客械斗，清政府为解决土客之争，特划出台山赤溪地区用以安置客家人。因为不少人不想到这个地方去，因此客家人开始了又一次大迁徙，迁到海南，迁到广西，甚至漂洋过海到海外去谋生。

三、客家分布

目前，世界上有一亿两千万客家人，占汉族人口的10%。分布在全国18个省市自治区、世界100多个国家和地区。"有阳光的地方就有华人，有华人的地方就有客家人。"在中国，客家人主要分布在广东、广西、江西、福建、海南、四川、湖南、湖北、贵州、台湾、香港、澳门等地。就广东而言，龙川、河源、惠州部分地区是秦汉时期广东客家文化的中心，韶关是唐朝时期广东客家文化的中心，惠州是宋朝、明朝时期广东客家文化的中心，梅州、潮州是清朝时期广东客家文化的中心，到近代、现代，则是梅州客家人独领风骚。当代，深圳客家人450万、惠州客家人500万、广州客家人400万、河源客家人380万、梅州客家人500万、韶关客家人350万、珠江三角洲地区客家人300多万、潮汕和粤西等地客家人400万，共3 300万。占全球客家人总数近三分之一。在国外，华侨、华人中的客家人大部分定居于东南亚的泰国、马来西亚、印度尼西亚、新加坡，东亚的日本、朝鲜，美洲的美国、加拿大、巴西，欧洲的英国、法国、荷兰、比利时、卢森堡、德国、奥地利等。其中印度尼西亚120万、马来西亚100万、泰国60万、新加坡50万，共330万。

四、客家文化

客家先民本是河洛地区人，客家文化源于河洛，因而与河洛文

化关系密切。风俗、衣冠、饰物、用具、建筑等都有河洛烙印。

客家文化有移垦文化色彩。客家人离开故土，南迁走遍半个中国。在迁徙沿途，在新的定居地，一方面传播中原文化，一方面吸收当地先进文化，是多种文化的载体。例如广东客家人讲的客家话的一些词，从粤语转化而来。

崇文重教。客家人居住的地方多为山区，开垦耕地不易，三四代后便会人多地少。山区经济不发达，无地可耕即无工可做，只能外出谋生。外出谋生要有一定的文化，因此客家人十分重视文化教育，"喉咙省出读书钱"，"砸锅卖铁也要送子上学堂"。客家地区向来文化教育事业很发达。20 世纪 20 年代，梅县城区有九间中学，全县有三十余间中学。

唱客家山歌。客家人多数居住在山区，大家"日出而作，日入而息"，很少文化活动，唱山歌是平日唯一的文化活动，因而到处有人唱山歌。山多歌多，人们在山上走路、砍柴、割草、放牛、种树、耕作时都常唱山歌。对黑暗社会的愤慨之情，对剥削者的诅咒，对美好生活的向往，对爱情的渴望，都可通过唱山歌抒发出来，因此，在传统客家文化中，最能抒发情感的莫过于客家山歌。这种带有浓厚乡土气息的民歌，艺术风格、修辞方法、章法结构都与《诗经》"国风"中一些诗篇相似。它继承了《诗经》"赋比兴"的传统，又发展了双关、歇后、顶针、对偶等修辞手法，讲究协韵，方言土语自然入歌，有一定艺术价值。在中国民歌中独树一帜。

讲客家话。客家话是汉民族八大方言之一，有大量古代汉语的遗留，人称"汉语活化石"，继承了古代汉语的美感。客家人讲客家话两千余年，承传了中华文化的优秀遗产，显示了客家文化的强大。

踢足球。客家人有足球运动员不可或缺的刻苦耐劳、勇于拼搏、团结一致的客家精神，适合踢足球。加上喜欢踢足球，因而善于踢足球。以广东梅州为例，"亚洲球王"李惠堂是梅州人，2018 年中甲 16 支足球队中，有两支在梅州：梅县铁汉生态、五华梅州客家。一个只有 500 万人口的地级市，有两支中甲足球队，全国绝无仅有。

五、客家精神

由于战乱、灾荒等原因，客家先民自中原逐步南迁，栉风沐雨，长途跋涉，多数迁徙到赣、闽、粤山区，披荆斩棘，胼手胝足，艰苦创业，定居繁衍。他们在克服种种艰难险阻的过程中，逐渐锤炼形成自己群体特有的性格素质、社会意识形态、思维方式和心理状态——客家精神。

客家精神，来自源远流长的汉民族优秀文化传统，来自五千年华夏文明的历史积淀，来自万里迁徙的艰难磨炼，来自偏僻山区恶劣环境的长期锻冶，来自祖辈一代一代的言传身教，来自客属先贤光辉榜样的潜移默化，源于斯而高于斯的添薪增彩，是伟大的汉民族精神在特定条件下的延续与发展。这种精神主要表现在刻苦勤俭、开拓进取、守望相助、念祖思亲、投身革命等方面。

从中原南迁，无论落籍何处，都要扶老携幼、带着家什、风餐露宿，千里迢迢、跋山涉水，历尽千辛万苦、千艰万难；都要适应陌生、自然条件较差的环境；都要艰苦创业、开辟新家园。因此客家人具有不畏艰辛、刻苦耐劳、勤俭节约的精神。这是千百年来客家精神的支柱，以此为基础，客家精神得以更好地弘扬与发展。

客家先民辗转到南方各地立业，甚至漂洋过海到东南亚各国谋生，这使他们必须具备冒险的精神、开拓的意志、进取的勇气，因而，国内、国外的客家人，谋生、从政、从军、从商都敢作敢为，富于拼搏、开拓、进取精神。

客家人在逃难时，在陌生地方安家时，无论过去在中原时富贵贫贱，如今都是"同是天涯沦落人"，不团结互助就不能共渡难关。因此，客家人平等相待、和睦共处、守望相助、热情好客。在海内外客家人聚居的地方，基于乡土情谊，语言认同，客家人会组织宗亲性的宗亲会，成立地域性的同乡会，设立会所、会馆。这些组织和馆所，是大家互相帮助、联结情谊、倾诉乡情的重要桥梁。

历史上客家先人是被迫南迁的，他们怀念故土、庐墓情深。他们的后裔承传了这种带有儒家观念的传统，秉承了中原人追根报本

的传统精神，迁徙时背着祖先骸骨，带上家谱、宗谱，一同辗转到异乡，有"二次葬"遗俗。不论到了哪里，都不忘祖籍，不忘故乡语言。

客家人不愿在异族面前屈服，从而能够聚集义士抵御外侮，长期投入到民族奋斗事业，因而又有崇尚正义、为维护祖国和民族尊严而投身革命的传统精神。

六、客家妇女

客家妇女是中国劳动妇女的典型。

黄遵宪在《李母钟太安人百龄寿序》中写道："（客民）其性温文，其俗俭朴，而妇女之贤劳，竟为天下各种类之所未有。……其下焉者，蓬头赤足，帕首裙身，挑者负者，提者挈者，闻溢于闹肆之间，田野之中。……其中人之家，则耕而织，农而工，豚棚牛宫，鸭栏鸡架，牛牙贯错，与人杂处。而篝灯钻杵，或针线以易屦，抽茧而贸丝，幅布而缝衣，日谋百十钱，以佐时需。……无论为人女，为人妇，为人母，为人太母，操作亦与少幼等。举史籍所纯德懿行，人人优为之而习安之。"黄遵宪还说："吾行天下者多矣，五洲游其四，二十行十历其九，未见其有妇女劳动如此者。"

美国传教士罗伯·史密斯在客家地区居住多年，对客家妇女的这种优良品德印象非常深刻。他在他所著《中国的客家》一书中说："客家妇女真是在我见过的任何一族妇女中之最值得赞叹的。在客家中，几乎可以说，一些稍微粗重的工作，都是妇女们的责任。如果你是初到中国客家地方居住，一定会大为惊讶。因为你将看到市镇上做买卖的，车站、码头的苦力，在乡村中耕田种地的，上深山去砍柴的，乃至建筑屋宇的粗工，灰码底窑里做粗重工作的，几乎全都是女人。她们做这些工作，不仅能力上可以胜任，而且在精神上非常愉快，因为她们不是被迫的，她们是自愿的。"

客家妇女的勤劳、刻苦与俭朴这一传统美德，不仅在赣、闽、两广客家地区至今保留，就是远徙四川、远渡海外的客家群落也是如此。美国著名作家米契纳在其《夏威夷》一书中，有两段关于客家妇女的描述：

"在夏威夷，有一名叫魏强的医生，无意中雇请了一位名叫夏美玉的客家妇女当女佣。每日佣金是美金五角。夏美玉不计较工资多少，每日早五时忙到晚九时，天天如此。这感动了魏太太，每天付给她一元美金。"

"后来，魏家给她一亩好田，她勤耕苦作，把收获的蔬菜等挑到有中国人居住的地方叫卖。再后来，她用魏家旷废的两亩沼泽种洋芋，用洋芋做当地人喜欢吃的洋芋糕，将芋茎腌酸菜，赤脚肩挑沿街叫卖，挣了不少钱。"

1965 年，大文豪郭沫若到梅县视察时，挥毫写出"健妇把犁同铁汉，山歌入夜颂丰收"等诗句。

七、客家骄子

客家民系源远流长，崇文尚武，爱家报国，培育了大批对中华民族的进步做出重要贡献的人物，他们在思想、军事、文学艺术和教育等方面取得举世瞩目的成就，为后人留下了弥足珍贵的遗产，至今仍是客家发展的底蕴和精神动力。

历朝历代，都有不少客家骄子，最负盛名的有张九龄、曾巩、文天祥、袁崇焕、洪秀全，李秀成，丁日昌、张弼士、黄遵宪、姚德胜、丘逢甲、孙中山、廖仲恺、朱德、郭沫若、叶挺、叶剑英、王力、林风眠、李惠堂、廖承志、林士谔、胡耀邦、张震、李光耀等。

张九龄（678—740）：广东韶州曲江（今韶关市始兴）人。唐代诗人。任右拾遗，迁左补阙，后任中书侍郎同中书门下平章事。敢于评论皇上得失。有《曲江集》等著作。

曾巩（1019—1083）：江西南丰人。北宋文学家。奉召编校史馆书籍。任中书舍人。是"唐宋八大家"之一。有《元丰类稿》等著作。

文天祥（1236—1283）：江西吉州吉水人。进士第一。南宋大臣、文学家。任刑部郎官，后任右丞相。坚持抗元，宁死不屈。所

作《正气歌》尤为世所传诵。

　　袁崇焕（1584—1630）：广东东莞人。明朝军事家。任兵部主事，后升授辽东巡抚，再授兵部尚书。屡大败金（清）军。

　　洪秀全（1814—1864）：广东花县（今花都）人。太平天国领袖。在广西桂平金田村起义，建立太平天国，起义军横扫半个中国。

　　李秀成（1823—1864）：广西藤县人。太平天国将领。屡立战功。被封为忠王。

　　丁日昌（1823—1882）：广东丰顺人。清朝江苏、福建巡抚，后办南洋海防，兼总理各国事务大臣。以洋务能员著称。

　　张弼士（1841—1916）：广东大埔人。著名华侨实业家、中国侨务工作先驱。在印度尼西亚有六种实业，是东南亚首富。回国投资七种实业，对清末民初中国经济发展产生巨大影响。任全国商会联合会会长、全国华侨联合会名誉会长等职。

　　黄遵宪（1848—1905）：广东嘉应州（今梅州市）人。清末诗人、外交家。历任旧金山、新加坡总领事等，足迹遍布亚、美、欧、非四大洲。参加戊戌变法。前期作品对帝国主义侵略和清政府腐败有颇多揭露。著有《人境庐诗草》等。

　　姚德胜（1859—1915）：广东平远人。华侨传奇人物。19岁时去马来亚当矿工，做小贩，最终成为"锡矿大王"，其矿山雇佣工人三万余，产量居马来亚之首。无数次为公益事业捐巨款。英皇赐其"和平爵士"称号，光绪帝赐其"乐善好施"牌匾。捐巨款支持孙中山从事革命活动，孙中山特颁一级"嘉禾勋章"。

　　丘逢甲（1864—1912）：台湾彰化人。诗人。任工部主事。在台湾与士民共同抗日。其诗发扬爱国精神。在诗歌创作、军事、教育中均有建树。

　　孙中山（1866—1925）：广东香山（今中山）人。中国伟大的革命先行者。毕生领导革命。推翻清政府，建立中华民国，被推选为中华民国临时大总统。

　　廖仲恺（1877—1925）：广东归善（今惠阳）人。国民党左派领袖之一。历任广东省省长、国民党中央工人部长、农民部长、国民革命军总党代表。

朱德（1886—1976）：四川仪陇人。中国无产阶级革命家、政治家和军事家，党和国家主要领导人。中国人民解放军总司令、国家副主席、全国人大委员长。

郭沫若（1892—1978）：四川乐山人。作家、诗人、历史学家、考古学家、古文字学家、社会活动家。任政务院副总理兼文化教育委员会主任、全国人大常委会副委员长、全国政协副主席。著作收入《郭沫若全集》。

叶挺（1896—1946）：广东归善（今惠阳）人。中国无产阶级军事家，中国人民解放军创建人之一。新四军军长。

叶剑英（1897—1986）：广东梅县人。中国无产阶级革命家、军事家和军事教育家，中国人民解放军创建人和领导人之一。历任国防部部长、全国人大委员长、中共中央副主席。

王力（1900—1986）：广西博白人。语言学家。清华大学、北京大学教授。中国文字改革委员会副主任。重要著作编入《王力文集》。

林风眠（1900—1991）：广东梅县人。现代画家、美术教育家。中国现代美术教育主要奠基者、杰出艺术教育家。他将中国传统绘画和西方各派艺术融合，创造出新的艺术形式。北平艺术专科学校校长、杭州国立艺术院院长、上海画院画师。出版《中国绘画新论》《林风眠画集》。

李惠堂（1905—1979）：广东五华人。中国著名足球运动员。以控球能力强和擅长射门享名。有"亚洲球王"美称。亚洲足球协会副会长、国际足联副主席。在第十一届奥运会上担任中国代表团旗手。著有《球圃菜根录》等。

廖承志（1908—1983）：广东惠阳人。中国无产阶级革命家。全国华侨事务委员会主任、全国侨联名誉主席、全国人大常委会副委员长。

林士谔（1913—1987）：广东平远人。著名航空自动控制专家。清华大学教授。他创立的"高阶方程劈因解法"被誉为"林士谔法"，至今仍被有效运用。名字被收录在《中国大百科全书》中。

胡耀邦（1915—1989）：湖南浏阳人。中国共产党和中华人民共

和国主要领导人。中共中央总书记。

张震（1914—2015）：湖南平江人。中国人民解放军上将、副总参谋长、国防大学校长、中央军委副主席。其长子张小阳、次子张少阳、四子张宁阳均为中国人民解放军少将，三子张海阳为上将。

李光耀（1923—2015）：广东大埔人。新加坡总理。

客家精英多如繁星，上面的介绍挂一漏万。

八、客家民居

客家民居是中国五大民居之一。客家人运用中原古老的建筑方法并效仿中原府第式建筑形式，创造的围屋、土楼是客家民居的代表。

围屋中部的房屋称"进"（又称"栋"），两边房屋称"横"（又称"杠"）。以三进两横居多，有数十个房间。不少围屋除了进、横外，还有"围龙"（围龙：在围屋后面建半月形的房屋与两边横屋的顶端相接）。

土楼有方土楼、圆土楼。方土楼有长方形、正方形，有单体式建筑和组合式建筑。圆土楼多数为一环楼，少数为二环楼、三环楼。大小差别很大。

围屋、土楼的外墙从墙脚到屋顶几乎都是用石灰、沙、石或者石灰、黄泥、糯米饭夯筑的厚厚的墙，因而房屋牢固、盗贼难以挖墙入屋。

围屋、土楼内有天井，天井有暗渠通往屋外。

屋外有晒谷场和池塘，晒谷场便于打禾晒谷等。池塘用来接纳从天井暗渠流出来的水，发生火灾时可以就近取水，方便洗便桶等，还可养鱼。

围屋、土楼是客家传统村落中最为奇特和典型的建筑形态，也被认为是最能凝聚客家文化精神的建筑形态。它充分体现了"聚"的外在形态与内在意蕴。去到一个人生地不熟的居地，都有一家一户难的克服的困难，得靠本族本姓集体力量去克服。这种建筑形式将个人与家族最大限度地联系在一起，具有强大的家族凝聚力，从而抵御自然或人为灾害，同时在管理上也能自上而下形成章法。

《客家民居》一书写道："既新颖又不失汉民族传统造型的围屋与土楼，既规模宏大又不失比例、适度的人工环境；既聚众族而又不失家庭生活的聚居方式；既重环境融合而又不失传统选址理念的布局思想；既有严谨的几何构图而又不失空间艺术魅力的营造手段等，都让其独步于世界建筑之林。"

九、广东客家博物馆

2005年年底，由梅州市筹资1.2亿元建设的广东客家博物馆动工，于2008年元旦正式开放。该馆坐落梅城江南客家公园，按照国家级博物馆标准设计、建设，是广东省第一个客家博物馆。总建筑面积1.5万平方米，主馆9000平方米，展厅8000平方米，加上主馆东西两座面积均达上千平方米的"梅州将军馆"和"梅州大学校长馆"，组成了广东第一个客家博物馆。二楼主展厅分为五个展厅：客从何来、客家风采、地标围屋、人文秀区、客家腾飞。运用上万件图表、文献、图片、实物、模型、文物等再现客家历史、文化、精神、人物等，是全世界客家人了解客家历史、继承客家精神、弘扬客家文化的珍贵平台。

命运多舛，坚强面对

她，五岁时父母双亡，十六岁时考上护士学校却不能就读，十八岁结婚后连生三个孩子都夭折，丈夫重婚，三十多岁时丈夫去世，丈夫遗产被侵吞。真可谓命运多舛了！

她就是我岳母张玉梅。

1913 年，她出生于河源县（今东源县）黄村。父亲靠做木材生意等致富。在她五岁时，强盗破门而入，杀死她的父亲，抢走了全部财物。不久，她的母亲因此变故忧郁而死。一舛也。

父母双亡，家徒四壁，年幼的她先投靠大姐张玉清，后投靠三姐张玉珊。两位姐姐及其丈夫对她关怀有加，送她去读书，最后考上了广州护士学校。本来可以成为护士，可是因为种种原因而不能就读，愿望落空。二舛也。

十八岁那年，她嫁给我岳父杨日宏。婚后，连续生了三个女儿。在我们家乡，妇女生男孩称"好命"，生女孩称"唔好命"（命不好）。岳母连生三个女孩，可谓非常"唔好命"。家婆、妯娌歧视，外人也瞧不起她。后来，三个女儿都夭折了。三舛也。

我的岳祖父杨德初年轻时前往北婆罗洲（今马来西亚沙巴州）谋生，通过经营橡胶种植致富。由于事务多，叫我三岳叔前去协助，后来又叫我岳父前去协助，顺便把三岳叔妻子带过去，却没有带我岳母去。岳父去到那里不久便重婚。四舛也。

抗日战争期间，在日军即将侵占北婆罗洲时，我岳父护送父母、再婚妻子和两个孩子回中国。岳父回国后，岳母又生了一个女儿，一时间更加受他人白眼。后来生了两个男孩，才"扬眉吐气"。可是，岳父常去赌博，还抽鸦片。"赌博会倾家荡产，吸毒会家破人亡"。岳父赌博、抽鸦片花光金钱，英年早逝。他去世时岳母才三十多岁，留下五个孩子，最大的九岁，最小的刚出生，岳母只能独自抚养（二岳母回来不久后返回北婆罗洲）。五舛也。

岳父从北婆罗洲回国时叫我三岳叔代管我岳祖父分产业时分给

他的60余亩橡胶林。抗战胜利后，他每年从我岳父橡胶林的收入中拿300至400港元寄给我岳母，而我岳父生前说，他的60余亩橡胶林每年的纯收入，兑换成港币最少也有两千元。这样，他寄来的钱还不足五分之一。后来，他来信说我岳父的橡胶树已经全部老化，没有收入了，便没有再寄钱来。其实，并非橡胶树枯老，而是他把这些橡胶林从我岳父名下转到他儿子名下。远隔千里，不同国家，岳母无计可施。六舛也。

我岳祖父分产业给儿子时，留一处橡胶林做养老经济来源，声明在他去世后此产业由我岳父、岳叔继承。岳祖父去世后，三岳叔把它卖掉，分给我在抗战胜利后前往北婆罗洲的四岳叔杨日辉13万元。既然我岳祖父声明此遗产由我岳父、岳叔继承，既然我四岳叔分得13万，也应该分给我岳母13万，可是她一分钱也没有收到。当时的13万，相当于如今的100万。七舛也。

父亲、母亲、三个孩子、丈夫接二连三非正常死亡，巨额遗产接连被鲸吞。面对如此接踵而至的不幸，不断增加的重负，一般人很难化解，或者需要很长时间、很大心力才能化解，而岳母很快化解了；一般人很难承受，可能改嫁，可能一蹶不振，可能发疯，可能悲痛欲绝，可能忧郁而死，可能寻短见，但是岳母不会如此。因为她心中明白：人无法支配自己的命运，但可支配自己对命运的态度，应该平静地承受落在自己头上的遭遇。她想得开，放得下，敢于坚强面对现实，因而能够以惊人毅力忍受一次又一次的切肤之痛，独自挑起家庭重担，照顾小孩、做家务、耕作、砍柴，日夜操劳，把一大群孩子拉扯大。可谓如顽强的小草，似无惧的寒梅。可见，无论碰到什么厄运，只要想得开，坚强面对，都能"柳暗花明又一村"。

岳母的"七舛"是旧社会的社会制度、风气等造成的。旧社会土匪盗贼流窜横行，赌博成风，吸毒成风，至亲之间也尔虞我诈，男尊女卑，注定她命运多舛。因此，她的命运偶然中有必然。"封建社会黑暗，是吃人社会。"从我岳母的"七舛"中可见一斑。

中华人民共和国成立前，娘家、夫家都比较富裕的妇女尚且命运如此多舛，广大普通妇女的命运如何，不言而喻。

"最伟大的抢救工作"
——文化精英等在大营救枢纽老隆"中转"纪略

1941 年 12 月 8 日，太平洋战争爆发，日本军队第 38 师团越过深圳河，在海、空军配合下向香港新界发起进攻。日军占领香港后，大肆搜捕在港文化精英、著名爱国人士、国际友人等。中共中央南方局、周恩来致电廖承志，要求他不惜一切代价营救他们。根据上级部署，这项工作交给中共广东党组织、广东人民抗日游击队去完成。经过精心筹划，一场规模空前的"虎口营救"行动迅速、秘密地展开。

地下党、游击队先把在港文化精英、爱国人士等分批秘密护送到宝（安）惠（阳）游击区、海丰等地。回到内地并非就脱离了险境，日军、国民党都想捉拿他们，可谓刚脱离虎口又遇虎狼跟踪、追捕。因此，地下党、游击队还要再把文化精英等分批秘密护送到惠州，然后分批秘密护送到龙川县老隆，再在老隆分批秘密护送到韶关等后方。

从惠州到老隆的护送工作由前东江特委负责，从老隆至韶关等地的护送工作由后东江特委负责，老隆成为接送的必经之地、枢纽。在老隆负责接送文化精英等的负责人是连贯。连贯，广东大埔县人，新中国成立后任中华全国华侨联合会副主席。协助他工作的主要有梁威林领导的地下党，原在香港和乔冠华一起主办《香港中国通讯社》的胡一声、郑展等同志。他们是在香港沦陷后脱险到达东江游击队前线基地白石龙的。由于他们都是梅县人，又有归侨的身份，游击队的领导人曾生派他们回家乡以做生意为名开展统战工作。连贯在惠州通过秘密联络站和他们接上了头。

老隆的办事处、联络站设在义孚行、香港汽车材料行。这些商行的老板与地下党有统战关系。文化精英等从惠州乘船到老隆后，由交通员带他们到这两个商行找连贯、郑展等人，他们以接待香港股东与逃难家属为名，给他们安排食宿。他们持有中国共产党地下党用钱从国民党惠龙师管区司令部买来的假难民证，加上商行掩护，可以利用我党在韶关开设的侨兴行驻老隆办事处的汽车将他们送走。鉴于国民党特务缉捕很紧，他们到老隆后不能久留，多数住一两晚即乘车前往韶关。少数人由胡一声等护行经兴宁、梅县、大埔等地前往福建。影响较大的文化精英和民主人士，根据周恩来的指示，为了他们的安全，先安排在附近乡村隐蔽，再找机会把他们送走。

柳亚子和他的女儿柳无垢，廖承志爱人经普椿及其孩子到老隆后，原先约定接待他们的连贯因事不在老隆，其他接待人员为了他们的安全，决定把他们送到梅县去暂住。途经兴宁时，柳亚子碰到朋友张华灵。张华灵说去梅县不如去他乡下的家暂住，柳亚子欣然同意。半个月后，连贯亲自到张华灵家把柳亚子父女接回老隆，热情招待。1940 年，为了为游击队筹集资金和物资，中国共产党在韶关开设了侨兴行，由梅县人陈炳传任经理。侨兴行有大卡车运货，连贯便安排柳亚子父女等人乘坐侨兴行货车去韶关。

茅盾等人到老隆后，由于情况危急，连贯等打算让茅盾隐蔽一段时间后再伺机护送他离去，可是茅盾不肯隐蔽。连贯等再三劝说，他仍执意要走，说："国民党要杀便杀！"大家只好派人护送他乘车去韶关。茅盾在《茅盾自传》中写道："旧历正月初三，在东江游击队的安排下，挤上一条大木船，沿东江逆流而上，元宵节到达老隆。第二天，我们以'义侨'身份搭上一辆去曲江的军用卡车……"茅盾在老隆停留时间虽短，却能把老隆当时落后简陋情景异常具体、细致地描绘出来。他在《老隆》一文中写道："除了穿心而过的一条汽车路，其余全是狭隘的旧式街道，没有一家整洁的旅馆，也没有高楼大厦的店铺，全镇只有三四家理发店，其简陋也无以复加。"20 世纪 40 年代之老隆与如今之老隆相比，判若云泥。

邹韬奋到达老隆后，地下党获悉国民党已经密令各地特务机关，

严密侦查他的行踪，"一经发现，就地惩办。"为此，南方局周恩来发来急电，指示一定要将他就地隐蔽，保证他们的安全。经过研究，接送人员决定将邹韬奋送往梅县陈炳传家里隐蔽。陈炳传的家乡江头村是个偏僻山村，邹韬奋化名李尚清，以侨兴行股东身份在那里隐蔽，一段时间后再将他护送到韶关。

文化精英等到达老隆后，多数被护送到韶关。韶关侨兴行在广东、广西、湖南等省都有商号，用自己的汽车往来于老隆、韶关、桂林之间。国民党的一些军官、警特常常要此商行汽车无偿运载自己家属、走私货物，因此对此商行汽车大开方便之门，甚至过关时不检查。接送文化精英等的工作人员利用此有利条件，把精英们送到韶关，再由韶关送到桂林等地。

龙川一中进步学生魏南金、张克明、张伯雄、刘波、余进文等，与当时到老隆宣传抗日的中山大学战地服务团学生一起，参加护送文化精英等工作。一中进步学生对龙川县及附近县地方、道路比较熟悉，在迎接、安置住宿、护送文化精英等去暂时隐蔽，护送他们去韶关等地等方面，都做了不少具体工作。

经过七个月的紧张工作，克服种种困难，成功营救出何香凝、柳亚子、茅盾、邹韬奋、胡绳、夏衍、戈宝权、张友渔、胡风、千家驹、萨空了、廖沫沙、范长江、袁水拍、蔡楚生、叶浅予、胡蝶、李伯球等文化精英和著名爱国人士300人，其他人士500人，平均一个月100余人。

这次营救护送任务的圆满完成，受到中共中央来电表彰，赢得国内外各界人士赞扬。邹韬奋题写"保卫祖国，为民先锋"八个大字赠给东江游击队领导曾生。茅盾曾说："这是抗战以来，简直可以说是有史以来，最伟大的抢救工作。"

孙子趣事

我有两个孙子，他们小时候有不少奇闻趣事。

我的大孙子叫张维正。

1996年暑假，一岁多的他在广东工业大学操场的沙池里玩，这是他第一次玩沙子，玩得非常开心，要回家吃晚饭了，还不愿意离开。

第二天，他刚起床就对我说："吻一下。"我吻他一下。他又说了一遍，我又吻了他一遍。他拖长声音更大声地又说了一遍，我才听清楚他说的是"玩泥沙"。吃早餐后，我又带他去广工操场的沙池玩。

1999年春节，四岁多的他在天河体育中心放风筝。我问他："你的风筝飞得高吗？"他说："很高，把天穿了一个洞。"

同年10月，我想带他去佛山玩，他以为去佛山像去越秀山、白云山那样要爬山，不愿去。

2000年9月4日，五岁多的他在广州第一军医大学（现南方医科大学）赤岗分校足球场旁边玩，两个两岁多的小孩跟一个一岁左右的小孩在足球场中间玩。一队操正步的学生从较远处向他们走去，那两个两岁多的小孩见了，赶快往足球场外跑。维正冲进去把那一岁左右的小孩抱起来，跑回足球场旁边。

同年11月16日，他说要给家人讲魔鬼的故事，大家"洗耳恭听"。他说："从一个黑洞里冒出一股烟雾，那烟雾慢慢变成一个魔鬼。魔鬼张开大大的嘴巴，吐出长长的舌头，到处乱窜，见到什么吃什么……"停了一会讲不下去，就狡猾地说："哎呀，这个魔鬼太吓人了，我怕吓坏你们，不讲下去了。"

2001年3月28日，将近六岁的他独自下军棋，即红、黑方都由他下，却下得津津有味，不时哈哈大笑。黑方棋子几乎被吃光了，红方棋子只少了五个。最后，他说："哈哈，我赢了！"我说："你自己跟自己下，赢也是你，输也是你，你赢谁？"他说："红方是我，黑方是婆婆。"

　　第二天，他从一堆纸牌、卡片中找出 16 张牌，每张牌上都有一个动物。他给我八张，自己留八张，要我跟他"斗牌"：谁牌中的动物厉害谁赢。我出一张画有一条大虫子的牌，说："会咬人的大恶虫子来了。"他出一张画有鸟的牌，说："我的鸟吃你的虫，我赢了!"我出一张画有巨龙的牌，说："巨龙来了，你有比巨龙还厉害的吗?"他出一张画有喷火的龙的牌，说："我的喷火龙喷火烧死你的龙，我又赢了!"一连八次，次次都是他赢。

　　我说："你把好牌挑出来留给自己，把差牌给我，我当然次次都输给你了，不公平，我不跟你玩了。"他说："那就好牌都给你，差牌都给我，怎么样?"我说："这还差不多。"我出"火龙牌"，说"喷火龙来了，你对付得了吗?"他出"巨龙牌"，说："我的龙会喷水，把喷火龙喷出来的火浇灭。我的龙比你的龙大、威风，我赢。"我只得认输。接着，他出"虫牌"，我出"鸟牌"，我说："哈哈，我的鸟吃你的虫，我终于可以赢一回了!"他说："我这虫是毒虫，会喷射毒液把你的鸟毒死，我赢!"……又是一连八次都是我输他赢（其余六次我如何输给他已记不清了）。我虽然"大败亏输"，却无比高兴，有如此"脑洞大开"的孙子，"夫复何求"。

　　我的小孙子叫张耀正。

　　2005 年 5 月 26 日，我带一岁多的他去超市买东西。这是他第一次进超市。他见大家都随心所欲地从货架上拿东西，便拿了一包食品往外走，走到摆放皮球的地方，丢下食品，拿了一个皮球往外走。我见了，追上去抱起他。

　　2006 年 6 月 4 日，两岁多的他在公园看见一个小朋友手里拿的球与他的球一模一样，以为人家拿了他的球，跑过去抢。那小朋友见他来抢，拼命跑，他在后面拼命追，两人都气喘吁吁。我的老伴大声喊："那不是你的球，你的球在家里，没有拿出来。"他听后才停下来。

　　这年 6 月 28 日，电视上播放怪兽作恶情形，他看了非常气愤，拿一只拖鞋掷电视机上的怪兽。

　　2007 年 5 月 20 日，我在市场买了一只巴西龟回来，打算煲龟

汤。耀正不同意宰龟煲汤，十余日过去仍不同意，并说什么时候都不准宰杀它，还要我不要叫他"耀耀"，而要叫他"龟龟"。我们只好一直养着它，后来将它放生。

山鸡窝里飞出无数金凤凰

龙川县紫市镇仁里村的张月林，是我小学同桌张龙泉的父亲。中华人民共和国成立前，他家喝浪打浪的稀粥，穿补丁加补丁的衣服，住半截牛栏半截房的房屋。

中华人民共和国成立后，张月林的长子张龙泉从北京地质学院毕业，后来成了青海省地矿局科技教育处处长、工程师。他的妻子陈基娘先后任青海省侨联主席，中国地质大学教授、博士生导师。张月林的四子张建泉，毕业于中山大学，是惠州电视台技术部主任兼播出部主任、工程师，惠州广播电视传媒集团基建办副主任，政府采购评审专家。张月林的孙子张晓巍毕业于西安理工大学，任北京海淀区侨联副主席。孙子张晓东毕业于北京地质大学，博士，在北京地质部门工作。孙子张泰烨毕业于广东工业大学，任惠州电视台编辑。孙子张洪强毕业于南京航空航天大学，任南方航空公司深圳分公司飞机维修师。孙女张晓勤毕业于中国农业大学，在美国加州大学从事生物遗传研究。曾孙张奎就读于惠州学院。张月林的后代，共有十余位大学毕业生（他的一些孙媳妇也是大学毕业生）。从事地质、教育、行政、广播电视、航空、运输、建筑、生物遗传等工作。

中华人民共和国成立前，我的父亲张剑青也是赤贫农民，过着"田靠租，房靠借"的生活。在家乡"死门绝路"，又要拉壮丁，父亲只好告别年老父母、24岁的妻子和两个年幼儿子，漂洋过海去北婆罗洲（今马来西亚沙巴州）谋生。去到那里立足未稳，便被日本军队拉去当劳工。他冒险逃跑，幸运逃脱，落脚今沙巴州丹南，独自在深山种橡胶和其他一些农作物。他是文盲，写信、读信都得求人。

中华人民共和国成立后，我从广东师范学院毕业，后来成了怀集一中特级教师、广东省人大代表、全国教育系统劳动模范。弟弟张瑞初毕业于华南农学院，是国营潼湖华侨农场农科所所长。大儿子张侃侃毕业于华南师范大学，先后任华南师范大学行政学院、北京师范大学珠海分校教师。小儿子张孜孜毕业于西江大学，是江门思派贸易有限公司独资老板。儿媳妇刘云燕、李春巧也是大学毕业生。侄子张兢毕业于加拿大温尼伯大学，是香港亚洲水产养殖科技业务部经理。大孙子张维正毕业于华南理工大学，被深圳大学录取为硕士研究生。小孙子张耀正是香港足球队 U13 队队员。侄孙张康正就读香港浸会大学。文盲的父亲，后代中有九个大学生，人才辈出。

像张月林、我父亲这样的中国农民，为什么能够如此从贫困到富裕，从代代文盲或者文化水平极低到代代大学生，从山村到大都市，从卑微到显赫呢？中华人民共和国成立后，农民有了自己的土地，不用交租，又没有苛捐杂税。改革开放后，可以经商、外出打工等。有医保、社保。全国实行九年义务教育。这样，农民过上小康生活，子孙接踵上大学，成为各种人才，可谓"顺理成章"了。

我们要感谢中国共产党。没有共产党就没有新中国，没有新中国，我们农民后代就要像祖辈那样，一辈子面朝黄土背朝天，一脚牛屎一脚泥，两手老茧一身汗，却温饱难求，哪能过上幸福美满的生活。

一个个梦想花城成真

读中学时我梦想考上大学。1958年，我被广东师院中文系录取，来到广州上大学，梦想成真了。

我是个文学迷，梦想见到大作家，请其"指点迷津"，让自己茅塞顿开。1959年1月11日，广州作家协会举办的文学讲座开课。广州有中文系的大学可推荐一些学生去听课，我是被推荐者之一。第一次讲座由广州作协主席欧阳山主讲。他的讲话使我明白了不少文学创作的秘诀，现场接受大作家指教的梦想成真了。

在广州读书期间，听说中山纪念堂里面没有一根柱子，觉得奇怪，很想进去看个究竟。可是，那时的中山纪念堂平时不开门，一般人进不去。有重要演出时要购票入场，票价不菲，一个农家子弟买不起，因而一直不能"一睹芳容"。1988年，我被选为广东省第七届人大代表，连续五年到广州开会，每次大会都在中山纪念堂举行。进中山纪念堂观看的梦想成真了。

喜欢"舞文弄墨"的人梦想文章在报刊发表、著作在出版社出版，我也不例外。从1962年开始，我的文章先后在《南方日报》、《羊城晚报》、广州军区《战士报》科学文化版、《南方农村报》、《南方都市报》、《广州日报》、《广州文摘报》、《老人报》、华南师范大学《语文月刊》发表。从1993年开始，我先后在广东教育出版社、暨南大学出版社出版《中学语文学习方法举要》、《80种作文示范与解说》（均与刘冬云合著）、《现代汉语常用词语规范手册》、《文学百花园》。在报刊发表文章、出版社出版著作的梦想在花城成真了。

我的大儿子一家定居广州，我想在退休后到广州与他们共同生活。1999年，我与他们在赤岗购房共同生活。2008年，又在番禺购房共同生活，先前所购之房出租。退休后定居广州的梦想成真了。

退休后身体健康、精力充沛，梦想找一份称心如意的工作，发挥余热。2000年，在广东省教育厅工作的大学同学曾国忠聘请我任

《广东教学报》推广普通话版二、三版编辑，在家中上班。真是"正中下怀"！发挥余热的梦想成真了。

我于 1935 年出生，1949 年小学毕业。毕业后没钱读中学，在家扛锄头。那时候我的梦想是吃得饱、穿得暖，当一个衣食无忧的农民。中华人民共和国成立后，我的一个个梦想在省城成真，从一个小农民变为大学生、高级知识分子、省人大代表、报纸编辑，可谓"丑小鸭变白天鹅"了！

耄耋老人编撰村志

2011 年 3 月，定居广州的广东龙川县紫市镇仁里村的 10 个耄耋老人决定编撰村志。大家推举张作相任牵头人，推举我任主编，其他人任副主编等。又从村里、县城、河源市、惠州市、深圳市、香港特区等地物色编委共数十名，组成编撰委员会。我写出初稿后印发给九人，经过大家反复讨论、研究、补充、修改，完成第一次征求意见稿。把此稿寄给各地编委，然后到各地召开研讨会，征求意见。根据各地编委意见作补充、修改，写出第二次征求意见稿。把此稿又寄给各地编委，再到各地召开研讨会，征求意见。根据意见再作补充、修改，写出第三次征求意见稿。由于其后还不断有补充、修改，因而又写出第四、五、六次征求意见稿，即六易其稿才定稿。其间召开两次有各地编委参加的会议，商讨定稿、出版等事。印出样书后，把样书寄给各地编委，征求意见，根据意见完善后才正式付梓。历时五年，召开各种会议 50 余次，行程共五千公里左右。

张桥林、张日煌、张湘林均患严重心脏病，每个人各放了三个支架。张桥林、张日煌还患有严重的糖尿病。写村志前数年，他们因为行走不便而很少出远门。为了写村志，他们与张作相、我一起到各地参加每一次研讨会。85 岁的张择善收入不高，老伴无工资，他却为出版村志捐款 2.4 万元，是捐款最多者。张华林搜肠刮肚为村志提供很多资料，通知他开会，97 岁的张老每次都参加。

经过我们和各地编委的共同努力，村志于 2016 年 4 月出版。全书 19 万字，分为地理、政治、经济、文化、人物、诗文 6 篇，共 34 章、68 节。概述、大事记没有列入篇的序列。配图片 90 张。印 3 000 册，免费发给村里和各地乡亲。《河源晚报》刊登《耄耋老人写出 19 万字村志》通讯稿，称赞我们不畏艰辛为乡梓办实事的精神、行动。曾任龙川县县长、县委书记、河源市人大常委会副主任的张鉴林称此村志"是一本厚重的历史典籍，是一块价值连城的文化瑰宝，是一幅生动活现的人物画卷，是一部解读仁里的百科全书，是一套值得传世的精品力作。"

怀城桥今昔

1965 年，怀集县怀城钢筋水泥大桥竣工。我以"怀城桥"为题要学生作文，目的是要学生通过描写怀城桥从浮桥、木桥到钢筋水泥桥的变迁，反映、认识新旧社会两重天。

不少学生在作文中诉说中华人民共和国成立前自己长辈过怀城浮桥的悲惨情景，有些情景我至今记忆犹新。

一个学生写道：1940 年，我祖母患病，我父亲请医生来给她诊病。那医生是个中医，开的是中药。附近没有中药店，要到怀城去买。时已过午，父亲接过药方便大步流星赶往怀城。买到药后已近傍晚。中午、傍晚，浮桥都要在中间"打开"，让停在浮桥两边的大小船只、木排、竹排通过。河水暴涨，浮桥也要"打开"以免被冲走。当时正下暴雨，河水不断上涨。我父亲怕浮桥"打开"后回不去，以百米跑速度往河边狂奔，可是当他奔到河边时，浮桥已经"打开"了，回不去了，只好蹲在街边骑楼下过夜，第二天浮桥合拢后才赶回家。

一个学生回忆道：我祖父曾经对我说，1935 年夏收后，他挑一担稻谷去怀城，想用卖谷的钱买生活必需品。过浮桥时，由于桥面湿滑，自己又饥又累脚步不稳，一不小心便连人带担子掉进河里。自己不会游水，立即大喊救命。幸亏停在旁边等待通过的小船船主搭救，不然就凶多吉少了。

一个学生悲伤地写道：提起怀城浮桥，我祖母便会流泪。她曾沉痛地对我说，1935 年某日，她去怀城买东西，我七岁的小姑想跟她去，她不同意，小姑偷偷地跟着走。祖母没有回头看，所以没有发觉。过浮桥时，小姑不小心掉进了河里。那是中午时分，浮桥"打开"让船艇、竹木排通过后刚刚合拢，两边都没有等待通过的船只，因而没人搭救，小姑被水冲走。祖母买完东西回到浮桥边，听说刚才有个七岁左右的女孩掉进河里被水冲走。她回家后便找小姑，找来找去找不到，感到不妙，心急如焚。一个邻居告诉她："你走

时，你的小女儿跟在你后面，相距大约两百米，你没有发觉吗?"祖母听后当即晕倒。

　　还有不少学生写了自己长辈过浮桥的悲伤事，因为时过五十余年，除上述三件事外，其余记不清了。

　　怀城浮桥建于明朝崇祯年间（1628—1644），25 只船一字排开，上面铺上木板，用铁索串连在一起。几百年来，或毁于洪水，或毁于战乱，曾经五次重修。虽是浮桥，也不是毁后便能很快修复。"后之宰斯土者，匪不欲复，不暇及耳。"（《怀集县志》1993 年版第 769 页）这句话的意思是：浮桥被毁后，当时的怀集知县没有修复，他离任后，继任知县不是不想修复，而是没有时间顾及此事。可见，此"浮动之桥"也不是时时都有，而是时有时无。

　　1960 年，中华人民共和国成立只有十年，便在浮桥旁边建了钢架木桥，用钢筋水泥筑桥墩，用又粗又硬又直又不易变质的本地蓝钟杉做桥面，可以通行汽车。五年后，即 1965 年，拆去木桥面，建钢筋水泥桥面。此桥如今仍很坚固。建筑此桥时，县城机关干部、中学师生等轮流前往参加义务劳动，主要是担沙石把桥两端桥头填高数米。能为建筑新桥出力，大家热情似火。

　　如今怀城浈江除了怀城大桥外，还有幸福大桥、金鸡大桥、三江大桥、上郭大桥。这些桥桥面宽阔、高大美观、异常牢固，造型各异，各有千秋。

　　旧社会，用渡船渡河千余年，用时有时无、不安全的浮桥过江数百年；新社会，数十年间建了五座钢筋水泥大桥，桥上车水马龙，安全快捷。真可谓旧社会停滞不前，新社会一日千里。

一"名"惊人

2016年4月12日，六小龄童在他57岁生日当天向媒体透露：自己即将出版首部自传，向海内外观众征集书名，被采用者有报酬。书名有必要如此郑重其事吗？有。

书名起得好，更有吸引力，从而吸引眼球，引起读者注意，增加销售量，书的身价飙升。所以，作者、出版社编辑都非常重视书名之推敲。

1992年，我和祝伟泉编写辨析同义词的书，书名初定《常用同义词辨析》，后来，把书名改为《咬文嚼字趣题百例》，吸引力倍增。农村读物出版社出版了此书，出版不久便销售一空。

1997年，我把自己编写的高考语文总复习讲义《中学语文基础知识、基本训练》寄给江西《读写月报》杂志社，杂志社以增刊专辑形式出版。编辑将书名改为《高中语文五种能力达标训练》，书名更具吸引力，此书颇为畅销。

2006年，我将书稿《报刊用词不当例析》寄给暨南大学出版社，编辑苏彩桃、杜小陆觉得书名"老土"，要改。怎么改呢？他们与我正在商议时，另一编辑室的一位编辑走了进来，大家请他一起斟酌。经过反复商讨，决定将书名改为《现代汉语常用词语规范手册》。如此更改，可谓点石成金，使此书犹如山鸡变凤凰。

2015年，我把自己的文学作品结集出版，书名定为《叶落归根》。我的老师赖海晏、编辑苏彩桃认为书名平淡，无吸引力，要我重新起名。我搜肠刮肚，绞尽脑汁，经过数日的冥思苦想，终于想出《文学百花园》这一书名。《叶落归根》变《文学百花园》，犹如落叶变百花，书的身价、吸引力飙升，出版三个月便售出三分之二。

六小龄童向全球观众征集书名，可谓深谙书名之重要。

书名如此重要，值得推敲，文章名、人名、商品名、商号名等是否也是如此呢？杜甫写诗追求"语不惊人死不休"，我们给文章、书等起名，是否也应该"名不惊人死不休"呢？

议论散文

个人离不开集体

绿叶靠根、干、枝供应水分、养料，脱离了树木，绿叶便得不到维持生命所需的东西，便会死亡。绿叶生长在树上，既可得到所需的养分，又可进行光合作用，为树木做出一份贡献。

人也一样。个人靠集体提供维持生命的东西，其中包括物质和精神的东西，没有这些，个人不能生存。个人融入集体，同社会、国家共命运，既能如鱼得水，如苗得土，又能在为人民服务、建设祖国中发挥自己的聪明才智，做出贡献。一旦离开了集体、国家就根本谈不上什么贡献。

钱塘大潮像千万匹奔腾的白色骏马，飞驰而来。潮头临近，又成为一堵矗立的水墙，沉雷似的轰鸣成震天劈地的惊雷，奔涌到人们脚下，倾涛泻浪，喷珠吐玉，声如千军呐喊，金鼓齐鸣；势如雷霆万钧，摧山裂岸。人民大众是大海，一个人则是大海中的一朵浪花。浪花只有在大海的怀抱里，才能保持自己的活力，才能为波澜壮阔的大海发挥自己的一点作用。马克思说：只有在集体中，个人才能全面发挥其才能。离开了集体，离开了群众，任何天才都会失去用武之地，如同离开大海的浪花一样，既不能载舟行船，也不能孕育珍珠。

无数人为祖冲之、李时珍、李四光、华罗庚、牛顿、爱因斯坦等科学家的不朽功绩所折服。其实，他们的成果是建立在前人千百次生产实践、调查研究的基础上的。牛顿说，他之所以获得成功，是因为站在巨人的肩膀上。孙中山、毛泽东等叱咤风云的杰出军事家、政治家，之所以能够在某种程度上改变历史，是因为他们能够与广大群众结合，从群众的智慧中汲取力量，并以自己卓越的组织能力、领导能力、号召能力，调动了整个阶级力量，顺着历史发展的潮流前进。

我们生活在社会主义国家里，社会主义制度把劳动者的个人利益和整个社会的利益结合在一起。个人的富裕、幸福取决于整个社会的富裕、幸福。社会主义事业飞速发展，个人的物质和文化生活才能不断改善。"根深叶茂、水涨船高。""祖国是大我，个人是小我；人民是大我，个人是小我。"小我依附于大我而存在。

鱼儿离不开水，瓜儿离不开秧；秧苗离不开土，个人离不开集体。

"宝剑锋从磨砺出"

宝剑寒光耀眼，削铁如泥，一根头发飘过刀刃也会断为两截。它怎么会如此锋利？因为它经过长时间锻冶、磨砺。

白居易的讽喻诗广泛、尖锐地揭露了封建社会的黑暗、人民群众的疾苦，脍炙人口；其长篇叙事诗是千古绝唱；在诗论方面，他也为我国文学批评史留下了重要文献。他为什么能够取得这么辉煌的成就？我们听他自己叙述吧："二十以来，昼课赋，夜课书，间又课诗，不遑寝息矣。以至口舌成疮，手肘成胝，既壮而肤革不丰盈，未老而齿发早衰白。"意思是：20 多年来，我白天学习作赋，夜间练习书法，中间学习作诗，很少睡眠休息。如此废寝忘食，致使口舌溃疡，手肘磨出老茧，长大后面黄肌瘦，未老先衰，牙齿松脱，头发花白。

莫言童年时期缺衣少食，被迫辍学，他牵着牛路过学校时，看到同龄人在读书，倍感孤独失落。史铁生 21 岁时下肢瘫痪，30 岁时双肾功能衰竭，疾病带给他深入骨髓的疼痛。莫言、史铁生遭受了一次又一次挫折，克服了一个又一个困难，以非凡毅力投入文学创作，终于取得骄人成就，成为著名作家。莫言更成为我国唯一获得诺贝尔文学奖的作家。

华罗庚读完初中后再也没钱交学费，只好在家待着。18 岁那年，母亲去世，自己得了伤寒病，卧床半年，病愈后左腿残废。但他并不灰心丧气，白天在商店做店员，夜里自学数学，想做数学家。他只有初中文化，没人指导，书本、资料也少，实现理想的困难可想而知。他从啃大代数、解析几何开始，孜孜不倦，百折不挠，经过长时间钻研，克服了一系列常人不可克服的困难，终于成为中国数学泰斗，世界闻名的数学家。

胜利的鲜花，在血汗中绽放；荣誉的桂冠，由荆棘编织。无论做什么事情，都有困难挫折，不可能一帆风顺。要取得不寻常的成就，更要经历一次又一次失败，扫除一个又一个不一般的障碍。孟子说："故天将降大任于斯人也，必先苦其心志，劳其筋骨，饿其体肤，空乏其身，行拂乱其所为，所以动心忍性，曾益其所不能。"司马迁说："仲尼厄而作《春秋》，屈原放逐，乃赋《离骚》……《诗》三百篇，大抵圣贤发愤之所为作也。"

"宝剑锋从磨砺出，梅花香自苦寒来。""千淘万漉虽辛苦，吹尽狂沙始到金。"因此，只有"明知山有虎，偏向虎山行"的人，才能取得骄人成就，获得不寻常的成功。

"专则工，散则入愚"

荀子在《劝学》中以"鼫鼠五技而穷"告诉我们：做事必须目标专一。鼫鼠是鼠的一种，据说它看到松鼠飞蹿、野猫上树、鸟儿凫水、虎狼奔跑、兔子打洞都跟着学。它本想艺多超群，结果事与愿违：能飞却不能飞上屋，能爬却不能爬到树顶，能游却不能渡过峡谷中的河流，能打洞穴而所打洞穴不能掩身，能跑却跑不快。

春秋时候，楚国人养由基很会射箭。楚王仰慕他的箭法，便拜他为师。经过一段时间的学习，楚王约养由基去打猎，想显示一下自己的箭法。到了野外，人们把芦苇里的野鸭轰出来，让楚王射。楚王搭箭刚要射，左边跳出一只黄羊，楚王觉得射黄羊比射野鸭容易，连忙瞄准黄羊。刚瞄准，右边又跳出一只梅花鹿。楚王想，梅花鹿价值比黄羊大，于是又想射梅花鹿。这时，天上飞来一只老鹰，楚王觉得射老鹰更能显示自己的本领，就向老鹰瞄准。可是，弓还没有张开，老鹰已经飞远了。楚王拿着弓箭比划了半天，什么也没有射到。

王羲之的书法炉火纯青、出神入化，笔力入木三分。司马迁写出"史家之绝唱，无韵之《离骚》"的《史记》。袁隆平研究杂交水稻50年，使中国用占全球8%的耕地面积，养活了全球22%的人，被誉为"杂交水稻之父"。他们有谁不是目标专一、矢志不移的呢？他们有谁不是几十年甚至一辈子"孜孜而求之"的呢？

井冈山军民反"围剿"时，采用毛泽东集中优势兵力打歼灭战的战术，所向披靡；李德等要红军四面出击，使红军伤亡惨重。

人的生命难有百年，时间、精力有限，可是世上的事情错综复杂，其本质不易在短时间内被认识，其规律不易在短时间内被掌握。只有通过长期观察、再三研究、反复实践、不断总结，才能认识事物本质，掌握事物规律，掌握一门技艺或精通一门学科，取得成功。在"知识爆炸"的今天，各门学科的新知识如潮水般涌来，当代科技情报出版物在10至15年内就可翻一番。要精通一门学科，就得目标专一,做到"衣带渐宽终不悔,为伊消得人憔悴"。

荀子在《劝学》中说:"锲而不舍,金石可镂。锲而舍之,朽木不折。蚓无爪牙之利,筋骨之强,上食埃土,下饮黄泉,用心一也。蟹六跪而二螯,非蛇鳝之穴无可寄托者,用心躁也。"李渔说:"专则工,散则入愚。"维根斯基说:"天才不是比旁人多了什么,而是他们善于将注意力集中起来,聚焦至燃点。"

不管你出身如何,相貌如何,学历如何,只要你能把握一个方向,坚定不移地走下去,成功便会近在咫尺。也只有这样,你的生活、生命才会有收获、有意义。

"飞瀑之下，必有深潭"

飞瀑直泻，轰声如雷，势有千钧。它始终朝着既定方向前进，百年、千年乃至万年不息地倾泻。因此，在它的下面必有深不可测的深潭。

在人世间，"飞瀑成潭"的事例不胜枚举。

莫泊桑十分热爱写作，每天伏案十多个小时。他从事文学创作时心无旁骛，持之以恒地写了十年，稿纸堆起来有一人高，终于写出了誉满文坛的《羊脂球》等作品。此后，他继续劲头十足、矢志不渝、长年累月地创作，因而佳作迭出，著作等身，成为世界著名小说家。

李时珍孜孜不倦地研究了800多种医学论著，劲头十足地上山采药，不顾安危地遍尝百草，不辞劳苦地访问药农，持续不断地调查研究，踏遍长江、黄河流域。他对药物学情有独钟，把全部时间、精力都花在药物研究上。经过27年含辛茹苦的研究，终于写出巨著《本草纲目》，对药物学的发展做出重大贡献。

盖叫天练功时目标专一，持之以恒。他在自己的床头贴上"睁眼即起"的纸条，每天一醒过来即起床练功，从不间断。为了表现武松的英姿，他把削尖的竹筷绑在脚的腾越处，练习直着脚行走，用火柴撑着眼皮练习睁圆眼睛。练了十遍、百遍、千遍……人们终于在舞台上看见了"活武松"，他也终于成为我国著名的京剧大师。

世界上没有平坦的成功之路。真理的长河中有无数礁石险滩。劲头十足，知难而进，"明知山有虎，偏向虎山行"，才能战胜困难，越过险阻，不断前进。干劲冲天，敢冲敢闯，开拓进取，才能排除万难，创出新局面。因此，拼劲十足是事业成功的条件之一。

劲头十足，但目标不专一，也是不能成功的。人的寿命有限，精力有限，因而难以学习、研究很多领域。每一项认识活动，专注都是它的"门户"，人们只有在注意力高度集中而稳定的情况下，才能有明晰的感知，才会有高效率的记忆和活跃的思维。凸透镜把光线聚在一点，才能燃起火焰。如果今天干这，明天干那，劲头再大也白搭。如果飞瀑今天向这流，明天向那飞，下面能有深潭吗？

劲头十足，目标专一，不持之以恒也不行。只有"锲而不舍"，才能"金石可镂"。任何事物都有其发展过程，人们对事物的认识有一个渐进的过程，即实践、认识、再实践、再认识的过程。人们认识事物，做事情，求学问都不能超越这个渐进过程，即不能一步登天，不能一蹴而就。三天打鱼，两天晒网，是成就不了任何事业的。

因此，无论学习还是工作，我们既要有"飞流直下三千尺"的劲头，又要有竹子"咬定青山不放松"的专一，还要有"水滴石穿，绳锯木断"的持之以恒。

"努力请从今日始"

　　《今日诗》云："今日复今日，今日何其少。今日又不为，此事何时了？人生百年几今日，今日不为真可惜。若言姑待明朝至，明朝又有明朝事。为君聊赋《今日诗》，努力请从今日始。"《明日歌》云："明日复明日，明日何其多。我生待明日，万事成蹉跎。"李大钊说："昨天唤不回来，明天还不确定，你能确有把握的就是今天。"

　　无限的过去以今天为归宿，无限的未来以今天为起点。被耽误了的昨天，只有通过今天的努力才能夺回；美好的未来，与今天的工作紧紧联系在一起，是今天奋斗的结果。今天既可发展昨天，又可为明天奠基。它起着承前启后的作用，是时间三部分中最关键的部分。

　　人生长河由许多"今天"组成。它既能成为推你驶向事业成功彼岸的波涛，也能成为将你抛至无所作为浅滩的恶浪。它好比一张空白支票，在那上面可以填很小的数目，也可以填很大的数目。它可以是一张废纸，一文不值，也可以是一幅书画，价值连城，令人惊异。它是"波涛"还是"恶浪"，它的实际价值的大小，关键在于人们怎样利用它。它给"从今日始"的人带来知识、财富、创造、贡献，给"待明日"的人带来烦恼、苦闷、失望、悲叹。

　　司马光为了使自己有更多时间钻研史料，自制了一个很容易转动的"警枕"。每当累了，他便去休息。休息了一会儿，"警枕"一转，就把他弄醒了，他便又起来工作。由于他能够每天抓紧时间工作，终于编成了《资治通鉴》这部非常重要的史书。

　　作家姚雪垠"壮怀常伴荒鸡舞，寒夜熟闻关上钟"，每天早上三时就起床工作，每天工作十几个小时。数十年来，不管是严冬还是酷暑，从不间断。《李自成》这部脍炙人口的长篇历史小说，就是他天天抓紧分分秒秒写成的。

　　1814年6月17日，拿破仑在击败普鲁士军队后，让军队休息了一天，隔天才开始进攻固守在滑铁卢的英军，没想到这酿成了大错，给了英军构筑工事的时间。在 18 日的战斗中，英军的工事起了重要作用。滑铁卢一战的惨败，使五次打退反法联盟的拿破仑陷入绝境，不得不自动退位。试想，如果拿破仑能够抓住"今天"进攻英军，或者英军也休息一天，第二天再修工事，那么，欧洲的历史可能就要改写了。拿破仑说："不惜寸阴于今日，必留遗憾于明日。"可谓有感而发。

苏联教育家苏霍姆林斯基指出："明天，是勤劳的最危险的敌人。"塞万提斯说："取道于'等一等'之路，走进去的只能是'永不'之室。"水去汩汩流，花落日日少；成事立业在今日，莫待明朝悔今朝。

"唯剜腐肉，方生新肌"

2000 年 4 月，中国国家大剧院破土动工。这是投资 25.5 亿元、外汇额度 1 亿美元所修的建筑，将成为 21 世纪中国文明的象征。有关人员认识到：只有大破大立，彻底破除旧的建筑理念，大胆接受前卫建筑理念，才能建造出象征 21 世纪中国文明的建筑。因而他们从国内外 69 个设计方案中选中了法国工程师保罗·安德鲁的方案：一片草地围绕一个方形湖泊，湖中央是一座由玻璃等材料筑成的半透明、椭圆形的银白色建筑物，其曲线的外形像含苞待放的花朵，又像浮出蓝色水面的一颗珍珠。演员、观众等要由水下长廊进入剧院。然而，这一方案遭到当时思想守旧的人反对，甚至有几十名院士联名上书，认为这个设计"无法无天"。剧院决策人员认为，前卫的设计是建筑理念大破大立的结果，不破除陈规旧见，哪能建筑出超凡的建筑物？因而不改初衷，终于建成了"充满诗意和浪漫"的国家大剧院。

苏联优秀儿童文学作家连卡·班台莱耶夫曾经是一个流浪儿，做过小偷，先后被送到少年劳教学校、陀思妥耶夫斯基社会劳教学校学习。劳教使他弃旧图新，剜掉腐肉——旧思想、坏习惯，生出新肌——新思想、良好品德，最终成为享有盛名的作家。

细胞是生物的基本结构和功能单位。生物体内的细胞每天都进行着自我更新的过程，每时每刻都有旧的细胞在死亡，新的细胞产生。但是如果死亡的细胞长期停留在体内，新细胞的产生就会受到阻碍。肌肉是由细胞组成的。如果体内旧的细胞不去除，不给新细胞"让位"，新肌肉就难以产生。

辩证唯物主义认为，事物是发展变化的。自然界、人类社会都是由简单到复杂，由低级到高级发展的。事物的发展是从量变到质变的过程，而事物发展中的质变是通过新事物对旧事物的否定来完成的。没有对旧事物的否定，就不可能有新事物的产生，所以要使新事物产生，就要否定旧事物。要想"立"，须先"破"，不破不立，不塞不流。

"我以我血荐轩辕"

1958 年 12 月 13 日，广州市何济公制药厂化工车间失火，危及易爆化学物，整个厂房和周边居民的生命财产也受到严重威胁。在这紧急关头，向秀丽奋不顾身地侧身卧地，截住燃烧着的酒精，在火海中的她终因严重烧伤而光荣牺牲。她的牺牲使工厂和其他工人免遭灾难，也保护了周边居民的生命财产。一个人勇于牺牲，可以使很多人免遭死亡，使很多财产免遭损失。

董存瑞舍身炸敌碉堡，黄继光舍身堵敌人枪眼，都使部队减少了牺牲，为战友冲锋创造了条件，使整场战斗顺利进行，最终取得胜利。一个人勇于牺牲，可以换来整场战斗的大获全胜。

春秋时代，秦国军队偷袭郑国，被郑国牛贩子弦高发觉。他急中生智，先叫伙计马上回去报告，然后自己冒着生命危险迎上前去，拿四张熟牛皮作为先行礼物，然后送 12 头牛犒劳秦军，假称郑国国君听说秦军要到郑国来，特地派他犒劳一下。秦军将帅误以为他们的侵略行为已被郑国发觉，难以偷袭，只好收下礼物，掉头回去。战国时代，蔺相如为救国把个人生死置之度外，因而不辱使命，完璧归赵。他"先国家之急而后私仇"，不计较廉颇的刁难、侮辱，因而感动了廉颇，将相和好，使强大的秦国不敢进攻赵国，国家免于战乱。一个人有献身精神，可以使一个国家免遭侵略。

革命斗争的道路曲折漫长，要取得革命胜利，使国家获得独立、自由解放，处处有艰难挫折，时时有流血牺牲，不经长期艰苦卓绝的斗争不能达到目的。建设国家的道路也是曲折漫长的。要使国家繁荣富强，时时有矛盾斗争，处处有艰难险阻，同样不经长期艰苦卓绝的斗争不能达到目的。因此，要使国家获得独立，要使国家繁荣富强，就要有献身精神。献身精神能够转化为无比巨大的力量，使真理战胜谬误、正义战胜邪恶、光明战胜黑暗，使落后变为先进、贫困变为富裕。出现危及一个集体、一个国家的祸害和意外变故等，一个人或者一群人有献身精神，往往能化险为夷，否则就会同归于

尽。继承、发扬献身精神，才能使"四化"顺利进行。否则，建设事业永远难有进展，国家永远不能富强，人民永远不会过上好日子。

中华民族历来都有献身传统。屈原以身许国，"虽九死犹未悔"；班超投笔从戎；岳飞精忠报国；文天祥"留取丹心照汗青"；刘胡兰视死如归；鲁迅"我以我血荐轩辕"；袁隆平"一生不离开稻田"，86 岁仍每日下田观察杂交水稻。当代社会也不断涌现见义勇为、大公无私、一心为国为民的英雄、先进模范人物。我们要发扬这种精神，在新时期里，为了国家的富强、民主、文明、和谐，为了社会的自由、平等、公正、法治，做到爱国、敬业、诚信、友善，有一分热，发一分光，做出应有贡献。

不要被智育"一叶障目，不见泰山"

不少教师为了提高学生考试成绩、提高升学率，大搞题海战术，重要考试都要排名次。不少家长到书店购买全套练习册，要孩子放学后"加强练习"；周六、周日和其他节假日，尤其是寒暑假，送孩子去上这种班、那种班，或请家庭教师来"一对一"辅导。一周上三个辅导班的不乏其人，个别学生一周要上七个班。山东省"最拼小学生"两天上九个培训班。每小时的课程价格高达数百元家长也毫不计较。一天要上的课程数量，跟在校期间没有多大差别。为此，我国中小学课外辅导行业已经成为巨大行业，2016年行业市场规模超过8000亿元，参加辅导学生超过1.37亿人次。学校为了提高升学率，初高中各三年课程用两年授完，留下一年专门"刷题"。为了提高升学率，把"尖子生"、优秀教师集中在重点班。家长为了孩子能上一个好学校，"孟母三迁"也不算啥，花几百万买学位房也要硬着头皮上。到了好学校，又想进"重点班"。"家长群"写呼吁信，向学校施压，要学校高二下学期"停止一切与高考无关的体育课等，尽早全力投入总复习"。"虎妈""鹰爸"要儿女考满分或第一，成绩或名次不理想则要受处罚。孩子不认真学习则非骂即打。广州一"虎妈"因为儿子不爱学习，某天从早上八时一直打骂到傍晚六时多，孩子哭声震天，惊得邻居报警。对子女的思想品德、身体健康完全忽略，这是教师、家长教育理念陈旧、心中只在乎智育的表现。

人生的成就不是单靠成绩就能打造的，知识只是其中的一环而已。孩子成才，除了文化知识因素外，还有很多其他因素，有些因素比文化知识更加重要。父母、教师看待孩子的视野要宽广，而不应局限于一隅。

人的一言一行、一举一动都受思想品质影响，有好的思想品质才有好的行为，孩子才能成才。比起被填鸭式教学与各种兴趣班压得喘不过气的学生，放学后能与小伙伴一起玩耍，写可以反省自己、宣泄不良心绪的日记，看健康报纸、杂志、课外书，参加各种有益

活动的学生更容易形成良好的思想品质。

只有健康的人才快乐，只有快乐的人才健康。有健康才有一切，没有健康的身体和心理，即使有才能也只能是"残缺品"。人不是机器，休息既是权利，也是必需的。孩子从学校高速运转的"履带"上下来，又被扔进补习班的"涡轮"中，难有健康的身体和心理。放学后能够参加体育锻炼、文娱活动，有不良心绪可以通过写日记宣泄，周末和其他节假日能够去参观、旅游等，能够在晚上 10 时左右休息的学生，其身体、心理肯定要比在题海中苦苦挣扎、到晚上 11 时还在做作业的学生健康。

孩子能否有作为，还要看其是否善于同人相处、交往，朋友多不多，有无团结协作精神，见闻多不多，身手是否敏捷，反应快不快等。放学后能够与人一起玩耍，谈天说地，晚上经常看健康报刊、书籍，节假日常参加各种活动、旅游的学生，肯定要比总是泡在题海中的"书呆子"善于同人相处、交往，而且朋友多，有团结协作精神，见闻多，身手敏捷。

教育是一项系统工程、科学工程，无论大纲、课程还是学制、时间安排，都是经过教育专家反复论证、不断实践得出的，符合大多数孩子的生理和心理特点。按照大纲等安排便足够了，额外"加料"增加负担，增大风险，犹如水浇多了，小苗会被溺死。

古人云："爱其子，则为之计深远。"既谋孩子的"智"，更谋孩子的"德"与"体"，才算"为之计深远"。否则，只是拾了芝麻，丢了西瓜。社会需要的是综合素质优秀、人格健全、身强体壮的人才，而非书呆子，更非知识渊博而道德败坏者。"智育至上"培养出来的人，与社会需求是格格不入的。毒杀室友的上海复旦大学研究生虽有学识，但由于品德恶劣而成了杀人犯，被判极刑。刀杀室友的广东财经大学研究生由于旁若无人、自控能力差而成了杀人犯，将受法办。他们对家长、社会除了伤害，有何益处？正如易中天所说："学得越好，死得越早。为什么呀？理念不对。"

激烈的竞争环境、中国向来重视考试成绩的传统，非毕业班统考成绩排名，毕业班升学率排名，在一定程度上导致了对"智"的普遍关注，更深层、本质的原因则是社会缺乏对孩子成长、成才的客观、全面的评价标准。

　　以为要使孩子成才就要让其泡在题海中的观念、做法，实为智育至上、智育唯一的片面、陈腐的观念、做法，是想孩子优秀却毁掉孩子的做法，犹如想鸟飞翔却剪掉鸟的三分之二翅膀，想铸三足大鼎却只铸一足。

　　青少年时期是人生中最幸福的时光，是身心成长最重要的阶段，家长、教师应该在此阶段为他们幸福而有意义的一生打下良好基础。要达到此目的，就要把培养良好思想道德品质、心理素质放在首位，而不要被智育"一叶障目，不见泰山"。

报刊——琳琅满目的宝库

退休前，我订阅《羊城晚报》《文摘报》《每周文摘》《语言美》《语文报》《中学语文报》《读与写》《作文周刊》《语文学习》《读写月报》《语文教学与研究》《语文教学之友》《读者》《青年文摘》等报刊。退休后，我订阅《广州日报》《广州文摘报》《老人报》《快乐老人报》《咬文嚼字》等报刊。阅读这些报刊有六大作用：提高了我的思想觉悟和道德品质，提高了我的业务素质和水平，使我健康长寿，为我写作提供丰富材料，让我了解国内外大事，为我剪报提供粮草。

报刊上刊载的英雄事迹激励我，模范人物的事迹教育我，各种好人好事感染我，各种先进思想启发我，各种正能量浇灌我，使我树立正确的政治观，提高道德品质，开阔心胸。我被评为省优秀党员和全国教育系统劳动模范，与我受报刊熏陶有极大关系。

我的不少教学、教育思想、见解、做法，都来源于报刊。报刊使我明白"教学要以教师为主导，学生为主体，训练为主线"，"作文教学是语文教学的中心环节"，"授人以鱼，不如授人以渔"，"只有兴趣和热爱才是最好的老师"等重要教学理念、原则、方法和新动向、新经验。我结合自己、班级的实际运用这些理念、方法等，取得显著成绩，被评为中学特级语文教师。

报刊使我懂得想健康长寿，就要节食、多运动、寡欲、有高尚的道德品质、有善心、有有益的爱好追求。为此，我每餐只吃七分饱，每天运动两小时，寡欲，修品德，存善心，坚持读写爱好。这些做法使我耄耋之年仍身体健康、精力充沛。

我爱好写作。对写文章的人来说，即使是写作大师，如果没有材料，也难下笔。"譬如大匠操斤，无土木材料，纵有成风尽垩手段，何处设施？"（刘大櫆）数十年来，我发表文章数百篇，出版著作七部，很多材料来自报刊，犹如蜜糖源于花粉。最近发表于《长寿探秘》的《蚁吃·猴动·蚕欲·鸽心·鹜求——养生长寿之道》，三分之二左右的篇幅是将报刊相关材料（养生长寿事例、理论）融会贯通写出来的，三分之一左右是自己的亲身实践和观察。《现代汉语常用词语规范手册》一书，两千余例句全部来自报刊，理论分析说明部分有些来自报刊，有些来自辞书。

阅读报刊使我获得现代观念，增长知识，了解形势，了解当地、全国以及世界各种事情，尤其是懂得了中国共产党的伟大、正确，社会主义制度的优越和中国前途的无限光明。我感到非常自豪、幸福，心明眼亮，越活越快活、有劲。

我将报刊上可作写作材料的文章剪下来，分门别类地放好，以备写作时用。把介绍为人处世的文章剪下来，装订成册，送给先后读高中、大学的大孙子。把精美图画剪下来，装订成册，送给喜爱美术的孙女。把小幽默、笑话、易懂短文剪下来，装订成册，送给先后读小学、初中的孙子。把解说养生长寿的文章剪下来，复印50份，装订成册，送给在广州定居的同乡、同学、同事。有的人说如获至宝。

报刊报道新闻，宣传党的方针、政策，介绍好人好事，传播理论、思想、文化、知识，介绍经验、做法等，无所不有。报纸是瞭望世界的窗口，是琳琅满目的宝库，有汩汩滔滔的正能量，是精神的食粮，人生的路标，生活的指导，事业的指南。一位外国人读完《三国演义》后，说中国人不读《三国演义》是一大的损失。我说，不读报刊是更大损失，犹如面对富矿、宝山却视而不见，两手空空。

阅读报刊、书籍，是在与人类的智慧做交流，用别人的经验、智慧，长自己的经验、智慧。可以增长知识、洞察宇宙、升华思想、修身养性、了悟人性，感悟人生，完美人格，可以给自己增添力量、信心，是一种智慧之乐、心灵之乐、和美之乐。1929年5月30日《广州民国日报》刊登的《男女婚嫁的禁条》中，"女子婚嫁的禁条"第一条是："不可嫁不读报纸的青年……"一个有文化的人，如果不阅读报刊、书籍，很难说他具有多高的文化修养、品位。一个官员，不阅读报刊、书籍，不过是一介俗吏。"士大夫三日不读书，则其言无味，其容可憎。"

我们应该把阅读当作一辈子的事，"活到老，学到老"，主要指阅读。

你想有创新思维吗？

在生活、学习、工作中，创新无处不在，我们之所以不能创新，很多时候是因为我们只有惯性思维，没有求异思维。

求异思维指不依常规，即不按通常方式去思维，而是寻求变异，按别种视角、思路去思考的思维形式。它的特点是：富有创造性——思路广阔辐射，善于多方求索；富有灵活性——思路活泼多变，善于随机应变。它是创造性思维的主要形式，是创造性思维的内核。诺贝尔物理学奖获得者朱棣文指出："要想在科学上取得成功，最重要的一点就是要学会用与别人不同的思维方式、别人忽略的思维方式来思考问题。"古今中外，无论是自然科学还是社会科学，求异思维都是理论研究者、创造发明者所具有的一种可贵的思想素质。凡是新见解、新做法、新突破，都是求异思维所绽放出的鲜花；凡是创新成功的，都是求异思维所奏出的凯歌。如果不运用求异思维，人类历史将早早画上句号。且看三个小故事。

故事一：一个司机载着货物要在一座旱桥下经过，货物高出了一点点，没法通过。他请来了一帮人，想把货物搬下来，但是因为货物又大又重而搬不下来。一过路人对他说："你把车轮的气放掉一些，汽车的高度便会降低一些，便能过去了。"

故事二：两个推销员到一个岛上推销鞋子，发现岛上没有一个人穿鞋。一个推销员觉得岛上居民都不穿鞋，没有销路，立即离开了。另一个推销员则认为没有人穿鞋代表潜在需求大，决定住在此岛，向岛上的人宣传穿鞋的好处，让大家试穿。最终在几个月里销售了数千双鞋子。

故事三："一个暴风雨的晚上，你开车经过一个公共汽车站。有三个人正在等车：一个是病危老人，一个是曾经救过你的命的医生，一个是你的梦中情人。车上只有一个空位，你如何选择？"这是一道面试题。参加面试的人，有人说要有爱心，载病危老人去医院，有人说要知恩图报，载医生回去。有人说碰上梦中情人机会难得，应载梦中情人，否则可能终生遗憾。200 个应聘者中，只有一个人说："让医生开我的车去医院，我留下陪梦中情人等公共汽车。"结果只有他被录用。

由于货物高于旱桥就把货物搬下来，汽车通过后再把货物搬上车，这是惯性思维。把轮胎的气放掉一些，让汽车高度降低以便通过，这是求异思维。不穿鞋就不买鞋，这是惯性思维。对不穿鞋的人宣传穿鞋的好处，让其试穿，再向他们推销，这是求异思维。车上只有一个空位，三个人中只能选载一个人，是惯性思维。让医生开车送病人去医院，自己留下来陪梦中情人，是求异思维。可见，只有惯性思维者难有新办法、新突破，无大作为；有求异思维者能够"反弹琵琶"出新意，会有新点子、新突破，有大作为。

在求异思维中，逆向思维、发散性思维是最常见、最常用的两种思维方式。

逆向思维：又称另类思维。对某些固有观点、惯常看法从相反的视角进行思考，进行求异探索。由于思维的立足点变动了，因而往往能够得出与众不同的新见解，振聋发聩，取得神奇效果。例如：

在沧州南面，有一座靠近河边的寺庙，庙门倒塌，门旁两只石兽沉到河里去了。十多年后，和尚要修庙门，便到河里打捞那两只石兽。可怎么找也找不到，和尚以为石兽已经顺水慢慢滚走了，便驾船往下游寻找，找了十几里却毫无踪影。有一个人说，应该到上游去找，因为石兽沉重，水冲不走。反冲力量会使石兽迎水的地方慢慢形成陷坑，石兽便倒下来。时间长了，石兽就会逆水而上。和尚去找，果然在几里外的上游找到了。

发散性思维：围绕某个中心、事物从不同的角度，朝不同方向进行思考，重组眼前的信息和记忆系统中的信息，寻求多面性。美国著名心理学家吉尔福德认为，"一般把创造力看作是扩散思维的能力"。浮想联翩，"精骛八极，心游万仞"是也。"不把鸡蛋放在同一个篮子里"、文章的"形散神不散"是也。

要有创新思维，必须有求异思维，因为求异思维是创新思维的内核。有求异思维，才有创新思维。有创新思维才能成为能够创新的人。

随　笔

为什么说小心谨慎是不嫌多余的？
我的姑婆为什么会被杀害？
我国为什么要走有中国特色的社会主义道路？
为什么说汉字是历史最悠久的文字？
如何给孩子取一个有特色的名字？
如何养生长寿？

"小心谨慎是不嫌多余的"

父亲农忙种田，农闲做商贩。他在村里收购活鸡五六十只，挑到老隆，从老隆乘船到惠州，把鸡卖掉，顺便买两三种日常用品回村里兜售。

1935 年，伯父被抽丁时父亲在外经商。他回家后得知伯父被抽丁，已经被送到老隆，立即带钱赶到老隆，打算用钱把伯父赎回来。可是去到老隆后，壮丁们已经乘船离去。父亲只好返回，回到家后大哭了一场。

1940 年，伯父所在部队驻扎在湖南某地，常有日本飞机来轰炸。飞机来时，警报一响，大家便往防空洞飞奔。防空洞里空气污浊，蹲久了难受。伯父想：前几次进防空洞都不见日机来轰炸，这次也可能不会来轰炸，防空洞里难受，何不去洞口吸一会儿新鲜空气再回来？于是不听劝告，走到洞口附近吸新鲜空气。想不到一会儿便有日机来轰炸，一块弹片削去他左小腿的一大块皮肉，鲜血直流。真是"小心谨慎是不嫌多余的"。

伯父腿部受伤，行走不便，部队让他回家，他一瘸一拐地回到家里。

伯父回来后，按照"两丁抽一"，父亲会被拉去当兵。为逃避抽丁，父亲只好离乡背井，踏上去外国"掘金"之路。

姑婆被杀

1946 年暑假的一天中午，我在村里放牛，突然看见与姑婆同村的表兄钟学冠匆匆向我跑来，边跑边喊："不好了，姑婆被其养子打死了，赶快赶牛回家。"

回到家里，表哥把噩耗一说，大家顿时惊呆了。伯父叫大家分头把事情告诉村里人，特别是亲房，叫大家一起去讨血债，人多势众好办事。村里人听到这个消息也震惊了，不少青年、中年男人跟着我家大人和小孩向姑婆家奔去。

去到姑婆家，我们看到姑婆的尸体，非常悲愤，叫喊着要找凶手报仇。接待我们的族长等人说凶手早已带着全家逃得无影无踪。他们一再向我们赔不是，说他们教育无方，管教不严，以致族中出了逆子，请我们原谅。我们本想打、砸、抢大闹一场的，看到他们言辞恳切，真诚道歉，热情招待，便只吵嚷着要严惩凶手，没干其他事。

姑婆的养子为什么会下此毒手呢？

姑婆的丈夫早死，没有亲生子女，便买了一个男孩来做养子。姑婆暴躁，动辄打骂人。七岁时，我独自去探望她。夜里十时多，我因为想家而坐在门口呆呆地望着天空。姑婆大声说："做什么还不去睡？"我不出声，坐着不动，想不到她便在我脸上打了一巴掌。对其养子，她经常用"刀子口"骂他，这让他对姑婆怀恨在心，以致积怨日深。那天，他在山上做工受了伤，回家包扎，姑婆不但不抚慰他，反而仍用恶语骂他，他一怒之下开枪把她打死了。

平心而论，不论姑婆如何口不择言，其养子也不能枪杀她。不过，要是姑婆和善，多说良言，少讲恶语，她的养子也不会那么仇视她，更不会杀死她。

人的心理一般不接受恶语，恶语会使人身心产生不良反应。这种反应往往会使人表现不佳，甚至行为失常。姑婆的养子就是因此而行为失常的。良言能化干戈为玉帛——姑婆被杀，我们本想大闹

一场的，但听了族长等真诚道歉后，什么也没闹；恶语会制造死亡——姑婆遭杀身之祸，与她动辄用恶语咒骂其养子有很大关系。

恶言乃惹祸之门、灭身之斧。因此应该恶言不出口，苟言不留耳。

"何其相似乃尔"

2015年7月17日，我前往怀集参加怀集一中1990届高中毕业生聚会。

18日上午我到街上散步，回酒店时到水果店买水果。刚到水果店门口，便有一个人从里面走出来与我打招呼。一时没想起来是谁，细看后发现原来他是我在大岗中学任教时的学生，已记不清姓名。20世纪80年代，他曾来怀集一中向我借15元钱，因为在我退休离开怀集前他经济困难，所以一直没还。想不到在此邂逅。他要我等一会，他去买些水果给我。我说不用，他说一定要。他买了一大袋水果给我，还给我200元钱，说几十年前借了我15元一直没还，现在还给我。我说不用还这么多，他说一定要，把钱塞到我口袋里。

这件事使我想起数十年前的一件事：1957年，我在省立惠阳高级中学读高三时，借过张木仁老师三元钱，因为在毕业离校前经济拮据，所以没有还给他。1984年，我到广州参加高考评卷，同住的老师来自惠阳高级中学。我问他张木仁老师是否还在惠阳高级中学任教，他说在。评卷结束回到家里，我立即寄50元钱给他。

这两件事"何其相似乃尔"：几十年前借人一点钱，因为经济困难而没有还，几十年后仍没忘记，遇到机会即以10倍以上的钱奉还。简言之，帮助别人，别人会牢记，如有机会，便十倍谢恩。

议论性随笔

为什么要走"中国特色"的社会主义道路？

1993 年暑假，在从广州开往封开江口的船上，我听到有人谈论我国为什么要从计划经济转为社会主义市场经济，为什么要发行股票，为什么要扶持民营企业，甚至将一些国有企业转为民营企业等。躺着无聊，我便暗自思考起这些问题来。想着想着，突然想到：社会是按照原始社会，奴隶社会，封建社会，资本主义社会，共产主义社会发展的；中国却从半殖民地半封建社会直接进入共产主义社会的初期社会主义社会，中间跨越了资本主义社会。社会制度虽然跨越了，但是人的思想意识不可能一下子发生那么大的改变，经济更不可能一下子从非常落后变得非常发达。要发展刚从半殖民地半封建社会走出来的社会经济，即发展社会主义初级阶段的经济，要从社会主义初级阶段过渡到社会主义，超越资本主义，当然要把计划经济改为社会主义市场经济。社会属于社会主义初级阶段，处于转型时期，制度还不完善，人的思想意识还相对落后，因此有各种腐败现象也不奇怪。随着经济的不断发展、制度的不断完善、人的思想意识的不断提高和反腐败、依法治国的不断加深，腐败现象便会逐渐减少，这样，我国才能进入名副其实的社会主义社会。

50 年来，中国的 GDP 增长了超过 200 倍。30 年来，中国城镇人口增加超过 5 亿。10 年来，13 亿中国人几乎人均一部手机。腐败现象逐渐得到铲除……神州大地翻天覆地、日新月异的变化，生动而深刻地证明了建立在中国经济模式与制度、实践基础之上，富有效率、富有自我调整和纠错机制的有"中国特色"的社会主义道路非

常正确，是马克思主义普遍真理与中国具体实际相结合的正确道路，是中国共产党领导人民实现中华民族伟大复兴的必由之路。因此，有不少学者认为，中国将会创造出一种不同于资本主义社会，可供世界参考的发展模式。

汉字——历史最悠久的文字

世界上最古老的文字有三种：苏美尔人的楔形文字，距今约5 500年，不过在公元前4世纪随波斯土国火亡而消亡了，一共只有3 000多年的历史；埃及的象形文字，产生于4 100年前，在公元前5世纪也消亡了，仅有1 600年的历史；汉字则已有6 000年左右的历史，沿用至今，是世界上历史最悠久、使用人数最多的文字。

据考古学家研究，汉字起源可以以西安半坡村遗址为标志。半坡村遗址的年代距今有6 000年左右，半坡彩陶上常有类似文字的简单刻画，与历代以来的器物上刻画的文字极为相似。这种结构虽简单而笔触精巧的刻画，显然不是随意的刻画，而是有一定意义的古代的原始文字。

19世纪末在河南安阳殷墟出土的甲骨文字，是殷商王朝统治者占卜吉凶时，刻写在龟甲兽骨上的卜辞或与占卜有关的记事文字，是盘庚迁殷至纣灭亡时的遗物。已发现的甲骨文单字在4 500个左右，可认识的约1 700字。其结构由独体字趋向合体字，并且有了大批形声字。不过，多数字的结构还没有定型。

春秋战国时期，各国的文字有许多差异。公元前221年，秦始皇统一中国，下令实行"书同文"，把殷、周以来的文字整理为小篆，成为秦统一六国后使用的文字。

秦朝在使用篆书的同时，又产生了隶书。隶书与小篆相比有很大变化：实现了汉字笔画化；摆脱了汉字象形特点，实现了符号化；简化了笔画。

隶书到西汉中期成熟，完全没有了篆书的痕迹。

在隶书之后又先后产生了楷书、草书、行书等多种书写形式，

并发展沿用至今。

随着我国影响力日益增强，汉字、汉语日益受到各国重视，在世界上愈来愈成为热门语言文字。汉语是联合国的通用语言之一。加拿大政府把汉语列入外语测试的语种之一。在美国，已有 200 多所中学开设汉语课。在澳大利亚，对汉语言文字教师给予移民计分优待，在该国西部，汉语已成为第一外语。在韩国，对汉字的研究达到了很高水平。在日本和韩国，汉语水平往往是择业求职强有力的筹码。新加坡从 1979 年开始开展"推广华语运动"。在泰国、印度尼西亚、马来西亚、柬埔寨、越南等国，汉语言文字越来越吃香。欧洲亦然。芬兰高中增加中文课程。汉语在法国已经成为初、中等教育外语之一。俄罗斯已有 123 所教育机构开设汉语课程，还计划在 2018 年把汉语纳入俄罗斯中学的九年级国家期末考试体系中。中文被英国家长选为"未来最有用"的语言。各国政要、名流学习中文，很多明星、知名运动员用汉字纹身。目前，已有 60 多个国家把汉语教学纳入国民教育体系。2016 年，海外学习汉语的人超过 1 亿。

为什么汉字不但不会像楔形文字、象形文字那样消亡，而且愈来愈成为热门文字？当代实力作家黑陶在他的《烧制汉语》一书中写道："每一个汉字，追溯其源头，都充满山河的气息，植物的气息，星辰的气息，祖先活动的气息。汉字是纷繁世界象形的转述和凝定，色彩、音响、动作、情感都涵纳于简洁的笔画之中。"华尔街金融巨鳄罗杰斯说："19 世纪是属于英国的，20 世纪是属于美国的，21 世纪将是属于中国的，无论我们愿意与否。"国家强则语言文字强。因此，汉语成为世界热门语言，理所当然。

词序颠倒，妙趣横生

在特定的语言环境中，颠倒词序可以表达迥然不同的多种意思。正确运用这种方法，可以出奇、出新、出巧、增加幽默感等，有特殊修辞效果，妙趣横生。

有家商号叫"加利大"，意为能获大利润。不管怎样变换这三个字的位置，意思都不变：加大利，利加大，利大加，大利加，大加利。

传统京剧《三不愿意》是一出喜剧。在"公堂"一场戏中，小姑娘在"父母官"问话时，由于没有见过如此场面，加之所说的话皆由父亲传授，因而把本来是"我们不愿意呀，我的大老爷"，说成了"我们不愿意呀，我的老大爷"。把"大老爷"说成"老大爷"，惟妙惟肖地刻画出小姑娘当下的紧张心理，也为舞台表演增添了幽默滑稽的喜剧气氛。

古时候，有一个歹徒夜晚潜入邻居家中，把邻居家的姑娘侮辱了，临走时还抢了姑娘手腕上的镯子。姑娘的家人想告发那个歹徒，但又恐污损姑娘的名声，所以只在状纸上写了"揭被勒镯"四个字。但这样的状子不足以让歹徒受到应有的惩罚。于是，有一位包揽诉讼的人就把它改为"勒镯揭被"。虽然是相同的四个字，但调整语序后含义却有很大的不同。前者只能说明歹徒只是行窃，而后者既包含行窃之意，又比较委婉地控诉了歹徒的强暴罪行。

中华人民共和国成立前，国民党政治腐败，苛捐杂税多如牛毛，民不聊生。按风俗，中秋佳节要"持螯赏菊"，但物价飞涨，平民百姓根本买不起蟹。画家廖冰兄就画了一幅漫画，画上是人举着菊花在观看螃蟹，这幅画的题目叫"持菊赏螯"。词序一颠倒，意思大相径庭，含义相当深刻，具有很强的讽刺性。

1960年，我国发行过一种邮票，底下有四个字：从左往右念是"猪肥仓满"，从右往左念是"满仓肥猪"。

旧社会有个财主为母亲祝寿，请秀才写四个字。秀才写了"德

配孟母"四字，意为其母的道德品质与孟子母亲那样高尚。财主很满意，把这四个字剪开，涂上金粉再镶入匾中。由于财主目不识丁，把词序搞乱了，结果寿堂上悬挂的金匾是"母配孟德"。把自己母亲许配给曹孟德（曹操）了。

南京的板鸭一直享有盛名。据说，有家板鸭店门楣上有一横幅，上面写着四字。有位顾客看了横幅，很是高兴，一下子买了二十斤。可是他回家将板鸭蒸着吃时，感到板鸭很不好吃，变味了！于是他到那店里质问道："做买卖要讲究信誉，不能欺骗顾客，你的板鸭明明变味了，怎么还说'久不变味'呢？"店主人一听，心里早就明白了，不慌不忙地用手指着门楣上的横幅道："我们早向顾客说清楚'味变不久'嘛！"那顾客啼笑皆非，只得自认晦气。

从前，江南某镇上有家不起眼的小茶馆，老板虽然非常热情周到，可顾客总是不很多。一天，一位外地书生进京赶考时路过此地，进店喝茶。老板仍旧服务周到，喝完茶，书生神清气爽，在把玩洁白的细瓷茶碗时，觉得上面似乎缺了点什么，思索了一会儿，他请老板拿笔墨纸砚来，写了"可以清心也"五字。店里顾客莫名其妙，老板却拍手叫绝："妙，太妙了！"立即吩咐用油漆把这五个字写到所有茶碗上去。

这五个字妙在何处？原来，这五个字在圆形茶碗上均布一周，不论以哪个字领头，都是一句令人愉快的句子：可以清心也、以清心也可、清心也可以、心也可以清、也可以清心。哪一句不是赞美这馆里的茶好，劝人喝茶的？这无异于给老板写了一张招徕顾客的广告。难怪老板一见，喜不自胜，连声称妙了。据说，以后许多人慕名而来，这家小茶馆的生意从此兴隆起来。

从前有人查一宗贪污案，因查无实据，难下结论，就批了"查无实据，事出有因"八个字。这个批语给受审者留下了一条尾巴。后来，换了另外一个人去办理这宗案件。此人经过调查，确是没有真凭实据，就把批语颠倒了一下，变成"事出有因，查无实据"。这是说，当贪污案审查是有原因的，但结果找不到任何真凭实据。于是，贪污嫌疑犯就被解除了嫌疑。

1949年9月，蒋介石令沈醉带大批军统特务窜到昆明，逮捕了

90 余名爱国民主人士。正在准备起义的国民党云南省主席卢汉将军急忙打电报给蒋介石，为这些民主人士说情。蒋的回电是："情有可原，罪无可逭"。卢汉将此电文给协助他筹划起义的李根源先生看（李曾与蔡锷将军一起举办云南讲武堂，还当过朱德同志的老师），征询办法。李先生看后，提笔将电文词序一改，改成了："罪无可逭，情有可原。"这样一来，意思全变，由情有可原但"罪"不能宽恕，变成了"罪"虽不能宽恕但于情却可以原谅。于是 90 余名爱国民主人士得救了。李先生可谓化腐朽为神奇、起死回生的大师。

据说，日本有一次举办书法展览，邀请中国书法家代表团去参观访问，中方同意了。中国代表团参观完后，日方请代表们挥毫留下墨宝。书法家们先后挥毫，得到阵阵赞扬声。日方还请代表团团长挥毫。代表团团长不是书法家，书法水平很一般。如果写，会被人讥笑；如果不写，又盛情难却，可谓左右为难。突然，他想到自己长期担任领导职务，批阅文件，因而经常写"同意"两字并签上自己的姓名"文丕"，熟能生巧，此四字因而写得龙飞凤舞、炉火纯青。他决定把"丕"字下面的横去掉，用"同、意、文、不"四字挥毫。想了一下写道："同文不同意，意同文不同。"意思是：中国、日本两国的文字，有些字字形相同而意思不同，有些字意思相同而字形不同。字写得飘逸优雅，又写出中日文字的异同，获得满堂喝彩。

"人不是因为美丽才可爱，而是因为可爱才美丽。"这句话中"美丽"与"可爱"位置一颠倒，因果关系也颠倒了，这可使人们获得正确的审美观，给人以启迪。

"当你自赏时，你应该想到别人和你一样；当你自卑时，你应该想到你和别人一样。""别人和你一样"换成"你和别人一样"，孤立地看，没什么两样，但是在这特定的语言环境中，就发生了奇妙的变化。"别人和你一样"是指："你"切不可孤芳自赏，自认为比别人高，沾沾自喜，应当想到别人和你一样，都有长处。而"你和别人一样"，则是要"你"不可妄自菲薄、自暴自弃，要相信自己并不比别人差，要自尊、自爱、自信、自强。这里，非常简单的两

句话，不是很值得玩味么？

词序颠倒，可以构成富有特色的艺术形象。诗人利用这个特点，往往能够写出绝妙的诗句来。杜甫《秋兴八首》之八"香稻啄余鹦鹉粒，碧梧栖老凤凰枝"，就是颠倒词序的名句。正常的词序应该是"鹦鹉啄余香稻粒，凤凰栖老碧梧枝"。但诗人为了揭露皇家花园的豪华，既要突出"香稻"，又要突出"鹦鹉"，既要突出"凤凰"，又要突出"碧梧"，才苦心孤诣，故意颠倒词序，以说明皇帝的花园太豪华，生活太奢侈：那么香的稻粒都是鹦鹉吃剩的，皇家的禽兽比一般百姓吃的还要好，真是"朱门酒肉臭，路有冻死骨"！这样的颠倒，加强了诗人对最高统治者的不满情绪，提高了诗的讽刺力度。

我国有不少回文诗。其实回文诗也属词序颠倒范畴，只不过一般的词序颠倒是某些字词颠倒，而回文诗除了字词颠倒外，还有整句、整首诗的颠倒。在《文学百花园》一书中，笔者介绍了几十首回文诗，这里再介绍两首。第一首诗刻在四川省遂宁市射洪县金华山上的玉虚阁内的一块石碑上，字形如龙蛇飞舞，顺念倒读皆成诗。

蔚蓝胜境　杨太虚

龙头倒卧见高峰，洞古铺云绿树笼。
封郭满天撑老柏，卷波烟水迎乔松。
浓情尚吐飘香桂，觉梦惊声听晓钟。
深夜彻泉流韵雅，茸红剪处妙罗胸。

此诗倒读则为：

胸罗妙处剪红茸，雅韵流泉彻夜深。
钟晓听声惊梦觉，桂香飘吐尚情浓。
松乔迎水烟波卷，柏老撑天满郭封。
笼树绿云铺古洞，峰高见卧倒头龙。

此诗作者杨太虚，道号泉石散人，清末四川盐亭人，曾主持金华山观。此回文诗称得上千古一绝。此地游人甚多，对此诗赞不绝口。

西江月·泛湖　苏轼

雨过轻风弄柳，湖东映日春烟。晴芜平水远连天，隐隐飞翻舞燕。

燕舞翻飞隐隐，天连远水平芜。晴烟春日映东湖，柳弄风轻过雨。

　　这首词描写泛舟湖上所见春景。其上下片互为回文，因景物出现次序不同，意态便有分别。上片写雨后初晴，下片则为由晴转雨。全词表现出晴雨之间的反复变化，同时也暗示了泛湖人的悠然心境。

　　汉语中词序颠倒的现象，由汉字独体、独字、表义的特点所决定，是其他民族语言文字"力所不逮"的。

"直是画工须搁笔"
——霍山览胜

　　霍山位于龙川县田心镇，毗邻兴宁、五华。海拔 550 米，方圆十余公里。广东名山之一。

　　据传，秦末诸侯混战，中原大乱，中原文人霍龙避乱南下，隐居于此，结庐讲学，传播中原文化。后人为纪念他而将此山命名为霍山。

　　霍山是水成岩结构的石山，以奇特的山形、清幽的岩洞、经久的历史而著名。

　　宋至和年间（1054—1056）任循州知参军的朱何在《霍山记》中说："为霍山者，当益自负于杳冥磅礴之间，朝而苍烟与之俱，暮而白云与之娱，明月清风之与室庐，列仙群灵之与游居，岂不绰绰然其自特重以深乎。"

　　霍山胜景很多，最著名的有雄狮吼龙、船头观日、酒瓮凌云、玉麟玩月等。

雄狮吼龙

　　霍山太乙岩状如狮子张大口，故又名狮子岩，是霍山最大的天然岩洞。岩深 30 米，阔 30 余米，高 8 米余。岩洞高大宽敞壮观，洞内夏凉冬暖，十分幽静。昔日洞内建有寺院、佛堂、经馆、轩室、斋堂。岩洞深处有一石井，深不可测。洞门两侧石柱上有一副楹联：

　　　　山势压龙川，形在天影在地，怪石磋砑，俨似神仙山海上；
　　　　洞门开狮口，冬不寒夏不暑，灵岩清净，居然仙洞在人间。

　　传说宋仁宗时乡进士蓝乔不第，隐居于此洞，常独坐岩前吹弄铁笛，因而北宋大诗人、大文学家苏轼在《龙川八景》中有"太乙仙岩吹铁笛"一句。

明朝翰林学士钱习礼《太乙仙岩》诗云：

> 仙人住世炼大还，宜栖乃在嵌岩间。
> 清猿夜啼挂松壁，猛虎昼卧当柴关。
> 洞门飞翠来滴滴，石桥流水鸣潺潺。
> 丹成高举游八极，至今遗迹留空山。

酒瓮凌云

"岩上峰名'酒瓮石'，崛起平地百余仞，上锐中博下顿，如瓮然。泉涓涓倾出，味甘如醴，因名'酒瓮泉'。所注成潭，大亩许，清深不测。旁多万年松、风兰、仙人掌、金星草、黄精、白术之属。远近随风，处处芬馥，如入罗浮之百花径矣。……酒瓮石，予尝欲终老其间。有诗云：酒瓮峰头石，涓涓出醴泉。愿同鲸吸者，长傍白云眠。"（岭南杰出学者、诗人屈大均《霍山山影及其它》）。

船头观日

霍山船头石，霍山最高峰，山顶酷似船头，20多米宽。三面悬崖绝壁，唯东北面有一小路可登。立足船头远望，只见群山俯伏，宛若蛇行。和平、东源、五华、兴宁依稀可见。顶峰石上，相传由古时仙人所刻"云坞"两字至今可见。

玉麟玩月

霍山玉麟洞，洞内四面悬崖峭壁，举头可望四角天空，唯一石径可进。洞门有一佳联：

> 石径有尘风自扫；
> 洞门无锁积云封。

洞内开阔，一眼玉液泉清冽甘甜，长年不断。
张镇江《玉麟洞》诗云：

> 胜揽霞仙洞，幽奇得未曾。
> 花泉霏细雨，玉印排垂藤。

> 叠石将门护，群山入户登。
> 盘陀岩月朗，何用佛传灯。

　　此外霍山奇观还有一线天、吊谷上棚、仙人迹等。一线天：两石山相望处皆为凌云峭壁，中间只有一小径。吊谷上棚：状如用箩装着稻谷往上吊。仙人迹：石山上仙人留下的印迹。

　　霍山美丽奇特、雄伟壮观，古往今来多少文人墨客为之倾倒，留下脍炙人口的诗句。

　　唐昭宗末年（901）进士曹松（安徽人）《霍山》（《全唐诗》七百十五）云：

> 七千七百七十丈，丈丈藤萝势入天。
> 未必展来空似翅，不妨开去也成莲。
> 月将河汉分岩转，僧与龙蛇共窟眠。
> 直是画工须搁笔，况无名画可流传。

　　明正德九年（1514）进士王天舆（广东兴宁人）《登霍山》诗云：

> 特访循州第一峰，仙岩高处近蟾宫。
> 插天石笋云逾湿，向日山花春自红。
> 万象包罗归眼底，两仪阖辟属胸中。
> 兴浓直上飞云顶，望见西南山万重。

　　北京电影制片厂编导室主任谢逢松（广东龙川人）《霍山》诗云：

> 总信霍山是艘船，飞来宇外落龙川。
> 峰岚四野凝成浪，石柱中央化作杆。
> 大瓮航员狂饮酒，绩篦少妇细纺棉。
> 如今我立船头石，欲驾长风再上天。

霍山，还有光辉灿烂的历史。明末清初，抗清义士巫三祝曾聚集义士于霍山，筑寨抵御清军，方圆百里内的群众纷纷响应。大革命时期，红军古大存部下刘江夏、罗俊青等曾率部驻扎霍山，与反动派进行斗争。

南越王佗城遗迹

赵佗（约前240—前137），真定（今河北正定）人。秦始皇二十八年（前219），秦始皇任命屠睢为主将、赵佗为副将，率领50万大军平定岭南。屠睢因为滥杀无辜而遭杀身之祸。他死后，秦始皇任命任嚣为主将。任嚣与赵佗经过四年征战，于秦始皇三十三年（前214）平定岭南。平定后，设置南海郡、桂林郡、象郡。任嚣任南海郡尉，赵佗任南海郡龙川县令。赵佗上任后，采取"和辑百越"民族政策，传播中原先进文化和生产技术，使龙川逐渐繁荣。任嚣去世后，赵佗接任南海郡尉。秦末，群雄并起，天下大乱，赵佗兼并桂林郡、象郡，建立南越国。南越国地盘包括今广东、广西大部分地区，还包括福建、湖南、贵州、云南部分地区和越南北部地区。汉高祖十一年（前196），赵佗被汉高祖封为南越王。汉高祖去世，吕后当权，封锁关市，禁止南越在边境市场上购买铁器农具。当时岭南地区还无法制造这些东西。赵佗先后三次派遣使者赴长安，请求停止封锁。吕后拘押南越使者，还派人毁赵佗祖坟，杀赵佗家族人。赵佗因此动怒，发兵北上，一口气夺取了几座县城。吕后遣兵镇压，由于天气恶劣、士卒遇疾，加上赵佗派兵堵住了关口，因而官军不能南进。赵佗与汉朝皇帝分庭抗礼，自己加冕为"南越武帝"，以皇帝身份发号施令。汉文帝即位后，主动与赵佗修好。汉景帝即位后，继续采取怀柔政策，于是，赵佗除去帝号，复归汉朝。

赵佗任龙川县令时的龙川辖地颇广，包括今河源市、梅州市大部分地区和汕头市部分地区等。县治设于佗城，有不少遗迹。

佗城

赵佗任龙川令，修筑县治，时称龙川城。后人为纪念他而称为佗城。位于龙川县南端。故城为不规则方形土城，用泥土夯筑而成，周长800多米。在城东南西北各建一座城门。城内有赵佗故宅、赵佗井、老城街、越王台、赵佗弩营等主要建筑。五代的南汉和宋代，龙川城成为循州治所所在地，又称循州城。宋熙宁年间（1068—

1077)，将秦时土城扩大，改建为砖城，全城周长增至 2 400 米左右，并挖有护城河，深沟高垒，固若金汤。明代，修筑上五里城、下五里城、下廓城、新城等附城，以保护主城。1944 年，广东省政府曾迁至此城。广东省首批历史文化名城之一。国务院有关部门编辑出版的《全国名县名城集》中佗城"榜上有名"。

赵佗故宅

赵佗故宅年久失修，宋时在遗址建光孝寺，特祀南越王。元末遭兵焚，明洪武十六年（1383）重修。今犹存。

越王井

越王井位于鳌湖之东，距赵佗故宅约 10 米。井身用三层红色方石叠砌，坚实美观。韦昌明（唐僖宗翰林学士）《越井记》（《全唐文》卷 816）载："井周围二丈许，深五丈。虽当亢旱，万人汲之不竭。其源出鳌山，泉极清洌，味甘而香。自秦距今，八百七十余年，其迹如新。"

后来，此井壅塞了数百年。清乾隆二十年（1755），王永熙任龙川县令，重修此井。但是不到 20 年便湮塞如旧。原因是此井深而且阔，有幼儿掉进去，便被废了。王县令认为这是因噎废食，再次修复。井上建小亭，井口建护栏。此后，此井重新焕发青春。如今，井口用石块覆盖着，只供游人参观。

越王庙

越王庙位于佗城中山街。是后人为奉祀赵佗所建。原庙毁后长期没有重修。清康熙六十一年（1722）才在原址改建。前栋祀越王，后栋祀苏辙等十贤。乾隆四十五年（1780），由于全庙木料已朽，因而再次改建，建成二进院落四合院。中塑越王像，庙门石额镌"南越王庙"四字。今犹存。

佗城，赵佗南下的落脚之地，南越王的起航之地。南越王在佗城的遗址，是佗城百姓、龙川百姓对这位被毛泽东誉为"南下干部"第一人的崇敬之情、怀念之情的体现。为国为人民建功立业的人，人民永远不会忘记。

小鸟天堂

笔者曾在江门定居数年，其间曾与家人一起游览"小鸟天堂"。

小鸟天堂原名"罗星墩""雀墩"，在新会会城南面的天马村天马河中。眼前的这一大片榕树林，是由一棵榕树经过380多年的不断繁衍形成的。这棵榕树已经分不清哪根是主干，哪根是分枝，全是枝连枝，纵横交错，盘根错节地连接在一起。横生的树枝上有许多须根垂下来，吸收空气中的水分和养分，生命力极强，只要一接触土壤，就会迅速延伸入土，长成树干。树干又长出新枝，新枝又长出新须根，新须根又长出新一代树干。如此反反复复，形成子子孙孙百代同堂、"共处一岛"的生态奇观。

鸟类在这树上栖息、繁衍，种类多达十余种，数量超过三万只。最多的是白鹭和灰鹭，它们虽然集于一树，但是生活习惯不同。白鹭白天觅食，早出晚归；灰鹭夜间觅食，暮出晨归。夕阳西下，灰鹭聚集树梢，然后一批批飞去，而白鹭则一批批飞回。霎时间，万千白鹭、灰鹭振翅飞鸣，高低掩映，蔚为奇观。

1933年5月31日，巴金到达新会，游览了"雀墩"，看见无数小鸟在一棵榕树上漫天飞舞的奇景，回到广州后写出了散文《鸟的天堂》。1978年，人民教育出版社把这篇散文编入小学语文课本，从此，"小鸟天堂"声名远扬，四海闻名。"罗星墩""雀墩"于20世纪60年代改名为"小鸟天堂"。

1962年，诗人田汉到此参观，作诗描述道：

> 三百年来榕一章，浓荫十亩鸟千双。
> 并肩只许木棉树，立脚长依天马江。
> 新枝还比旧枝壮，白鹤能眠灰鹤床。
> 历难经灾从不犯，人间毕竟有天堂。

给孩子取一个有特色的名字

名字是一个人的符号，也是一种文化；是上辈的希望，是自己行为的规范；是他人的舆论监督，是社会交往的凭证；是鲜活生命的价值取向，是对人一生有巨大影响的神咒。不见其人，先闻其名，这个人的家世如何，修养如何，志向如何，文化如何，很可能从名字中看出端倪。

据美国密歇根州立大学等机构研究人员近日在《美国统计索引》上报告说，取有特色名字的黑人男子，平均寿命要比其他黑人男子多出约一岁。(《广州日报》2016年3月28日A3版)

取有特色的名字不仅寿命更长，而且会令人印象深刻，过目不忘。

名字如此重要，因此，父母给儿女取名或者给自己换一个名字，不应随随便便，而应"深思熟虑"，取一个有特色的名字。

如何给孩子取有特色名字或者给自己换有特色名字呢? 姓名巧结合是最常用方法。

姓与名巧妙组合成一个有诗意、深意、有趣的词语，便别具一格，韵味无穷，很值得欣赏玩味。例如：

田野、田间、苗圃、苗得雨、杨柳、杨柳青、梅兰芳、万里、黎明、雷声、雷雨、蓝天、白鹤、白雪、白雪樵、白云、白云飞、白玉兰、白如冰、高山、高如山、高峰、高原、高大、高潮、高尚、高贵、高明、高洁、文章、文武、严明、任意、任重、温泉、温和、马列、马力、马识途、马如飞、盛情、周到、周济、其实、朱砂、石头、齐心、敬礼、黄河、海南、吉林、武汉、许多、钟声、钱财、方圆、陶铸、唐诗、宋词、顾全、郑重、平安、安宁、宁安、宁静、何况、张扬、古典、方向、金山、金星、爱戴、甘苦、春天、汪洋、章程、成龙、连贯、连笑、祝福、沙千里、任逍遥、凌云志、石成金、石钟山、蓝田玉、叶向荣、叶绿野、叶知秋、周而复、关山月、黄河清、成方圆、沈阳人。

名由姓"堆砌"而成，也独树一帜。例如：

石磊、金鑫、牛犇、吉喆。

姓与名都有同一"构件"，也非常有趣。例如：

田甲申、江渭清、林梧桐、吴昊天。

用离合法（拆字法）取名，更令人耳目一新。例如：

舒舍予、雷雨田、王玉珏、白水泉。

为了给孩子起一个有特色的名字，有些人喜欢用冷僻字，导致人名中冷僻字层出不穷，用身份证时麻烦无穷。长春市民李怀韡名字中的"韡"是个冷僻字（左边一个"韦"字，右边一个"华"字。念 wéi），他去办身份证时，因为这个字无法录入，五年后才办妥。这个字在银行电脑中不能显示，无法办理银行业务。买火车票也因电脑不能显示而买不到。用冷僻字取名的人，多数有这些麻烦。虽然公安机关如今推动姓名中含有冷僻字的身份证在各用证部门正常使用，但也没有必要为了名字有特色而随便使用冷僻字，以免不必要的麻烦。

我家有三个迷你博物馆

世界上的博物馆五花八门，无奇不有。美国波士顿有糟糕艺术品博物馆，新加坡、克罗地亚、美国洛杉矶有失恋博物馆（展出见证失恋物品），德国柏林有香肠博物馆，美国得克萨斯有蟑螂博物馆，印度新德里有国际厕所博物馆，瑞典有"失败"博物馆（展出挑战各种目标结果失败的展品），意大利有粪便博物馆（展出用牛粪制成的各种陶制品）。广州有十三行博物馆、陈李济中药博物馆、广府本草博物馆、锦泉眼镜博物馆。我家有"广东各地邮戳博物馆""石片博物馆""仙人植物博物馆"。

2000 年至 2004 年，我任《广东教学报》推广普通话版第二、三版编辑。第二版刊登中小学教师撰写的语言文字教学方面文章，第三版刊登中小学学生作文。每月可收到 100 篇左右从广东各地寄来的稿件。那时报刊没有电子邮箱，投稿靠邮寄。信封上贴上邮票，邮局工作人员在发信时要在邮票上盖上邮戳。邮戳就是邮局盖在邮件上的印章，注销邮票并标明收发时间、地名。收到来稿后，我把信封上的邮票连同邮戳剪下来。五年来共集有六千枚左右。同一个邮局的只选一个也有四五百个。这样，我便有了一个"广东各地邮戳博物馆"。

2008 年，我家从广州赤岗搬到了番禺南村，每天早上和傍晚都与老伴外出散步，每次散步都经过一个荒凉地方，那里有一堆堆附近四五间石片厂倒卸的废石片。这些石片中有不少是三角形、四边形、五边形的，边长五至十厘米的。我每天挑几块不同颜色或花纹的带回家，一段时间后共捡了有七八十块。不久，因为这里兴建了新的小区，将旧肉菜市场拆掉，建新的大型肉菜市场。装修时，四五个装修队同时开工。被废弃的石片中有不少颜色鲜艳、花纹美丽的石片，但是因为或者过大过重，或者不成形，所以我"忍痛割爱"。个个装修队都有锯石机，我便每天选若干块，轮流请装修师傅给锯成小块的三角形、四边形等。一段时间后，又有五六十块。后

来，我又直接去到石片厂门口，在门口的废料堆里拣石片，又拣到二三十块。至此，我便有 150 块各种质地、不同颜色或者不同花纹的石片。这样，我便有了个"石片博物馆"。

我所住楼房的阳台边有一个供住户种花的地方，一平方米左右，倒些泥进去即可种植物。我种仙人球、仙人掌、仙人柱、仙人棍、仙人鞭五大类仙人植物，其中仙人球有圆形、椭圆形，针长、针短的；仙人掌有有刺、无刺的；仙人柱有单头、多头的；仙人鞭有有叶、无叶的。这样，我便有了一个"仙人植物博物馆"。

这三个"博物馆"，除了买仙人球用了一点钱外，其余没花一分钱。

留意身边东西，把它们积累起来，量变成质变，便能拥有一个个"博物馆"，给生活增添色彩。

蚁 吃
——养生长寿之道之一

"七十八十小弟弟，九十一百有的是；百一百二也不少，百三百四才稀奇。"注重养生，长寿不难。在中医看来，人的理想寿命是120岁。很多人之所以不到天年就去世，主要是因为不注重养生。

人的寿命因素：遗传占15%，环境占10%，药物占15%，自我保健占60%。可见，讲究养生之道是长寿的最大因素。

如何养生？我的方法是做到蚁吃、猴动、蚕欲、鸽心、鸯求。这些做法使我耄耋之年仍身体健康，精力充沛。

蚂蚁吃东西不多，身材总是非常苗条、健康。人应像蚂蚁那样少吃。

美国有个动物实验：一共有200只猴子。其中100只吃自助餐，随便吃，猴子不吃白不吃，10年下来，肥猴子患高血压、脑溢血、癌疾等，100只里死了50只；另外100只计划供应食物，只吃七八分饱，10年下来苗条活泼，只死了12只。再养15年，肥猴那组全部死亡，长寿的都在另一组。

根据世界卫生组织发布的2015年版《世界卫生统计》报告显示：2014年，日本女性的平均寿命为86.83岁，男性为80.5岁，均刷新了历史最高纪录。日本人长寿与他们节食有很大关系。日本人的餐桌上尽管菜品有十几道，可是每道菜的分量极少。日本人的饭量只有中国人的一半。在日本，除了相扑运动员，甚少见到胖子。山东省济南市中心医院消化科主任医师王德荣说，自己多次到日本的导师和朋友家做客，经常吃不饱。尽管有十几道菜，但每道菜都分量极少，几片新鲜蔬菜、四五片肉、一碗酱汤、一小碗米饭就是一顿饭。肉、蔬菜、豆类、水果、米饭、面都用小碟、小碗盛装。

孙思邈说："口中言少，心中事少，腹里食少，依此三少，神仙决了。"他活了100多岁，所以他的话当然有说服力。

长期饱食，体内热量、脂肪以及血脂就会增加，大脑就要指令身体各个器官加强运作，消化食物所用的时间会更长，供给大脑的氧气和营养物质减少，导致人的记忆力下降，使得大脑早衰且智力迟钝。除了使大脑早衰之外，饱食还会使胃、肠道负担加重，造成消化不良。而那些大量摄入的、多余的脂肪、蛋白质不能被有效地利用，就会大量地贮存起来，造成营养过剩，引发肥胖症、糖尿病、高血脂等疾病。饱食使大脑血液供应不足，从而使脑细胞正常生理代谢受到影响，甚至还会引起冠心病病人心绞痛发作，诱发胆石症、胆囊炎等疾病。总之，"少吃少喝才健康，胡吃胡喝要遭殃"。

蚂蚁除了节食还杂食。饭粒、面包屑、薯屑、瓜屑、菜屑、豆子、虫子都吃。人体需要的营养素有六大类、四十多种，因此，食物多样才能保证机体所需要的各种营养物质。所以，餐桌上的菜肴应该分量少、数量多。日本人那么长寿，除了节食外，还与他们的食物品种多有很大关系。日本厚生劳动省早在1985年就倡导民众一天尽量吃30种食材（包括烹调油和调味品）。

我一日三餐都注意少量而多样，什么都吃，什么都不多吃。每餐只吃七分饱，饭吃一小碗，粥、面、粉、麦片吃一小半碗，肉每日二两。饭菜多样化，一周内，每餐蔬菜、每天肉类、每天早餐各不相同（见一周食谱）。每天吃苹果、雪梨、香蕉等水果两种，核桃、龙眼干、红枣、花生、葵花籽等干果各数颗。适当吃些保健品。每周食物共40种以上。"蚁吃"使我一直身材适中、肚子平平、容光焕发、精神抖擞。

一周食谱

	早餐	午餐	晚餐
周一	米粉、鸡蛋 芫荽	莲子粥、番薯 菜椒	皮蛋瘦肉粥 菜心
周二	面、云吞 芫荽	八宝粥、马铃薯 瓜类	鸽子（乌鸡）汤、米饭 芥菜（苦麦、生菜）
周三	饺子 芫荽	鲜淮山粥 豆角（萝卜）	鸡粥（饭） 蘑菇、菜心苗
周四	河粉、鸡蛋 芫荽	眉豆粥、玉米 茄子（番茄）	排骨、香芋粥（饭） 菠菜
周五	麦片、鸡蛋 芫荽	白粥、番薯 洋葱、腐竹	鲳鱼（鲈鱼）、米饭 白菜心
周六	腊肠、蘑菇 豆子糯米饭	枸杞粥、马铃薯 扁豆（蚕豆等）	鲩鱼粥（饭） 迟菜心
周日	包子、豆浆	视情况改变	视情况改变

猴　动
——养生长寿之道之二

猴子的最大特点是好动，在树上攀爬、跳跃、抓住树枝荡来荡去，在地上奔跑、追逐、打闹。在动物园里，猴子是最活泼好动的了。所以歇后语说：猴子的手脚——闲不住。由于它很少停下来，因而非常健康、灵活、敏捷。人应该像猴子那样好动。

俗话说：药补不如食补，食补不如练武。运动可以使人的心肺功能加强，加速血液循环，扩张血管，使血流加速，使血管富有弹性，增加脑的血流量，增加肺活量，降低心率，降低血压，增加骨密度、控制体重，增强免疫力，改善不良情绪。运动能够降低血液黏稠度和血小板的聚集性，从而减少血栓形成。运动可以促进脂质代谢，提高血液中高密度脂蛋白胆固醇含量。这种种作用，能够有效地预防多种疾病，延年益寿。运动可以加速肠道蠕动，促进废物排出，预防结肠癌。

有人说，乌龟爱静不爱动，照样长寿。这种说法不当。乌龟骨头包着肉，人肉包着骨头，乌龟是冷血动物，人是"热血"动物，能一样吗？乌龟身上有230多块骨头、90多个关节，人身上有206块骨头、230个关节。人身上那么多关节就是让你运动的。只有运动才能保证关节软骨的健康。关节软骨里没有血液供应，必须吸收关节液才有营养，而关节液只有活动时才能大量分泌。所以，生命在于运动，想长寿就要多运动。

俗话说：最好的医生是自己，最好的运动是步行。1992年，世界卫生组织指出：步行是世界上最好的运动。因为人类花了300万年，从猿进化成人，整个人的身体与结构是步行进化的结果，所以人体的生理结构最适合步行。通过对1 645名65岁以上老人4年多的前瞻性研究发现：与每周步行少于1小时的老人相比，每周步行4小时以上者，其心血管病住院率要少69%，病死率少73%。为什么步行有这么大的作用？首先，步行是预防心血管病的措施。步行能增强心脏功能，使心脏跳得慢而有力，增强血管弹性，调节血压；能加速人体血液循环，减少甘油三酯和胆固醇在动脉壁上的聚集和血凝块的形成，使动脉硬化斑块稳定、消退，降低心肌梗死的发病率。其次，步行能够增强肌肉力量，强健下肢筋骨，促进关节软骨滑液的分泌，提高关节灵活性，预防和延缓退化性关节炎，保持关节健康。再次，步行能够消耗身体多余的热量，提高身体的新陈代谢水平，减少人体脂肪的积累，保持适宜的体重。最后，步行在提高免疫力、减少疾病、预防和辅助治疗慢性病等方面均有一定的作用。因此，步行被誉为"运动之王"。是最适合中老年人的保健运动。

皇帝的生活最优裕，衣、吃、住、行等条件最好，医疗条件也最好，可是寿命都很短。原因是他们天天山珍海味、营养过剩，又少运动。"管住嘴，迈开腿"确是至理名言。

我在退休前的数十年间，几乎天天天未亮就起来步行或慢跑；退休后二十余年来，上午、下午各步行一个小时左右。除了步行，我还做家务、种花等。由于多动，至今体力好、手脚灵活。

寡　欲
——养生长寿之道之三

　　桑叶是一种极粗糙的树叶。蚕终生只吃这种叶子。食物那么单一、廉价、无味，能吐丝供人织出锦缎的蚕却总是吃得津津有味。人应像蚕那样寡欲。

　　孟子曰："养身莫善于寡欲。"老子曰："祸莫大于不知足。"薛宣曰："少欲则心静，心静则事简。"纪晓岚说："事能知足心常乐，人到无求品自高。"上海著名文史掌故大家郑逸梅先生，生前信奉两个字：不比。他说：不与富比，我不贫；不与贵比，我不贱。自感不贫不贱，就能常处乐境。一件事情，想通了是天堂，想不通是地狱。看得透的人，处处是生机；放得下的人，处处是大道；想得开的人，处处是春天。聪明的人，总在寻找好心情；成功的人，总在保持好心情；幸福的人，总在享受好心情。不与别人攀比，自己就会悠然自得；不把人生目标定得太高，自己就会欢乐常在；不让欲望那么多，自己就会云淡风轻；不刻意追求完美，自己就会远离痛苦；不时时苛求自己，自己就会活得自在；不吹毛求疵，自己就会轻轻松松。其实，只要是一个人，就应该满足、快乐、庆幸了，因为人不是任人践踏砍伐的草木，不是任人射杀宰割的禽兽，人有思想，有七情六欲，是万物之灵，不应该满足、高兴吗？其实，能够生活在现代中国，就应该满足、快乐、庆幸了，因为当今中国社会稳定、欣欣向荣，没有战乱、屠杀、难民、灾荒、颠沛流离等中国历史上常有、外国不少国家现在仍然常有的事情，还不应该满足、快乐、庆幸吗？

　　健康的第一要诀是心胸开阔，不计较得失。100 个 100 岁老人有100 种活法，但是有一点是相同的——有积极乐观的心态。对湖南长沙 200 多名 100 岁老人作调查，89.08% 的老人不约而同地以"心态好"为第一条长寿秘诀。心态好，真气就能内存，外邪便无法乘虚而入。"境随心转是圣贤，心随境转是凡夫。""境随心转"即心情好坏影响人看待事物的美好与否，强调心态的重要。心态好，什么样的环境都是好环境，正所谓心是美的，世上处处是美景；心是乐的，世界处处玫瑰绽放。怎样才能心态好呢？寡欲，知足常乐。因此要学会正确认识和评价自己，学会客观看待自己的人生位置，对自己的位置要有满足感，要珍惜自己的位置和已经得到的东西。不要攀比，凡事量力而行，随时调整自己的目标未必是弱者行为。不论什么事情，只要以知足的态度对待，那么，喜乐是福，吃苦也是福；机遇是福，错过机遇也是福。知足的人，内心总是快乐、达观；知足的人，总是微笑着面对一切。在知足者面前，没有过不去的坎。知足可以使人平静、安然，如行云般自在，像流水般洒脱。相反，如果贪得无厌，不知满足，就会总在纠结，总感到焦虑不安。美国心理专家研究显示：太过计较得失的人，心率一般都快，睡眠不好，还会导致本身功能紊乱，易患各种疾病。知足者睡在地上如处在天堂，不知足者身处天堂如处地狱。"知足者贫亦乐，不知足者富亦忧。"乐则身心欢愉，有利健康长寿，忧则身心受损，不利健康长寿。知足是对自己最好的保护，不知足是一切痛苦的来源，是对自己最大的伤害。

"野芳虽晚不须嗟"，老年人经历了一辈子的风风雨雨，体验了人世间的酸甜苦辣，爱过、恨过，做过自己喜欢做的事，没有虚度年华岁月，那么，无论贫富贵贱都应该安心了。

我于1962年大学毕业，被分配到被一些人称为"广东西伯利亚"的怀集县，我毫不计较，愉快地提前去报到。在"文革"中我被打成"牛鬼蛇神"，受了不少冤，吃了不少苦。改革开放后，外地干部、教师纷纷申请离开怀集，十个走了七八个。我的母亲、弟弟在香港定居，我的父亲、细妈、同父异母弟妹在马来西亚定居，他们都希望我离开怀集。经济发达地区的个别学校也向我招手。可是，我既不去"花花世界"定居，也不去经济发达地区工作，而是"咬定青山不放松"。在山区工作工资不高，但夫妻俩的工资足以过优裕生活，不必见异思迁，退休后才离开怀集。由于寡欲，所以能够神清气爽、身心健康。

"无欲之谓圣，寡欲之谓贤。"

鸽　心
——养生长寿之道之四

鸽子和善，与世无争，被当作和平的象征。人要养生长寿，也要像鸽子那样平和善良、与人为善。

孙思邈在《千金要方·养性序》中指出："性既自善，内外百病自然不生，祸乱灾害亦无由作，此养生之大经也。"《国语》指出："善，德之建也。"张景岳在《景岳全书·传忠录》中说："惟乐可以养生，欲乐者莫如为善。"俗语云："爱出者爱返，福往者福来。"意思是把爱与福施与别人，爱和福都会回到你身边。

据荷兰科学家研究发现：心地善良的男性比心存恶念的男性活得长。不善良的人因为经常对人怀有恶意，长此以往必定会损害身心健康，让心情总处于憋闷状态，从而容易患上高血压、心脏病和高胆固醇等疾病，因而影响寿命。国外研究者曾在加州阿拉米达县随机抽取7 000个居民，进行为期九年的跟踪调查。研究发现，乐于助人者易于与他人融洽相处，社会关系相当好，寿命显著延长，男性尤甚。

一个没有善心的人，他的幸福源泉已经枯竭，他那颗冷漠的心是绝不可能真正快乐的，因而难以健康长寿。对于一个社会来说，善的缺失是可怕的，它会使个人失去生活意义，使社会发生道德危机，使世界变得寒冷如冰窟，荒凉如沙漠。

大善利天下，小善在身边。对普通人来说，从小善做起，意识到并乐于行善，才能在有能力时行大善，因此刘备才言"勿以善小而不为"。在日常生活中，垃圾归箱，主动让座，处事谦让，惜老怜贫，量力而为为公益事业捐款等，都是善行。

我比较注意与人为善。让座，让路，救济贫困学生，为公益事业出钱出力，捐赠著作两千余册，给行乞者一至五元钱，处事谦让，在小区里有人问路，把其带到大门口，脸上常带微笑。"相由心生"，一般来说：心善则面善，心慈则面慈；心恶则面恶，心忧则愁眉苦脸。我心较善，面亦较善，常带笑容。虽已八十有余，眼不花，耳不聋，腰不弯，头脑清醒，精力充沛。

骛　求
——养生长寿之道之五

骛：野鸭。它发现小鱼、小虫等食物后，会立即飞奔过去。如果一群野鸭同时发现食物，就会同时争先恐后地飞奔过去，因而有"趋之若骛"这一成语，它"比喻很多人争相追求、前往"。老人退休后，也应有"骛求"，即有兴趣爱好、追求。

"老有所为"是积极的养老观。真正深层次的养老观是积极老龄化，也就是有自己的兴趣爱好、追求，让自己的晚年生活丰富多彩。《论语·述而》说的"发愤忘食，乐以忘忧，不知老之将至云尔"就是这种境界。

有益的爱好、追求会洗涤你的身心，调动你的记忆，发挥你的想象，铺陈你的浪漫；能够给你带来宁静和享受，让你的生活更有滋味；能够带来融融情趣、精神愉悦，从而使人修身养性，延年益寿。老年人倾心于某种爱好、追求，精神有寄托，就会摆脱垂暮、孤寂之感。有自己喜欢做的事，在任何情况下都会感到充实和踏实。良好的心理影响，会使自己的生命节奏与自然同步，无形中提高了生命质量，对养生增寿颇为有益。有事做才有成就感，有成就感才有幸福感，有幸福感自然延年益寿。良好的兴趣、爱好能让人动起来，有维持健康所需的运动量。为了使自己的兴趣、爱好做得更好，就要思考，就要用脑。用脑是最好的养生方式和长寿秘诀，因为脑好是长寿之本，人老脑先老，用脑可以防止脑子僵化。兴趣爱好让人快乐，健康长寿亦在情理之中。倘若无所事事，精神失去寄托，纵有优越的生活条件，也会"畏老老转迫，忧病病弥缚"。老年人没有目标，死亡就会被视为唯一的"目标"。这是很多老人感到孤独的根源，中国老年人的"孤独"，除了"失能老人"外，都与自己没有爱好和追求有关。"寂寞增加忧愁，忙碌铲除烦恼。"不管什么爱好，在烦恼的时候，你都能用此爱好安抚自己，清除烦恼。每天都不知道自己在做什么的人，其实活得一点也不从容。一个什么兴趣也没有的人是最可怜的。

"专注力"是对抗岁月的力量和抗衰老的法宝。专心致志地干一件自己感兴趣的事，是最好的养生方法。北京大学教授一般比较长寿，其中最长寿的是哲学系教授。耄耋期颐者不乏其人，被称为"长寿俱乐部"。原因是他们有追求，退休后仍专心致志地搞科学研究，埋头学术而不知老之至。

因此，老年人要根据自己的兴趣爱好、时间、体力、经济等，学自己想学的东西，干自己想干的事情，玩自己想玩的项目。例如种化种草、养鱼养鸟、习画练字、弹琴下棋、唱歌跳舞、步行打拳、看书读报、舞文弄墨、观景览胜、垂钓、集邮、收藏等。

本人酷爱阅读与写作，退休后，看《广州日报》《广州文摘报》《老人报》《快乐老人报》《益寿文摘》《长寿养生报》《咬文嚼字》等，写文章、著书立说。天天乐此不疲，兴味盎然，犹如嗜酒者泡在酒缸里，无比陶醉。一个人到了退休的时候，是知识、资料、经验积累到最多的时候。退休后把这些积累加以整理，可以成为非常有用的文章、著作。退休后，我利用这些积累和退休后的积累，先后出版数册著作。读、写让我有事可做，有精神寄托，有精神愉悦，有成就感，从而"乐以忘忧，不知老之将至云尔"。八十余岁仍健步生风、睡眠极佳、耳聪目明、头脑清醒、思维缜密、精神饱满。

花不可以无蝶，山不可以无泉；天不可以无彩霞，人不可以无爱好。

问号"泛滥成灾"

目前，我国报刊、书籍滥用问号之处"俯拾即是"，造成句意不明之"灾"。

在陈述句句末用问号。

不少陈述句会用上疑问句常用的疑问词"什么""为什么""怎样""谁""如何""哪里""要不要""是否"，或者用上疑问句常用的语气词"呢""吗"等。不少人不懂得这一点，一看到句中有这些词，就以为这是疑问句，在句末用上问号。例如：

> 我站在那里，品味不出心里是怎样一种滋味？
> 龙伯问女儿是否见到了副市长？
> 待丈夫喝完后，才询问他为什么回来这么晚？
> 今后还是多通过报纸来做些交流吧，不知你们意下如何？
> 在茫茫太空中搜寻外星球之文明人的特定无线电信号，谈何容易？
> 冷冰冰的一张张脸，看不出是悲是乐是怒？
> 半月后父亲开会完毕回到家中，急问儿子那封信发出否？
> 看来"夫妻老婆店"真还有不少呢？

这些句子本来都是陈述句，由于用上了疑问句常用的疑问词或语气词，被当作疑问句，在句末用上问号，变成疑问句。从句意看是陈述句，从问号看是疑问句，句意不明。犹如"两性人"，不知是男是女。

在祈使句句末用问号。

不少祈使句的后半部分有疑问句常用的疑问词，这后半部分只是一个宾语，不少人把这样的祈使句当作疑问句，在句末用上问号。在语文教科书的练习题中，这种句子也屡见不鲜。例如：

> 看看这三篇课文各侧重于哪一种？

说说本文对芙蕖的优点是怎样分类说明的？

说说本文是怎样按照景泰蓝制作的程序来写的？

试列表说明这篇课文引用了哪些关于人类发展的考古资料，用这些资料说明了哪些观点？

……按顺序说说着重写了各种画面的什么特点？

在下列各句后面的括号内挑选正确的关联词填在句中的横线上，并说明另外的关联词为什么不恰当？

仔细阅读课文，想想作者写云层的什么特点？

这些句子本来都是祈使句，由于句末用上了问号，成了疑问句。从句意看，是祈使句；从问号看，是疑问句。这样，到底是要学生做什么还是教科书编者对此问题有疑问，模棱两可，句意不明。连语文教科书的编者——语文界专家、权威也如此"阴差阳错"，连传授语文知识的教科书中这种句子也如此层出不穷，问号"泛滥成灾"情况可想而知。

在选择复句第一分句后面用问号。

选择复句第一分句后面用逗号，第二分句句末用问号。常见有人两个分句都用上问号。例如：

是在强求中沉沦？还是在放下中解脱？

是放手让彼此都解脱？还是不放手彼此同归于尽？

这两个句子第一分句的问号有误，必须改为逗号。

如果有三个分句或更多分句，最后分句用问号，其余用逗号。

笔者先后写了四篇文章，批评报刊、书籍里滥用问号现象，分别发表在《语文知识》《语文月刊》《南方农村报》《羊城晚报通讯》上，呼吁作者、编辑阻止问号继续泛滥，但是效果不佳。在报刊、书籍里，用得不恰当的问号，仍然铺天盖地。可谓"积重难返"了。说问号"泛滥成灾"可谓不假。

问号用在疑问句句末，需要回答。不是疑问句、不需要回答的句子不要用问号（反问句除外）。

错把 "微寒" 当 "严寒"

"料峭"在各大词典中都有"微寒"的意义。《辞海》："形容春天的微寒。苏轼《定风波》词：'料峭春风吹酒醒，微冷。'"《现代汉语词典》："形容微寒（多指春寒）。"《现代汉语规范词典》："形容略有寒意。……'料峭'形容微寒，'凛冽'形容严寒。"例如：春寒料峭（春天稍微有些寒意）、料峭春风（稍有寒意的春风）。

可是一直以来，"料峭"十有八九被当作"严寒"用。例如：

涉过料峭的严冬……

寒冬料峭，不少花木落叶枯黄，但吊钟花却充满生机，沸沸扬扬开放着。

12 月 1 日清晨，寒风料峭，耿飚的疟疾刚刚发作过去，正披着一床毯子，在各连阵地上检查工事。

1972 年 11 月 6 日 23 时 55 分，陈毅元帅因癌细胞广泛转移逝世，陆惟善是 7 日凌晨 4 时回到总医院的。窗外寒风料峭，室内灯光昏暗。

习作写一个寒风料峭的冬夜……

冷飕飕的料峭春风不住地刮。

料峭的寒风中，一个瘦弱的身影幽灵般急匆匆穿街而过……

一至五句所写事情发生在严冬、寒冬、冬季、冬夜，六至七句中的"料峭"与"冷飕飕""寒风"连用或呼应，显然，这些作者都误以为"料峭"形容严寒了，不妥。一至五句中的"料峭"应该改为"严寒""凛冽"之类的词，六至七句中的"料峭"应该改为"凛冽""刺骨"之类的词。

错把"秘笈"当"秘诀"

"秘诀"是指能够解决问题的还不曾公开的巧妙方法。例如：有人问美国国务卿鲍威尔成功的秘诀，他想了想，说："我的成功秘诀是：急事慢慢地说，大事想清楚再说，小事幽默地说，没有把握的事小心地说，做不到的事不乱说，伤害人的事坚决不说，没有发生的事不胡说，别人的事谨慎地说，自己的事怎么想就怎么说，现在的事做了再说，未来的事未来再说。"

然而，在该用"秘诀"的地方，报刊等十有七八用了"秘笈"或"秘籍"。例如：

我的作文秘笈：心意＋新意＝满意
二孩家庭教养有秘笈　吃货学霸炼成记
应对"里约大冒险"　中国警官有"秘籍"

"笈"原为一种盛东西的器具，多用竹、藤编织。因为常用来放置书籍，因而有"书箱"义，并引申出"书籍"义。例如：负笈游学、负笈从师、宝笈。

"秘笈"与"秘籍"词义大同小异，有时可以通用。例如在和"孤本"连用时，既可说"孤本秘笈"，也可说"孤本秘籍"。它们的不同之处是：一些正式的古书通常用"秘籍"，介绍特殊技巧、技能而又不是那么正式的书通常用"秘笈"。例如：这是一本手抄武林秘笈。

上文例句均为文章标题，文章介绍的是能够解决问题的还不曾公开的巧妙方法，与秘密收藏的书籍风马牛不相及，因而"秘笈""秘籍"应该改为"秘诀"。

错把雄性当雌性、男人当女人

"发情"一词指雌性的高等动物卵子成熟期性欲亢进，要求交配的状态。例如：母猪发情、发情期的雌牛。

"发情"是雌性动物特有的一种生理现象，所以"发情"一词只能用于雌性动物，不能用于雄性。

可是，常见有人把它用于雄性动物。例如：

就像发情的公鸡一样，无法无天，为了泄欲，逮着谁是谁。

昨日下午5点左右，在昆明动物园大象园里，一头发情的公象将一名男性饲养员踩成重伤，受伤的饲养员被送往昆明医学院第一附属医院抢救。

把"发情"用于公鸡、公象显然不恰当。可改为"性欲亢进""渴求交配"之类的词语。

"豆蔻年华"出自杜牧《赠别》诗："娉娉袅袅十三余，豆蔻梢头二月初。"诗中明言赠别对象张好好是个13岁多的女子。豆蔻在春末开花，"二月初"离开花还早，后来便用"豆蔻年华"指称女子十三四岁的年纪。例如：张教授13岁的独生女正值豆蔻年华，天真活泼，教授夫妇视如掌上明珠。

可是，有人把它用于男性小青年。例如：

儿子高考时正值16岁的豆蔻年华，是当时四川省重点中学（石宝中学）理科考第三名的高才生，成绩为607分。

"豆蔻年华"用于十三四岁少女，把它用于16岁男青年，殊为不妥。应改为"青春年华"之类的词语。

"再作冯妇"非再嫁

有个成语叫"再作冯妇"，出自《孟子·尽心章句下》。

晋国时候，有个人姓冯，名妇，是个打虎能手，后来不干这行了。他发誓说："我今后再也不和野兽打交道了。"一天，冯妇和几个士人乘车经过一座山头，此时，一群人举着锄头、木棒，正在追杀一只老虎。这只猛虎背靠山崖，面对众人，怒跳狂吼，吓得众人不敢上前。

打虎的人见冯妇来了，连忙迎上去，请他打虎。冯妇见此情景，就卷起衣袖参加打虎。冯妇威力不减当年，经过一场激烈的搏斗，老虎终于被冯妇打死了。为此，许多人都称赞他为人民除了一害，但那些士人却讥笑他不遵守自己的誓言。

后人把此事概括为"再作冯妇"，用来表示重操旧业，或者用来讽刺别人旧习难改、说话不算数。

有人望文生义，以为它表示再嫁，以致这个成语十有八九用得不恰当。例如：

或者是已谈恋爱的弟弟催大龄的姐姐速去嫁人，或者是要娶媳妇的儿子劝孀居的老母再作冯妇……说到底，十有八九是冲着生存空间的争夺去的。

"惨淡经营"并不差

惨淡经营：煞费苦心地谋划，极端艰苦地从事（诗文画的创作、事业的开拓）。惨淡：费尽心思。经营：计划并从事某种事情。今多指尽心竭力地从事某种事业。例如：①姚雪垠历经多年的惨淡经营，方写就《李自成》一书。②这所学校经过几任校长的惨淡经营，才有今天的辉煌。

"惨淡经营"本指绘画时先用浅色勾勒物体的轮廓，苦心构思，经营位置（考虑布局、构图）。后产生"苦心经营"义。"惨淡"是个多义词，既指"景象凄惨"，又指"思虑深至貌"（《辞海》），"形容苦费心力"（《现代汉语词典》），"形容尽心竭力"（《现代汉语规范词典》）。"惨淡经营"中的"惨淡"指"尽心竭力"而不是指"景象凄惨"。但是，很多人以为"惨淡经营"中的"惨淡"指"景象凄惨"，把"惨淡经营"误以为是经营得很差，状况凄惨的意思。例如：

假球黑哨肆虐，罢赛如儿戏，男足大胜而亡，女足吞八蛋，中超元年惨淡经营，赞助商釜底抽薪。

句中"惨淡经营"有误，必须改为"凄惨经营"之类的词语。

"隔三"不"差五"

隔三岔五：每过几天；时常。例如：饺子馒头刀削面，隔三岔五换一换。

岔，山脉分歧的地方。明代学者方以智《通雅·谚原》说："山歧曰岔，水歧曰汊。"引申为使事物在时间或者空间上不重合在一起，错开。"隔三岔五"的结构与"颠三倒四""横七竖八"等相同。这种结构中的数词前面所用的词互为同义词或者反义词。"颠三倒四"中的"颠"与"倒"是同义词，"横七竖八"中的"横"与"竖"是反义词。"隔"与"岔"同义，与"差"不同义，"差"也不是"隔"的反义词，所以"隔三岔五"不能写成"隔三差五"。

但是，"隔三岔五"几乎都被误用为"隔三差五"。例如：

他看到别人的家属隔三差五地来看望，十分羡慕……

老两口在城里退休，含饴弄孙之余，隔三差五地下乡，陪伴年近期颐的老母亲。

小刘隔三差五地来老陈家，漫无边际地提些话题，说是向老陈请教。

一滩水、一滩血、一滩汗？

跳出来后她才看清楚，原来自己竟在一滩浑水里待了那么久。

几条大汉光着上身，身上渗着滴滴汗水，想避已来不及了，衣衫沾上一滩汗水……

顿时，殷红的鱼血流了出来，眨眼间在冰河面上凝成一滩血水。

前面句子中的"滩"应该改为"摊"。

滩：名词。①江河中水浅石多流急的地方。例如：急流险滩。②江、河、湖、海边水涨淹没、水退显露的淤积平地。泛指江、河、湖、海边比岸低的地方。例如：河滩、海滩、沙滩、滩地。

摊：量词。用于摊开的液体或糊状物。例如：一摊水、一摊血、一摊稀泥、一摊牛粪。

"滩"只能作名词，不能作量词。"摊"可以作量词，还可作名词、动词。

前面例句用"滩"作量词，表示摊开的液体，因而不妥，应该改为"摊"。

"沙糖桔"中有两个别字

砂糖：用甘蔗汁等熬成的结晶颗粒糖。有白砂糖和赤砂糖两种。《辞海》《现代汉语词典》收"砂糖"而未收"沙糖"。《现代汉语规范词典》在"砂糖"词条末尾提示："不宜写作'沙糖'。"

橘：jú。橘子树，也指这种植物的果实。

桔：jié。在现代汉语常用词中，"桔"只用于"桔梗"和"桔槔"这两个词中。《现代汉语规范词典》在"橘"之释义末尾提示："'橘'不能简化为'桔'。"

砂糖橘指一种好像砂糖那么甜的橘子。

在报刊、商店，"砂糖橘"十有八九被写成"沙糖桔"。例如：

广宁这个全国闻名的"竹子之乡""武术之乡"，上月 26 日再增添一枚新的金字招牌——"中国沙糖桔之乡"……广宁县是目前我国沙糖桔种植面积最大、质量上乘和经济收益最好的县，具有广阔的发展前景。

句中"沙糖桔"应当改为"砂糖橘"。

戴了斗笠又撑伞

有些人对一些词语的含义不了解，以致运用时画蛇添足，显得句子很啰唆。

"报刊"是报纸期刊或报纸杂志的简称，它已经包含了"杂志"，所以在"报刊"后面不宜再加上"杂志"，就像不宜在"官兵"后面加上"战士"，不宜在"军民"后面加上"百姓"，不宜在"妇幼"后面加"小孩"一样。但是常见有人在"报刊"后面加上"杂志"。

"不啻"指无异于、如同。"××无异于××"已经说得十足，没有再加"是""为""于"的必要。但是常见有人在"不啻"后面加"是""为""于"。

出乎意料：超出了预料范围，指想象不到。由于"出"有"超出"之意，所以不应在"出乎意料"后面加上"之外"。"超出于想象"意思很明确，"超出于想象之外"则莫名其妙。但是常见有人在"出乎意料"后面加上"之外"。

当务之急：当前急需办理的事。"当"指当前，与"目前"的含义并无二致。因此，在"当务之急"前面再用"当前""目前"，就像在"爸爸"前面加上"父亲"一样。但是，常见有人如此误用。

动辄：动不动就。"辄"指"就"，所以在"动辄"后面加上"就"，意思就重复了。常见有人喜欢当啰唆先生。

"堪忧"指令人担忧。"堪忧"中间省略了"人"，即"使人担忧"，因而不必在它的前面加上"令人""让人"。但是常见有人加上这两个累赘。

坤包：女式挎包或手提包。在八卦中，坤代表地，旧时以地喻女性，所以女性用品可以冠以"坤"字。例如坤包、坤表、坤车。"坤"已代表女性，所以在它前面加上"女式""女士"便是叠床架屋了。但这种情况很常见。

"目睹"指亲眼看见，因此，在其前面加上"亲眼"便是画蛇添足。可是这种"蛇足"很常见。

睥睨：斜着眼睛看，形容傲慢的神态。由于它已含有"看"的意思，所以不必再在后面加上"看""打量""望"之类的词。但是常见有人添上这些"蛇足"。

"破天荒"比喻事情第一次出现，所以如果在它后面加上"第一次""头一回"等语意就重复了。但是这种重复很常见。

"窃"用于谦称时指自己，因而不必在它前面加上"我"。但是有人就是要做这种叠床架屋之事。

"忍俊不禁"意为忍不住笑，因而后面再加"笑"便语意重复了。可是不少人爱做这种戴了斗笠又撑伞的事。

涉及：牵涉到；关联到。表示某一动作、行为所关涉、影响的对象时，常在表示这一动作、行为的动词之后加介词"及"，组成一个短语，例如涉及、触及、波及。"及"指"到"，两者同义，因此，在"涉及"后面加上"到"是毫无意义的。但是，"涉及到"经常见诸报刊。

莘莘：众多。常与"学子"连用，指众多的学生。因此，在它的前面加上表示"多"的词语，或者在它的后面加上"们"，都有语意重复的毛病。这种毛病很常见。

天籁：自然界的各种声音的统称。因为它已含有"声音"之意，所以在它后面加"之声""之音"便是蛇足。这个蛇足比较常见。

悬殊：差距很大；相差很远。"悬"指两种事物之间距离远、差别大。"殊"指极、很。因此，在"悬殊"前面或者后面加上"相差""差别""差异""很""太""极""十分""过于"等，都犯了语意重复之毛病。"说'冷热悬殊'既简单又明了；说'冷热差别悬殊'既啰唆在意思上又'不足为训'。"（吕叔湘《语文杂记》115页）有人可能以为"悬殊"仅指"很大"或者"差异"之类词，因而在"悬殊"前面或者后面加上"差异""相差""非常""十分"等，成为蛇足。

质疑：提出疑问，要求解答。"质疑"已经含有"提出"，在它前面加上"提出"便成赘余。这个赘余很常见。

　　"诸"是代词"之"和介词"于"的合音词，意义等于"之于"。例如：投诸市场、公诸同好、反求诸己、公诸天下、付诸东流、付诸实践、诉诸武力、见诸报端，放诸四海而皆准。因此，用了"诸"后不必再用"于"。但是，在报刊上"诸于"屡见不鲜。

　　"拙"用作谦称时用于指有关自己的事物。例如：拙文、拙著、拙见、拙荆。"拙"已含有"自己的"之意，在其前面加上"自己""本人"等便成为蛇足。这种蛇足很多。

　　言贵简洁，文忌冗长。文章家从来主张作文简洁精练，力避烦冗啰唆。"文以辨洁为能，不以繁缛为巧。""句有可削，足有其疏；字不得减，乃知其密。"（刘勰《文心雕龙》）"意则期多，字唯求少。"（李渔《闲情偶寄》）因此，文章应当写得精悍，用简洁的话道出心声，不要戴了斗笠又撑伞。要了解字词含义，不用意义不明的白字词。碰到不很理解的字词，要查辞书。

"智者千虑，必有一失"

《咬文嚼字》2017 年第 2 期《咬嚼日记摘钞》（10）云："对联里写的是'三十夜大月亮'，诗歌里又写的是'十二月三十夜的中天明月'，胡适反复拿月亮说事，可这天有月亮吗？……这天月亮在地球和太阳之间，地球上根本看不到月亮的。"

农历三十夜没有月亮妇孺皆知。我的故乡有一首"颠倒"儿歌："年三十晚睇月亮，瞎子睇见贼偷秧，哑巴大声喊捉贼，跛脚快步追呀上，断手拿绳捆又绑。"从此儿歌可以看出，说农历三十夜有月亮连小孩子也知道是违背常理的，知识渊博的胡适博士会不知道吗？

胡适出生于光绪十七年（1891）十一月十七日。于 1917 年 12 月 30 日结婚。这天刚好是他 26 岁生日。"十五的月亮十六圆，十六不圆十七圆。"他在对联、诗歌中写的"三十夜"，是公历 12 月 30 日夜、农历十一月十七日夜，而不是农历十二月三十夜。此夜明月胜玉盘，不会"根本看不到月亮"。

该文作者郝铭鉴先生在文末说："我们的胡适博士，看来也会万宝全书缺只角的。"其实，不是胡适博士"万宝全书缺只角"，而是咬文嚼字的行家里手郝铭鉴先生误把公历当农历，要被人"反咬一口"了。真可谓"智者千虑，必有一失"。

故事·传说·寓言·相声

一支足球队中了"美食计",被打得落花流水。

一个人开摩托车撞飞母亲后扬长而去。

功夫厉害的师傅打不过的一群强盗,徒弟一句话就把他们吓得落荒而逃。

写错一个字死了千万人,而且"无独有偶"。这不是夸张,也不是虚构,而是铁的事实。

中　计

儿子张孜孜是某大学足球队队员。参加1992年广东省省长杯大学生足球联赛时，中了同组一支足球队的"美食计"，被打得落花流水。

赛前那一餐吃饭时间到了，不见服务员上菜，等了好一会才"姗姗来迟"，吃完每道菜后都要等一会再上第二道菜。

终于吃饱了，大家以为菜已上完，打算离去，哪知又送来一盘难得一见的菜。那时生活水平还不很高，很少吃山珍海味。不吃白不吃，大家把它吃光。吃完打算离去，哪知又送来一盘更加诱人的菜。虽然大家已经吃得很饱了，但是受不起那道菜味道的诱惑，又慢慢地把它吃光，个个肚子撑得胀鼓鼓的。

吃饭时间被有意推迟，吃饭时间被有意拖长，美味佳肴被有意放在后头，原来都是同组另一支球队策划的。大家不知不觉中了计。踢球时肚子还饱，个个跑不快，眼睁睁看着球门被一次次洞穿。

虚构故事

自作自受

天珍大娘丈夫早逝，丢下她和儿子卓有光母子俩。天珍大娘勤耕苦作，省吃俭用，好不容易才把卓有光拉扯大。

因为母子相依为命，天珍大娘很怕儿子有什么闪失，所以对儿子百依百顺，只要求儿子读书，不要他做其他任何事情。

卓有光高中毕业考不上大学，想外出打工，天珍大娘生怕儿子在外打工她看不到、管不着，不安全，不放心，所以不让他外出打工。留在家里，卓有光不肯干耕田种地这种花力气多却收入少的活，又不会做家务，整天游手好闲，在村里游游荡荡。天珍大娘想，这样下去不行，得让儿子有工可做。做什么呢？她问儿子："有光，你已长大，得做工了。你想做什么呀？"

卓有光看见村里有摩托车的人骑着摩托来来去去，非常威风，便说："妈，买辆摩托车给我，我用摩托车载客挣钱。"

虽然家里穷，积蓄少，但是，儿子开了口，又可让他有工可做，大娘当即表示同意，并当即前往娘家，向兄弟们说明情况，要求兄弟借钱给她。她的兄弟可怜她，个个当即慷慨解囊，凑足买一辆摩托车的钱给她。她非常高兴，回家后当即把钱交给儿子。第二天，卓有光便到镇上去买了一辆摩托车回来。上了车牌后，即去载客。

天珍大娘怕儿子开车太快，发生意外，一再叮嘱他千万要注意安全，注意车速。卓有光满口答应。

一天，卓有光载一个客去数十里外地方，傍晚还没有回来，天珍大娘忧心如焚，出门边走边往前张望，不知不觉走了四五里路还不见儿子踪影。在山边转弯处，一辆摩托车风驰电掣般飞来，把她撞飞。开车人没下车救她，一溜烟跑了。

　　卓有光送完远客回到家里，不见母亲身影，以为她去了舅舅家。他又饥又渴，便用开水泡了两包方便面当晚饭，又能果腹又解渴。吃完，他打电话给舅舅们，问妈妈是不是去了他们家，舅舅一个个都说没有。他又打电话给姑姑等亲戚，他们都说他妈妈没有去他们家。他突然害怕起来，怕什么？他想起自己开车回来时，在离家五里左右的山边转弯处撞飞一个人，那个人有点像自己妈妈。当时由于惊慌失措，怕赔医药费，便加大油门离去。那个人是不是自己妈妈呢？因为天黑，所以看不清。他开车去那里一看，果然是自己妈妈。他立即打电话给医院，医院派救护车把天珍大娘送回医院抢救。医生说："伤者没有及时送医院抢救，有死亡危险。即使不死，也将成为植物人。"卓有光听了，眼前一黑，栽倒在地。

民间故事

智退强盗

有一位武术师傅，带着一个刚收的徒弟出门。走到一个山坳时，遇到一群强盗。

强盗拦住去路，想抢他们财物。师傅认为自己功夫厉害，可以打败他们，就上前同他们打斗。

强盗们围着师傅，彼此拳来脚往。打了半个小时左右，双方半斤八两，难分胜负。但是再打了几轮之后，师傅双拳难敌众人手。

眼看师傅就要败下阵来，徒弟心生一计，向前几步，大声喊："徒弟，再战几下，师傅即刻来！"强盗听了，即刻舍命逃走。

蛤雕相斗，牧童得利

有只石蛤在山脚下晒日头，它肚拔（肚子）朝天，四脚向上，自得其乐。

树上屎缸雕见了，高声喊："惊——惊惊你！"石蛤话："赌——赌你来！"屎缸雕又喊："惊——惊惊你！"石蛤又话："赌——赌你来！"你一句，我一句，吵了十几回。

屎缸雕忍不住了，飞到石蛤身边，用力啄石蛤肚拔，石蛤用四只脚揽住屎缸雕。你不让我，我不让你，在地上滚来滚去。

一只掌（牧）牛小孩看到，跑过去把它们捉住。带回家后，他把石蛤、屎缸雕宰了，"一锅熟"后吃到肚拔里。

传 说

娘娘庙的传说

龙川县丫髻乡仁里村村人翰公去河源收田租，收完后把租谷粜出去，带着银子回来，后面有一个强盗在远处跟踪他，想伺机抢劫。

走到河源七树坝，翰公看到路旁有一座娘娘庙，就进去烧香，求娘娘保佑。点火烧香时，一阵风吹来，火趁风势，把他长长的胡须全部烧光。烧完香，他继续赶路。

不久，那个强盗追上来，想抢翰公银子。但是当他看到翰公没有一根胡须时，以为认错了人，没有动手抢，转而问翰公："有没有看到一个胡须很长的人走过？"翰公说："有，在前面。"强盗即刻往前追。翰公乘机躲起来。

翰公以为娘娘有灵，保佑了他，便把娘娘庙里的娘娘像买下来，带回村里，建娘娘庙供奉娘娘。

寓 言

两条泥鳅

泥鳅甲、泥鳅乙生活在同一个小水沟里。一天，泥鳅甲对泥鳅乙说："兄弟，我们整天躲在稀泥里面，见不到阳光，看不到精彩世界，实在太憋闷了。我们离开这里，到大江河、大海洋去好不好？"泥鳅乙说："我也曾经这么想。"于是，他们决定游向江河、海洋。

它们顺着水沟游向小河，顺着小河游向大河，顺着大河游向大江。到了大江，它们被急流、浪涛、漩涡弄得晕头转向，头晕眼花，被撞得浑身疼痛。泥鳅乙对泥鳅甲说："兄弟，在这里已经这么危险了，再往下游会性命不保，我们还是到小水沟里去，过安安稳稳的日子吧！"泥鳅甲说："兄弟，想有更大的发展空间，使自己变得更大更壮，有丰富多彩的生活，就要不怕风浪，不怕摔打。我们还是继续往前游吧！"泥鳅乙说："我已受不了了，不想再折腾了，我们各走各路吧！"于是，在发现江边一小河时，泥鳅乙向小河游去，在小河边发现一小水沟时，向小水沟游去，此后一直生活在小水沟里。泥鳅甲不怕水流湍急、波涛汹涌、漩涡急旋，不怕一会儿撞到石上，一会儿撞到船身，勇敢、顽强地继续向前游，终于游到了大海。

那里海阔天空，有丰富的食物，有看不尽的景物，可以尽情遨游，可以经受更大风浪的锻炼，因此，泥鳅甲变得越来越壮，越来越大，能够经受百里漩涡、滔天巨浪。它游遍所有海洋，看尽海面无限风光，赏尽海底神奇景象。数年后，它长到数尺长、数斤重，成为泥鳅之王。

猪圈难养千里马，花盆难种参天松。海阔凭鱼跃，天高任鸟飞。

相 声

写错一个字死了千万人

甲　最近看什么书？

乙　《木许》。

甲　没听说过。

乙　中国古典名著，书中有个人叫李达，使两板大爷，有万夫不当之男。

甲　啊，我明白了，是《水浒》中的李逵，他使两板大斧，有万夫不当之勇。你说话句句都有白字啊！

乙　管它白字不白字，反正有这回事。

甲　别小看白字，一字毙命的事层出不穷呢！

乙　有这么严重？

甲　有。有时毙命的不止一人，而是成千上万！

乙　说来听听。

甲　清朝有个人，叫徐骏，才华横溢，参加科举考试，被录为二甲进士。

乙　不简单。

甲　可是，他竟说皇帝是狗。

乙　一个才华横溢的人，怎么会说皇帝是狗？

甲　皇帝的尊称是什么？

乙　陛下。

甲　可是他写了白字，把"陛下"的"陛"写成了反犬旁的"狴"。

乙　反犬旁的"狴"，是传说中的一种像老虎的野兽，不是狗呀！

甲 "狴"字有反犬旁，皇帝就认为他把他当作狗。

乙 就算把皇帝当作狗，也不至于处死吧？

甲 皇上把徐骏革职，命他回家，作进一步追查。

乙 有没有查出什么？

甲 查来查去，在他的诗集中发现"清风不识字，何故乱翻书"这两句诗。

乙 这是用拟人写法写风一页一页地把书吹乱，很形象生动，没有什么不妥呀！

甲 皇上以为，他这样写是讥笑大清皇帝，说他是不配读书的野蛮人，以诽谤罪把他处死。

乙 这完全是"文字狱"。

甲 还是在清朝，1853年，太平军北伐时，军队驻扎在江苏省仪征城外，先行官派小校向主将请示行军路线，正在与人交谈的主将写了"烧城而去"四个字。

乙 把城烧毁再出发。

甲 军令如山。先行官接到命令，立即下令：每个士兵准备一个火把，天亮前烧城。天亮前，百姓还在睡梦中，士兵们同时点火，火焰冲天，哭声遍城，死亡百姓成千上万！

乙 真够凄惨啊！

甲 主将怒气冲冲地对先行官说："谁叫你烧城？"

乙 这主将想推卸责任。

甲 先行官说："这是大人您的命令呀！"

乙 确实是他的命令，他想装傻。

甲 主将说："我哪曾发这样的命令？"先行官把他写的"烧城而去"拿出来，给主将看，主将一看，大惊失色，说："哎呀，我真该死，把'绕城而去'写成了'烧城而去'！"

乙 本想绕城出发，变成烧城出发。

甲 是呀！主将自知罪大无边，主动请主帅处死自己。

乙 这些都是清代的事情，有近代的吗？

甲 有。1930年3月，蒋介石与冯玉祥、阎锡山、李宗仁发生吞并战争，即"蒋冯阎战争。"

乙　这我知道，冯玉祥、阎锡山、李宗仁三方合作，共同与蒋介石对抗，在绵延数千公里战线上混战，又称"中原大战"。

甲　冯玉祥调兵遣将，部署有方，屡打胜仗。一次，他的部队攻打河南省泌阳县。

乙　冯玉祥经验老到，军队英勇善战，打一个泌阳县，肯定轻而易举，大获全胜。

甲　部队行军几百里，直指目的地。到了目的地，立即投入战斗。想不到战事不利，想调援军却没有援军可调。

乙　冯玉祥、阎锡山、李宗仁三人联手，共有士兵一百多万，兵多将广，怎么会没有援军可调？

甲　河南有个泌阳县，在河南南部；有个沁阳县，在河南北部，两个县相距几百里。

乙　一个在南，一个在北，相距几百里，不易搞错呀。

甲　"泌"与"沁"只差一撇，文书把"泌阳"写成"沁阳"，部队走错了方向，南辕北辙，战事失利时又没有援军，被打得落花流水，牺牲士兵成千上万。

乙　真惨呀！

甲　冯玉祥气得直咬牙，把那个文书处决了。

乙　真是写错一个字，死了千万人啊！

人物传记

毛泽东称六祖慧能是"禅宗的真正创始人"。为什么？

经历过生死磨难的人，能够给我们许多启示以及磅礴的力量。为什么？

丑小鸭变成白天鹅，真的吗？

成功有秘诀，真的吗？

"禅宗的真正创始人"六祖慧能

禅宗是中国佛教宗派之一。因以修禅定为主而称"禅宗"。相传由菩提达摩（？—528 或 536）从天竺（今印度）来华传授禅法而创立。唐代后期，禅宗几乎取代其他宗派，禅学成了佛学同义词。主张不立文字，教外别传，直指人心，见性成佛。慧能是禅宗的真正创始人。

慧能（638—713），一作惠能（《辞海》：慧能……亦作惠能。《禅和之声：2011—2012 广东禅宗六祖文化节学术研讨会论文集》中的论文均用"慧能"），唐代僧人，中国佛教禅宗六祖，禅宗南宗创始人，中国禅学文化创始人，创造了与孔子儒学、老子道学并驾齐驱的禅学。是中国与世界思想史、哲学史上有重要地位的思想家、哲学家。毛泽东称他是"禅宗的真正创始人"。

一、六祖由来

南朝梁武帝普通七年（526），释迦牟尼弟子摩诃迦叶所开创的印度禅宗第 28 代宗主菩提达摩，奉师命来中国传播禅法。他坐船来到广东南海（今广州），后辗转去到金陵（今南京）等多个地方。他是东土（中国）禅宗第一祖，即中国佛教始祖。达摩祖师去到金陵，听神光法师（487—593）讲经。神光讲完后，达摩问他做什么，他说讲经。达摩说讲经做什么，他说为了教人正确看待生死。达摩说你用什么教人正确看待生死，神光被问得无话可说，恼羞成怒，拿起铁制念珠朝达摩脸上打去，打掉他两颗牙齿。据说，圣人的牙齿被打掉后吐出来，那个地方就会大旱三年，达摩心想：三年不下雨，要饿死多少人？我是来普度众生的，不是来杀生的，于是把两颗牙齿吞到肚里，一言不发走了。

不久，神光知道达摩是外来圣僧，连忙追赶他，想向他道歉，并请他告知如何彻悟生死。达摩不理他，他仍一直跟在后头，一跟

就跟到今河南嵩山少林寺。达摩在那里面壁打坐九年，神光跪在那里九年。有一天，大雪纷飞，雪下得埋到腰身，达摩才问神光为什么还跪着。神光说想请祖师传授彻悟生死法门。达摩说到了下红色的雪的时候，我就传给你。神光看到墙上有一把戒刀，就把戒刀拿下来，一刀砍断胳膊，血流满地，将白雪染成红雪，然后拿红雪给达摩看。达摩由此知道神光确是真心求法修道之人，便把法门传给他，还把衣钵传给他。

神光俗姓姬，北齐时代人。达摩把衣钵和佛法传给他后，他改名慧可。二祖慧可得法后立即隐遁，因为当时的菩提流支专与他作对，甚至想杀了他。隐遁40年后，二祖才开始弘扬佛法，大兴教化。在弘扬佛法时，二祖遇到僧璨大师。二祖把佛法、衣钵传给他。

三祖僧璨（？—606）是隋朝人，无人知其姓名、身世。他见二祖时，全身长了很多疮，像患了麻风一样。二祖问他从何处来，来这里干什么，他说："来皈依您，学习佛法。"二祖说："你病得这么厉害，很不清净，怎能学佛法？"僧璨说："我是个有病的人，您是位高僧，但是我们的心没有什么区别。"二祖听了，知其有来历，就把佛法传授给他，后来又把衣钵传给他。

为避菩提流支余党杀害，三祖假装疯癫，默默地到各地教化民众。后来，他把佛法、衣钵传给道信。

四祖道信（580—651）俗姓司马，唐朝人，虽出身名门望族，却很小就跟随三祖出家。他60年长坐不卧，常常闭着眼睛用功办道。唐太宗派使者请他到皇宫，供养他，拜他为师父，他以年老多病为由不去。太宗再派人去请，说如果不去就杀他，他也不去。四祖弘扬佛法40余年，所教化的民众多如稻麻竹苇。他把衣钵传给弘忍。

五祖弘忍（601—675）俗姓周，浔阳（今江西九江）人，一说蕲州黄梅（今湖北省黄梅县）人。他七岁出家，拜四祖为师。他为人木讷沉厚，同辈一再欺负轻慢他，他也处之泰然。任劳任怨，不讲一切是非，跟随四祖学习佛法30年。唐高宗屡次请他到宫中，他都像四祖那样婉辞。弘忍毕生广开教法，佛徒千万，传衣钵给慧能。这样，慧能便成了禅宗六祖。

二、北上求佛

慧能俗姓卢,法名慧能。祖籍河北范阳(今涿州市)。他的父亲卢行瑶本是官员,因为犯罪被流放到广东新州(今新兴县),成为新州夏卢村的平民。慧能出生于唐贞观十二年(638)二月初八。幼年丧父,由母亲李氏抚养。后来,母子移居南海。由于家庭贫困,以入山砍柴挑到集市卖和做零工维持生计。

一天,一个开旅店的人买他的柴,叫他把柴送到旅店去。他把柴挑到旅店,收到钱离开时,听到一个旅客诵佛经。那旅客所诵佛经似乎使他悟出了些许真理,于是便问道:“您诵念的是什么经?”旅客说:“《金刚经》。”慧能又问:“您从什么地方来,为什么能诵念这部经?”他答道:“我从湖北蕲州黄梅东山寺来,这座寺院的住持是五祖弘忍大师,寺里受教的有一千多人。我到寺中拜会他,得到此经。弘忍大师经常劝谕出家人和在家人,只要按照《金刚经》所说为人处事,就能看到自己本性,直接了脱成佛。”慧能听了,觉得自己与五祖有缘,便对那客人说想去拜见五祖,但又担心母亲无人照顾,不知如何处理。店中一位有钱旅客看到他求佛心切,又如此有孝心,非常感动,就取出10两银子给他,叫他为母亲购买充足的衣物粮食后,自己前往黄梅拜见五祖。慧能接过银子,谢过善人,妥善安置母亲后,辞别母亲,北上求师。在北上途中,经过宝林寺(今南华寺)所在地韶州(今韶关市)曲江马坝曹溪村时,在曹溪村小住。经过三个多月的长途跋涉,终于到达东山寺。

三、东山传衣

慧能去到东山寺,拜会五祖。五祖问:“你是哪里人?你来这里求什么?”慧能说:“弟子是岭南新州人,礼拜大师只求成佛,不求其他。”五祖说:“你是岭南人,是未开化之人,怎么能够成佛?”慧能说:“人的出生地有南北之分,但是人的本性无南北之别。我的身体与您不同,但是所具本性与您有什么差别?”慧能的回答使五祖

觉得他是个非凡之人，本想继续与他交谈，但是看到弟子们总在身边，便叫慧能去做杂务。慧能问做什么杂务，五祖说到后院的碓坊去干活。去到后院，院里一个人吩咐他干劈柴、舂米工作，完成任务后可随众听五祖讲经。

八个月后，五祖见到慧能时说："我知道你见解非凡，是可造就之人，但是因为害怕有人嫉妒你，起加害之心，所以故意不跟你说那么多话，你知道我的苦心吗？"慧能说："弟子知道师父苦心，所以不到前殿去跟师父说话，以免别人注意我的行为，让别人知道师父慈悲对我。"

有一天，五祖召集所有弟子，说道："世人要以出离生死苦海为第一大事，你们终日只求得到人天福报，不求出离生死苦海，失去本性，在苦海中转来转去，有福报也救不了你们。你们回去根据自己智慧作一首偈，表明自己本性。写出来后拿给我看。谁能悟得佛法要旨，我就把衣钵传给他，他就是六祖。你们要赶快写，不要拖延，反复思量才写出来的，就不是真实本性的反映了。能够彻见佛性之人，当下就能写出来，用不着揣摩推敲。"

弟子们从殿上退下后，相互说："我们不必花心思写偈，因为那是白费功夫的，神秀是教我们威仪、作法等的老师，地位仅次于五祖，六祖的法位肯定是他的。"大家听后都认为有道理，因而都打消了写偈念头。

神秀想：大家不写偈，是因为我的地位高，大家不敢通过写偈与我争法位，这样，我必须写偈，让五祖知道我的见解与修行深浅。但是，如果五祖认为我交偈是为了求法就很好，如果认为我是想得到六祖法位就不好了。然而，不交偈便违背了师父要求。他思来想去，左右为难。

五祖居室前有很长的走廊，廊壁被粉刷得雪白，准备在上面画上《楞伽经》中神妙不可思议情景、五位祖师传承图，以供后世流传、供奉。神秀写完偈后，数次想呈交给五祖，但是走到五祖居室前时，心中总是恍惚不定，周身流汗，最终没有呈交。如此过去四天，他13次走到堂前仍没有把偈交上去。看到廊壁后，他决定把偈写到上面去，让师父自己看。如果他说写得好，就说这是我写的，如果说写得不好，我就枉在这里这么多年了，还再修什么道呀！于是在半夜把偈写在廊壁上。他写的偈如下：

身为菩提树，心如明镜台；时时勤拂拭，勿使惹尘埃。

这首偈的意思是：我的身体犹如昔日佛祖成正觉时所坐金刚经上的菩提树，我的内心犹如明镜台那样明亮清净；我时时净化身心，不让身心染上污垢。

第二天，五祖看到墙上的偈后，吩咐不要在墙上绘画，留下这首偈，让大家诵读。三更时分，五祖叫神秀到他居室，问："那首偈是你写的吗？"神秀说："是。"五祖说："从这首偈还看不到你本有之德，你现在还是门外汉。这样的见解想修行成为无上佛是不可能的。你用一两天再作一首。你的新偈作得好，就传衣、法给你。"经过数日，神秀仍作不出新偈，闷闷不乐。

一天，有个童子唱神秀的偈，慧能一听便知此偈作者还没达到见性入门地步。他问童子是什么偈，童子说："五祖叫弟子各作一首偈给他看，谁能悟得佛法要旨，就把衣钵传给他，他就是六祖。神秀在廊壁上写了这首《无相偈》，五祖让大家诵读。"慧能请童子带他到那偈前，童子即带他去。去到偈前，慧能说："我不识字，请你念偈给我听。"当时江州通判在那里，正高声朗诵墙上的偈。慧能听后说："我也有一首偈，请通判大人代写到墙上。"通判说："你也能写偈？真稀奇了。"慧能说："不能轻视初学之人。要知道，最下等的人也有极高智慧，以貌取人将有无边之罪。"通判说："好，你把偈念出来，我替你写。"慧能就把偈念出来：

菩提本无树，明镜亦非台；本来无一物，何处惹尘埃？

此偈意为：无上菩萨非菩提树可比喻，清净的心也非镜台那样；一个高洁纯粹、什么毛病也没有的人，怎会沾染丑恶的东西？

通判写完此偈，弟子们看后非常震惊，无不嗟叹惊讶。五祖见大家如此惊怪，担心有人加害他，立即用鞋把此偈擦掉，说："此偈也未见到作者本性。"众人信以为真。

唐朝龙朔二年（662）某日，五祖秘密来到碓坊，看见慧能正在舂米。慧能为了增加体重，在腰间系上石头。五祖说："米舂好了吗？"慧能说："米已舂好，还差将皮壳筛去。"五祖听后，知其已

悟禅机。"米已舂好，还差将皮壳筛去"含有"自己已经见性，但还未蒙师父教授最终大彻大悟之法"之意。五祖听后用杖敲击石碓三下离去，慧能领会其意，于当夜三更进入五祖居室。五祖用袈裟把窗户遮挡起来，不让外人看见，然后为慧能讲解《金刚经》。当讲到"应无所住，而生其心"（没有私情私欲等私心，才能产生智慧，产生万法）时，慧能豁然开悟，对五祖说，他已明白：万法离不开自己本心自性（人的本质、世界观决定人的一切）。五祖听后，知道他已悟到根本，便对他说："如果不认识自己本心本性的关键作用，再努力学法也无益。如果认识到这一点，就可为佛了。"于是传禅法、衣钵给他，说："你现在就是禅宗第六代祖师，要善自护持，广度众生，将禅法流传后世。"又说："昔日达摩大师刚到中国时，世人不完全相信他的禅法，所以用袈裟作为信物，代代相承。禅法要以心传心，需要受法者自己觉悟。袈裟是争端之源，到你为止，不要再往下传。如果再往下传，大家互相争夺，就有性命危险。你必须尽快离去，因为恐怕有人要害你。"慧能问向什么地方去，五祖说："逢怀则止，逢会则藏。"（逢有"怀"字的地方就停下来，逢有"会"字的地方就藏起来）慧能说："我不熟悉此地道路，如何去到渡口？"五祖说："我会亲自送你出去。"

五祖送慧能到蕲水之驿口。上船后，五祖想去摇橹，慧能说："请师父坐下，让弟子摇橹。"五祖说："应该让我渡你。"慧能说："我迷惑时由师父度化，我今已经悟道，应该自己度化自己。"显然，这个"度"是双关语，既指"度"，又指"渡"。五祖说："这就对了。你好自离去，努力向南方发展。但是不要马上宣教，而要韬光晦迹，养精蓄锐，因为佛法是从难中兴起的，愈难愈好。因缘成熟后，才出来弘法。"慧能辞别五祖，向南行进。

四、怀集成禅

五祖送走慧能后，回到寺里，数天不上堂讲法，弟子们感到十分奇怪，问他是身体不舒服还是心中烦闷。五祖说：我没病，不过，衣钵和禅法已经南去了。弟子们问谁得了，五祖一语双关地说："能者得之。"弟子们便知五祖已把法位传给了慧能。随后，数百人南下追寻慧能，想夺衣钵。其中有个僧人法名惠明，出家前是四品将军，他一马当先，走在众人前面。

两个月后，慧能过江越岭来到江西、广东交界之大庾岭时，惠明追上了慧能。慧能把衣钵放在一块大石头上，躲进路旁杂草丛中。惠明赶到后想把衣钵拿走，却拿不动，便知道衣钵与自己无缘，于是呼唤道："高僧！高僧！我是来求佛法，不是来争夺衣钵的。"慧能从草丛中出来，坐在大石上。惠明行礼后请慧能讲解禅法要义。慧能说：没有攀缘之心，什么妄念都没有，即可见佛性、佛道。惠明当下大悟。

惠明回到大庾岭下，对随后赶来的人说："我已到山顶看过，找不到慧能踪迹，他不是从这条路跑的，应当从其他道路追赶。"众人信以为真。

后来，慧能回到曹溪村。村民刘志略以礼相待。慧能为刘志略出家为尼的姑姑讲解《涅槃经》，师太一听便知慧能修行甚高。她对村民说："慧能是有道之士，应该恭请、供养他。"村民们竞相前来拜见他。当时，宝林寺因战火而早已荒废，村民出资在原地重建寺院，延请慧能，该寺迅速成为一方宝刹。九个月后，恶党追寻到宝林寺，慧能躲进寺院前山。恶党纵火焚烧草木，慧能隐身在一块大石中才幸免于难。后来，他伺机逃走，去到曲江县狮子岩山中的一个洞里避难（后来有人在那里建招隐寺）。想起师父"逢怀则止，逢会则藏"的指示走向四会。

他来到四会的灯盏岭下，在龙埔营脚村住下。没多久，得到热心村民帮助，在半山腰平坦处盖了一间泥屋，暂时住下。他有时跟山民一起干活，有时到附近的清塘、陶塘、罗湖等村寨化缘、讲法。

在四会躲避了一段时间后，他想起五祖"怀止会藏"的话，知道四会只是暂时躲藏之地，怀集才是停留下来的地方，于是踏上去怀集之路。

数天后，他来到怀集冷坑柯杉岗，眼看日已向晚，便走到一间茅屋前，想借宿一宵。屋主林寨把他请进屋里，热情招待。慧能把自己从四会过来并想在怀集生活一些时日的情况相告。林寨说："你

既来到，且在我这里住一段时日再说。"于是慧能便在林寨家中住了下来。两人相谈甚欢，相见恨晚。

数月后，林寨的一个谭姓朋友来访。在交谈中，朋友说他村后上爱岭上有一个叫龟嘴岩的地方，是个天然岩洞。三天后，当朋友要回去时，慧能觉得那里或许是一个不错的藏身之地，请求他带他去看看那岩洞。朋友把他带到上爱岭龟嘴岩。

上爱岭，山高林密，怪石嶙峋，一步有一步之险，一坡有一坡之奇。循着小径，要攀爬一个多小时才能登上上爱岭最高峰，看到龟嘴岩。这龟嘴岩由三块巨大的花岗岩石组成，上面那块自西向东突出三米，形成一个大飘檐，状如龟嘴，岩内两侧各有一块巨大的花岗岩石，形成一个石室，高 6.7 米，宽 9.7 米。岩前有花岗岩平台。岩前岩后是悬崖深谷。悬崖深谷下面是怀集境内最为广阔的盆地，万顷平畴坦荡如砥。站在岩上俯视，四周村庄、田野、河流等尽收眼底。如有恶人来追寻，可以及早发现。纵目远眺，天地间空空灵灵，缥缥缈缈，呈现出佛家"不染万境""般若三昧"境界。慧能认为这里是处于峻岭中的偏僻的天然岩洞，是个非常理想的隐居之处，所以他决定在此居住。

慧能在这里隐居，开初去化斋或找些山果野菜充饥，后来逐渐与附近猎人、农夫相熟，有时与猎人为伍，有时与农夫同耕，与他们一同进餐。他白天与猎人、农夫一同劳作或化斋，给大家讲法。夜晚、天气恶劣不能外出的日子就在岩洞自修自悟，融会佛理，贯通经义。

猎人杀生吃肉与佛家主张相异，他为何与猎人一同狩猎？因为他与猎人一同狩猎可以伺机把网住的动物尽可能放走。在与猎人吃同锅饭菜时，他只吃加在锅边的蔬菜，不吃肉。

一天，一个僧人晕倒在龟嘴岩附近，慧能把他救活。经过交谈，慧能得知他是四祖道信弟子法融的高足昙璀，便挽留他，他留下来与慧能同住了三年；其间，两人互相切磋经义，修研佛法，均大有长进。临别，昙璀把师父法融的著作《心铭》《绝观论》手抄本送给慧能，供慧能理解经义、法理，修悟佛性。昙璀离去后，慧能继续过以前的生活，不知不觉过去了十余年。

　　六祖在怀集十余年，遗留下不少故址旧迹、故事传说、诗歌对联、民俗风情、地名等。

　　故址旧迹如：六祖岩、六祖亭、六祖禅院、六祖庵、华光寺、六祖井。六祖岩即原龟嘴岩，岩中至今留有"六祖岩"三个大字，还有石凳、石桌、石香炉等。六祖禅院建于唐代长庆（821—824）年间，清代同治十年（1871）重建。占地面积2 000平方米，建筑面积1 000平方米。大雄宝殿居中，左右禅房各一座。大雄宝殿正中供奉六祖木雕坐像，左右八大金刚、罗汉守护。所有建筑均呈中国寺刹传统形制，青砖砌墙，砖木结构，金碧辉煌。禅院的门头、墙眉、走廊、圆柱等刻画山、水、花、木、鸟、鱼等。门前是广场，设炮坛供放炮用。后因年久失修，目前仅存禅院正堂、门前两株古榕。

　　民俗风情如农历二月初八慧能生日时过"六祖诞"，每五年一次。正月二十日在塑有六祖金身的华光寺开庙会，每三年一次。会众遍及怀集、开建、信都、贺县等县。

　　关于慧能的故事传说很多，报刊书籍公开发表的就有50个以上。故事《神鼠相助》写慧能一天清晨在碓坊舂米时发现一只受重伤的老鼠，并为它治伤，痊愈后将其放走。慧能南逃后，这只老鼠带着一群鼠友南下，来到龟嘴岩，偷豪霸田里的稻谷给慧能果腹，以报答救命之恩。《智避贼人》写慧能从龟嘴岩下山时，看见村道上有几个手持刀棍的人在走动，他随即警觉，戴上猎人送给他的青布围巾，操起狩猎器械，在草丛中隐藏起来。中午时分，见无意外之事才走到村中。乡亲们告诉他，上午有一伙操北方口音的人打听一个年轻和尚的事，由于语言差异大双方无法交流，他们因为询问无果才离开。《柯杉岗 佛子坎》写一个自称姓李的青年，来到柯杉岗找到林寨，对他说："一年前我去韶州宝林寺做小本生意，和寺里的住持慧能相熟。他知道我要回冷坑省亲，要我代他向你和其他相熟的人问好致意。"林寨这才知道两年前离开怀集的慧能，竟是得道高僧，膺命六祖。他和那李姓青年把这情况告诉大家，慧能名号很快便在冷坑等地传开，故而当地人把龟嘴岩改为六祖岩，在龟嘴岩、柯杉岗山脚筑亭纪念，把柯杉岗对过那一片田舍称为佛子坎，慧能

曾经住过和熟悉之地的地名一律带上"佛"字，如佛子岗、佛子垌、佛子岭、佛子桥、佛莲塘等。

慧能在东山寺求佛只有八个月时间，在这八个月的时间里，绝大部分时间干劈柴、舂米等粗重活，不足以让他悟出一套完整的禅学。他利用在怀集隐居十余年的漫长岁月，将自己过去的遭遇、耳闻目睹的事情和现象，所积累的知识和经验，所领受的佛法道义，结合怀集这一地方的世情、山水灵气、文化启迪，以及自身十余年的感悟等进行思考、梳理、归纳、抉剔、酝酿，用实践检验、修正、完善自己的理论，才使他的禅学逐渐成熟，逐渐融会贯通，最终形成自己完整的禅学。

广东省社会科学院研究员、作家雷铎在其《广东人的悟性》一文中说：慧能禅学是在"当今肇庆辖下的四会和怀集一带，藏匿于猎人队里长达15年的流亡生活时期完成的。"《坛经讲座》一书作者贾题韬说："这十五年，实际上是六祖进一步护持、进修的阶段，把自己习气陶炼得净尽、圆融，才能荷担如来家业，才能在后来广传无上大法，揭开了弘传千年的禅宗序幕。所以，六祖一到广州法性寺就能一鸣惊人，与印宗法师论《涅槃经》时，境界是那样纯熟高深，这绝不是偶然的。"陈以良主编的《人文怀集》一书提到："如果说，惠能在黄梅学佛属'迷时师度'阶段，那么他南渡隐居的过程，则是'悟了自度'的过程。在自度过程中，正是上爱岭那样的清修之所，使得他摆脱烦嚣而众妙会心，最终悟出了'适合中国国情'的佛教体系，完成了'把印度传入的佛教中国化'的理论创新工作。难怪人们称上爱岭为'孕育禅宗文化之圣地'呢！"

五、宝林弘法

唐高宗仪凤元年（676），六祖认为离开怀集去弘扬佛法的时机已到，不能继续隐迹，于是离开怀集，于此年正月初八来到广州法性寺。一天，印宗法师讲《涅槃经》时，风吹幡动，一个僧人说是风在动，另一个僧人说是幡在动，慧能插嘴说：这既不是风动，也不是幡动，而是你们心在动。大家听了都很诧异。印宗赶快请他入上座，向他请教佛法奥义。慧能把深奥难懂的佛理讲得深入浅出、言简意赅。印宗说："您肯定不是平常之人。我久闻五祖衣、法南来，莫非那六祖就是您？"慧能说："不敢当。"印宗一听就知他是继承五祖衣、法之人，向他行礼，叫他出示衣钵。慧能只好出示衣钵。印宗见了惊喜赞叹，为他举行剃度仪式，尊他为六祖。于是，六祖在菩提树下开始讲法。如今光孝寺留下六祖瘗发塔、菩提树、风幡堂、六祖殿等古迹。

仪凤二年（677），慧能说他要离开法性寺，到曹溪宝林寺去讲经弘法。印宗法师率领弟子、信众千余人为他送行。

慧能为什么要离开广州到曹溪去弘法呢？

韶州在当时是相对便捷的南北交通枢纽，因而是禅宗思想向南、向北发展的战略要地。

韶州寺院林立，高僧云集，信徒众多，佛教盛行，在韶州弘扬禅学，可让禅学更快更广地推广。

宝林寺历史悠久，闻名岭南和中原，地理环境优美，既远离尘嚣，又不过于偏僻，是弘扬佛法的理想之地。

韶州刺史韦璩向来仰慕慧能，慧能在法性寺剃度后，他便邀请慧能到韶州城中的大梵寺当住持，慧能回到宝林寺后，他亲自带领官员进山邀请慧能到大梵寺开缘说法。封建社会官府权力很大，有官府重视、支持，慧能就能够顺利讲经弘法，恶党再来夺取衣钵，有官府保护，安全也有保障。

慧能到曹溪宝林寺后，从地方乡绅处获得广大地盘，扩建寺院。他选了一个山水风景极佳的地方作为新禅寺的基址。后来还在周边一带建造寺院13所，全都隶属宝林寺。这13所寺院实际上还包括另外建立的佛寺庙院，形成规模空前的"庙宇集团"。

慧能回到韶州后做的最重要的事除了扩建寺院，还有应韶州刺史韦璩之邀到大梵寺住下来，一场又一场地开缘说法。参加听法的人有刺史等官员30余人、儒宗学士30余人、僧尼道俗1 000余人。他在大梵寺的讲演后被收入《法宝坛经》，是《法宝坛经》中分量最重、内容最重要的部分。

慧能在韶州弘法将近40年，信众千万，影响极大。

唐中宗神龙元年（705），武则天派遣内侍薛简到宝林寺，想请慧能入宫长住，向他请教佛理。慧能以病推辞。是年九月三日，皇帝下诏褒奖慧能道："您以年老疾病而婉辞来京，愿在岭南为朕修习佛道，这是国家的大福。您好比印度的维摩诘居士，假托有病而在印度大城毗耶离阐扬大乘佛法，传付诸佛禅思想，妙谈不二法门一样。薛简已经传达了您所指示教授的如来知见，朕积善而有余庆，宿世种下善根，才得以于今生遇到您的出世，顿悟最上乘之佛法。感念您所给的恩德，感激万分顶戴不尽。"皇上还送给慧能高丽国所产之紫磨袈裟和以水晶制成的钵，敕令韶州刺史修缮寺院殿堂，赐慧能出家前之旧居为国恩寺。

一天，慧能把法海等十大入室弟子叫来，把讲解佛法、不迷失本宗的要旨，非常具体详细地告诉他们。

法海预感慧能将不久于人世，对慧能说："您圆寂后，衣、钵传给谁？"慧能说："我在大梵寺所说之法，从那时到现在所说之法，全部抄录汇集在一起，让它流传于世，取名《法宝坛经》。你们要守护此经，相互抄录，依次传授，用来度化众生。能够依照此经修行，就是正法。你们明白我给你们所说的法就够了。根据先祖意见，法衣不适合再传下去了。"

唐睿宗太极元年（712），慧能叫弟子前往新州国恩寺给他修建墓塔。开元元年（713）七月八日，慧能说："我想回新州老家，你们赶快备船。"弟子们立即把他送回国恩寺。八月初三，慧能在国恩寺用完斋饭后说："你们按照座位坐好，我将与你们告别了。"法海说："请问您有什么教法，让后代迷惑之人能够见到佛性？"慧能说："后代迷惑之人想见到佛性就要认识众生，如果能够认识众生，就能见到佛性；不认识众生，就不能见到佛性。想找佛，要在众生中找。菩萨认为众生是佛，他才能成佛，如果他所见之人都是魔，他自己也是魔。想见佛要先恭敬众生。认识到众生是佛，你就明心见性了。自性邪险，佛变凡人；自心觉悟，凡人是佛。所以，如果你们的心险恶邪曲，就会堕入凡人之中，你们的心平等正直，才是佛。自己心中有个真佛，自己便是佛；自己心中没有真佛，什么地方也找不到真佛。总之，真佛就是你心中有一个真佛。佛即心，心即佛。你存正念就是佛；你存恶念就是魔。你生清净之心就是佛；你生邪恶之念就是魔。自净自心是真佛，不能自净自心找不到真佛。一句话：'佛在心头坐。'我知道你们心中已有佛性，你们已经是佛，请不要怀疑。"

然后，他留给大家一首名叫"自性真佛偈"的32句的偈。此偈主要意思是：有清净的本性就是真佛，邪见和贪、嗔、痴三毒是残害人的魔鬼。被邪见迷惑的时候是魔鬼；身心清净的时候是真佛。有邪见就会有三毒，魔鬼就会在你身上；主动除去邪见和三毒，魔鬼变成真佛。总之，有正见就是佛，有邪见就是魔。人难免有淫欲之心，有淫欲之心后用意志去消除它。消除淫欲之心的过程可以锻炼意志，使人成为意志更加坚定的人。要去除五欲（那时的五欲，一说是色、声、香、味、触，一说是财、色、名、食、睡），离开五欲，顷刻便有佛性。要发挥自己主观能动性，使自己有清净本性。有清净本性，就能常常见到真佛，就能成佛。不自强不息，没有清净本性，而向外找佛，是找不到佛的。慧能接着说：我已把顿悟法门传给你们了，你们想救世度人，首先就要自己修行，否则，必定虚度一生。

慧能讲完这首偈后，端坐到三更时分，对弟子们说："我走了。"顿时圆寂。

到了十一月，广州、韶州、新州三郡官员、慧能的弟子、僧俗一众，都争相迎请慧能真身。请去何处供奉呢？大家决定焚香祷告，香的烟气飘向何处，慧能真身就请到何处。当时烟气飘向韶州方向，因此真身放到韶州。十一月十三日，装有慧能真身的神龛、衣钵被运回宝林寺。第二年七月，请慧能真身出龛，弟子方辩以粉香为泥涂在真身上，再供入塔中。达摩祖师所传袈裟、唐中宗所赐紫磨袈裟、水晶宝钵、慧能生前所用之物，全部供入塔中，永久镇守宝林道场。

唐肃宗上元元年（760），肃宗派遣使臣恭请慧能衣钵到内廷供奉。唐代宗永泰元年（765）五月五日，代宗梦到六祖要请回衣钵。七日，代宗敕命刺史杨缄道："朕梦到慧能禅师来请衣钵回归曹溪，现派遣镇国大将军刘崇景顶戴恭敬送回。朕谓六祖大师衣钵为国宝，

你要在曹溪宝林寺中如法安置，专门让那些能够亲自传承禅法宗旨的僧众严加守护，切莫使之遗失坠落。"后来衣钵曾被人偷窃，但盗贼没跑多远就被抓获。像这样的事发生过四次。唐宪宗赐慧能谥号为大鉴禅师，墓塔称元和灵照。

六祖在韶州讲经弘法 37 年，培育弟子、受他开示而悟道者难计其数，法脉广传。慧能以后，禅宗不再靠衣钵一脉单传，而是多头并弘。法脉传承最远的有两支：青原行思系、南岳怀让系。青原行思在江西吉安、南岳怀让在湖南衡山传承六祖禅法。他俩共同传下"五家禅"。南岳怀让门下出了大禅师马祖道一。马祖道一在江西广开教化，传下"五家禅"中的两家：湖南沩仰宗、河北临济宗。青原行思门下出了大禅师石头希迁。石头希迁在湖南广开教化，传下"五家禅"中的三家：江西曹洞宗、广东云门宗、南京法眼宗。在"五家禅"中，临济宗遍地开花，日后又分出黄龙、杨岐两系，纵贯古今；曹洞宗一脉单传，从古至今。"五家禅"发展为"五家七宗"。慧能祖师的法脉不仅在中国衍繁不息，而且逐渐远传到日本、韩国、朝鲜、东南亚和欧美。

六、《坛经》要旨

慧能的弟子法海遵照师父遗嘱，把慧能讲经弘法的讲演、谈话等记录整理成《法宝坛经》。这是中国唯一一部佛家经典，被列入世界著名经典。目前流通的英译本《坛经》有十余种。

《坛经》内容分三部分：第一部分为慧能在大梵寺的公开说法、传禅和受戒等，约占全书的一半；第二部分为慧能的生平简历；第三部分为慧能与弟子之间关于佛法的答疑问对、慧能临终嘱咐、《坛经》的编传。以后的版本不断增补、字数越来越多，但是第一部分相对稳定，第二、三部分增加较多。

《坛经》开创了以"人"为宗的禅学体系，一扫传统佛教烦琐教条，建立了符合人性自然发展、简洁明了的有中国特色的禅宗教派。《坛经》说人人皆有佛性，提出自识本心、直见本心的"识心见心"成佛说。慧能要求弟子彻见本来面目，即纯真面目。只要除却妄念即可成佛。此"明心见性"思想影响极为深广，对此后的禅宗的发展起了导向性作用。

慧能在《坛经》中说佛性人人皆有。不论出生于何地，不论什么身份，都有佛性，都可成佛。这是反对封建礼教对人的束缚，是反迷信、反权威、反专制的思想表现。

慧能在《坛经》中说不能轻视初学之人，不能以貌取人；他说"下下人有上上智""众生是佛"。这是与封建思想意识分庭抗礼，倡导人性、人权、平等、自由的平民思想文化意识和力量的表现。

《坛经》否定陈规，提出"若要修行，在家亦得，不由在寺"，"唯论见性，不论禅定。道由心悟，岂在坐也"。这是敢于创新、敢于破除陈规的大无畏精神的表现。

《坛经》所开示的核心，在于僧众要自己担当，用佛家经典开发自己内心的智慧，断除一切妄念，达到见佛性、佛道的目的，即"明心见性"。强调自身通过修炼而解脱、超脱，提出了成佛的简便捷径。事实证明，只有回归自身，积极开发自身潜质，才能发现自身存在的问题，通过自悟、自修，自己解决自己的问题。开发自身潜质去应对所处时代、环境各种问题，是禅的根本精神，也是禅在各个时代都不过时的原因。

《坛经》认为，每个人生来就有佛性"种子"，它在每个人"当下"的心中。凡夫俗子被七情六欲所困，不能"明心见性"，在修道时一旦遇到高僧指点，即可顿时扫除迷情，超凡入圣，犹如"一灯能除千年暗，一智能灭万年愚"。就像天空的本色就是湛蓝清明的，只因被乌云遮蔽，不见光明，一旦大风吹散乌云，蓝天的本来面目便自然显现出来。后来更形象地称之为"放下屠刀，立地成佛"。此明心见性、顿悟成佛的简便法门，是慧能禅学的主要思想，使烦琐的佛教简易化、中国化，契合了国人的思维习惯，表现了国人的宗教意识，改变了中国禅学的发展方向，使禅学得到极大极快的发展。"佛教中国化"，正是经过慧能"自性"彻悟禅观及其法脉不断延续深化而完成的。柳宗元在《曹溪第六祖赐谥大鉴禅师碑》中说："凡言禅，皆本曹溪。"说明慧能禅学是禅宗正宗。

从前面的论述可以看出：六祖禅学思想探讨生命的根本，探讨

如何使生命达到圆满，关心的是人如何才能解脱，注意的是如何使生命走向堕落的反面，超越尘世。因此，体现他的禅学思想的《坛经》，是禅宗思想的精华，是中国佛教的经典。

为此，六祖创立的禅宗和禅学思想获得非常高的评价。

广东省民族宗教事务委员会主任陈小山在《禅和之声：2011—2012 广东禅宗六祖文化节学术研讨会论文集》序一中说："六祖慧能创立于广东的南宗禅，是禅宗最具思辨和顿悟特色的宗派，是佛教中国化的一次质的飞跃，是中华文化的瑰宝。……以全新的面貌与灵活的姿态展现在华夏大地，开创了中国佛教的新时代。"

《坛经讲座》作者贾题韬说："禅宗之第六祖，在中国佛教历史上，影响中国佛教最大的是他，光显禅宗的是他，使佛教摆脱教条主义的是他，使佛教深入生活和中国文化密切结合的是他。"

珠江文化研究会会长黄宗伟在《珠江文化的哲圣——慧能》一文中说，慧能"是中国禅学文化的创始人，是中国和世界思想史、哲学史上有重要地位的思想家、哲学家……创造了与孔子的儒学、老子的道学并驾齐驱，广传天下的一套完整哲学——禅学……前些年西方的一些学术机构和媒体，评选慧能是'世界十大思想家'之一。中国只有孔子、老子、慧能入选，同时又将这三位哲圣尊称为'东方文化三大圣人'"。

中国社科院研究员、《世界宗教研究》杂志社社长黄夏年在《慧能南宗禅的现代意义》中说："慧能创立的南宗禅对中国佛教的影响最大，它在后来甚至成为中国佛教的主流，中国佛教的代名词。"

中国佛教协会副会长、广东省佛教协会会长、《广东佛教》主任兼主编明生在《坛经讲座》序言中说，禅宗"植根于中华沃土，蕴含对自然之深刻理解，对生命之至诚关爱，对人类使命之清醒思考，对人间净土之美好憧憬。……六祖大师所创之禅宗，引佛教诸宗之辉煌，谱华夏思想的新曲"。

郭朋在《隋唐佛教》一书中说："惠能以前，只有禅学，没有禅宗；禅宗是惠能创始的。"

毛泽东身边的工作人员林克在《潇洒莫如毛泽东》一书中说：

伟人毛泽东曾经说过："慧能主张佛性人人皆有，创顿悟成佛说，一方面使烦琐佛教简易化；一方面使印度传入的佛教中国化。因此，他被视为禅宗的真正创始人，亦是真正的中国佛教的始祖。"

七、六祖启示

慧能幼年丧父，靠卖柴度日，但是"人穷志不穷"，立志求佛，经过不懈努力，修成正果。如果他"人穷志短"，便成不了一代宗师。这启发我们，要"贫贱不能移""匹夫不可夺志"，身处底层也要有远大之志，再苦也不要放弃梦想，再难也不要失去对人生真实价值的追寻。

慧能从广东新兴到湖北黄梅求佛，千里迢迢，跋山涉水三个月多才到达。到了东山寺后，干劈柴、舂米等粗重活。得到衣钵后隐居山野岩洞十余年。面对一连串"苦中苦"，他处之泰然，以苦为乐，终于苦尽甘来。可见，"吃得苦中苦，方为人上人。"

他说人人可以成佛，不可轻视"下下人"等观念，启发我们应该以平等心态对待所有的人，尊重所有的人，对他们的合理诉求给予支持。

他提出人人可以成佛、明心见性、顿悟成佛等新主张，因其敢于否定陈规，才有如此辉煌成就。可见，敢于创新，有开拓精神才能有所建树。

他强调回归自身，积极开发自我潜质，自己断除妄念，自己解决自己的问题，"自性邪险，佛变凡人；自心觉悟，凡人是佛。"这便为我们指出了"自我革命"，自强不息，充分发挥自己主观能动性的重要性和途径。

他说坐禅不过是一种形式，不论坐到什么程度，如果无所悟，也是没有用的。还说"在家亦得，不由在寺"。这启发提示我们办事不要看形式，而要看实际效果。

慧能说，想找佛，要在众生中找，想见佛，要先恭敬众生。认识到众生是佛，就明心见性了。这启发提示我们：要充分认识到人民大众的伟大，他们才是真正的神，一定要相信群众、接近群众、

依靠群众，为群众服务。

慧能根据中国实际情况，将来自印度的烦琐的佛法简易化、中国化，契合了中国人的思维习惯，使佛教在中国得到极大极快的发展。这启发我们：外地理论、学说要与本地实际相结合。

祖传衣钵有了合适传人，本是佛门值得庆贺之盛事，却引发禅宗弟子一场场血战。二祖慧可得衣钵后立即隐遁，因为菩提流支想杀他，他隐遁40年后才敢公开露面。三祖僧璨得到"衣钵真传"后，为避免菩提流支余党杀害，假装疯癫，默默地到各地传法。六祖慧能得到衣钵后，数百佛徒穷追不舍，欲夺取衣钵，他只好"以众生为净土，杂居至于编人"。佛寺本是最清净之地，佛门弟子慈悲为怀，不杀生，却如此屡见刀光剑影。佛门弟子尚且不能人人"顿悟"，要长期修炼，我们普通人更要不断修炼了（六祖创"顿悟"说，但不否定"渐悟"说）。

（根据王孺童《坛经释义》、贾题韬《坛经讲座》、明生主编《禅和之声——2011—2012广东禅宗六祖文化节学术研讨会论文集》、怀集县志办公室《六祖在怀集》、陈以良主编《人文怀集》、宣化上人《六祖法宝坛经浅释》、刘栋雄《六祖法宝坛经白话解说》等书撰写）

悉心育桃李，坦然历风霜
——张道隆传奇人生

张道隆是我小学同学张海霖的父亲。他生于光绪二十七年除夕酉时（1901年2月18日傍晚），再过六七个小时便进入新春正月初一。按照传统习俗，一出生就是一岁，到了明年正月初一加一岁。这样，他出生不足十个小时便算两岁了。他的传奇人生，自此便开始了。

一、头悬梁，锥刺股

张道隆小时候家贫如洗，上无片瓦，下无寸土，全家寄居外祖父家。虽如此，他父亲却异常重视张道隆的学业。开初，张道隆在其舅父开设的私塾读"人之初"，虽然免费又有特殊关照，可是他父亲觉得私塾所授知识不够广泛，因而读了一年便送他去离家五六公里远、需要寄宿的德国教会办的小学念书。

德国教会办的学校系统编制为初小五年，高小三年，中学四年，中师也是四年，神学院两年或者四年。因此，小学毕业便可报考中师。张道隆小学毕业后报考中师，顺利考上。为了供他读中师，他的父亲把刚买不久的房子卖掉。但是，卖房的钱只够供他读书一年，第二年没什么可卖，他面临失学。幸亏他的堂叔父张化如（粤军旅长、"东江四虎将"之一）得知情况后，答应每学期给他30个银圆，直到中师毕业。这样，他才顺利读完中师。

中师毕业后，教会安排张道隆任一间小学的校长。他非常欣慰，准备上任。但是他的知心朋友张道成觉得他天资聪颖，日后必有大作为，要他一定要继续深造，读大学。至于经济问题，他可向张化如说情，说服他继续资助。张化如欣然同意。张道成、张道隆非常兴奋。

张道隆读小学、中师学的外语都是德语，而大学招生考的是英语，因此，张化如先资助张道隆补习英语。补习英语一年中，张道隆头悬梁、锥刺股，每天学到半夜。一年时间，他的体重减轻了20多斤。

1921年，张道隆考上广东高等师范学校。该校前身是清末创设的两广优级师范学校，是中国南方和西南各省的最高学府。报考学生来自中国南方和西南各省，报考人数多，录取人数少，是名副其实的千军万马过独木桥。张道隆凭各科优异成绩才榜上有名。

1924年，广东高等师范学校改名为国立广东大学。1924年春夏间，孙中山先生每星期六下午都到该校演讲三民主义。演讲时不看讲稿，有时站着，有时来回走动，滔滔不绝。精力充沛，声音响亮，自一时至五时一气呵成，中间没有休息。1925年，孙中山先生驾鹤西去。为了纪念他，国立广东大学改为国立中山大学。

张道隆在国立中山大学求学期间，铭记孙中山先生"读书不忘革命，革命不忘读书"的教导，既发奋读书，又积极投身革命活动，参加各种社会活动，加入了国民党。

二、桃李芬芳

1926年，张道隆从中山大学毕业，在外国教会办的梅县乐育中学任教务主任。他到校后不久，因为学潮等原因，校长辞职，校长工作由张道隆代理。他根据形势发展进行大刀阔斧的改革：每天早、晚的礼拜和星期天的礼拜，由全体师生一律参加改为自由参加；宗教课由必修改为选修；增设三民主义课程，高中增设社会学、伦理学选修课。所增设的三科都由张道隆亲自讲授。他在乐育中学任职三年，学校教学质量显著提高，考上上海同济大学、中山大学等名校的共41人。

1928年寒假，广东省教厅委任张道隆为龙川一中校长。张道隆明白，要办好学校，有四个条件缺一不可：校长有正确的办学理念，严于律己；有优秀教师；有优良校风；校舍、仪器等设备齐全。可是，张道隆上任后，发现当时的龙川一中饭堂小，不能满足全部学生在饭堂就餐的要求；宿舍不足，不能满足全部学生在校住宿的要求；图书、仪器不足；教师不足，教师良莠不齐；校风不良，偷盗、作弊现象时有发生。为此，他大抡"三板斧"：聘请优秀教师；制定严格的生活、学习、考试、升留级等章则，树立良好校风；解决校舍不足问题，增加图书、仪器设备。此"三板斧"使龙川一中面貌焕然一新，河源、和平两县学生纷纷慕名前来求学。在他任职期间的毕业生，有不少后来成为社会精英。例如：著名作家、文学批评家肖殷，以空军参谋身份出席中国战区侵华日军投降仪式的黄龙金，民革中央监委副主席张克明，海南行署主任、省对外经委主任魏南生，中山大学教授杨荣春，粤桂湘"篮球王"吴德亿等。

1932年，张道隆应聘担任海丰中学校长。上任后，他又抡起了"三板斧"：聘请德才兼备教师，要求学生好学成风，充实教学设备，为学校发展打下坚实基础，使学校面貌焕然一新。

1935年，张化如任陈济棠部队总司令部军路工程主任，修建连平至粤汉铁路大坑口公路，聘请张道隆任总务股长，负责财务和后勤工作。后来因为陈济棠倒台，余汉谋接管陈济棠部队，工程半途而废。当时在张道隆家中仍有工程余款50万元，他不贪分文，悉数移交余汉谋。

1937年，梅县乐育中学再聘请张道隆担任校长。这是他第二次到该校任职。到任后，他增聘优秀教师，对学生加强管理，注重爱国主义和目前形势教育，以适应抗战需要，为前方输送人才。为此，学校教学质量更上一层楼。高中毕业生大部分考上大学，部分参加抗日战争。1940年暑假，他因健康问题辞职回家休养。

1938年秋，日本侵略军占领惠阳，省立惠州中学停办。1939年春，省教厅为了收容东江等地学生，筹办东江临时中学。学校设在平远县大柘。由于校址偏远，1940年秋迁至紫金古竹。1940年冬，省教厅厅长黄麟书任命张道隆为东江临时中学校长。时值抗日战争艰苦年代，学校由惠州迁至平远，又从平远迁至紫金，教师、校舍、设备、招生问题都不易解决，又面临日军侵犯，可谓困难重重。张道隆克服种种困难，经过三个月的努力，学校步入正轨。

1941年6月初，日军飞机在古竹镇投弹、低空扫射，日军先遣

部队已经到达距离学校 15 公里的地方。张道隆只好带领师生离开刚刚筹建好的学校，长途跋涉到河源蓝口。在蓝口，一边借小学部分校舍和其他单位建筑物上课，一边抓紧时间发动当地各界人士捐款建校。在当地各界人士的大力支持下，从 1942 年 6 月开始，新校舍接二连三地落成。这些校舍，全靠张道隆发动当地各界人士有钱出钱，有力出力，有地出地建成，没有向政府要一分钱，被传为佳话。省长李汉魂、省教厅厅长黄麟书先后去视察，大加赞扬。在学校管理方面，张道隆除了"三板斧"外，还根据形势注重军事训练，组织师生参加抗日宣传、表演、募捐、慰劳前方将士等活动。1943 年秋，省教厅发函，通知东江临时中学复名惠州中学。该校在张道隆任职期间，虽然社会动荡、校舍简陋，可是由于他领导有方，高中毕业生仍多数能够考上大学，甚至有学生考进了清华大学。

1946 年 7 月，省教厅任命张道隆任省立老隆师范学校校长。他认为小学师资的培养关系到基础教育，要特别重视思想道德品质的教育。为此，他既重视文化知识教育，更重视道德品质教育。所聘教师皆为名师，旨在树良好学风。对中共地下党在校活动，他认为这是师生思想进步的表现，因而持许可态度，保护共产党员教师、学生，使地下党在校有不少活动。

1948 年，张道隆利用暑假、寒假时间，在广州筹建乐群中学。经过一系列工作，学校筹办成功，准备招生。就在此时，国民党南京政府败退到广州，他千辛万苦筹办的学校，被国民党军队占用，几经交涉无果，可谓"秀才碰着兵，有理说不清"。所花时间、精力、经费全部打水漂了。

三、参加老隆起义

1949 年 4 月，张道隆从广州乘船回老隆。途经博罗县泰美时，巧遇广东省保安十三团团长曾天节。抗战初期，曾天节驻防梅县南口培训军干，那时张道隆任梅县乐育中学校长，曾天节常去他家叙谈，颇为投契。一别十年再次相会，两人无话不谈。他们都认为国民党腐败，必会败亡。曾天节说他打算起义。临别时，曾团长对张道隆说，抵达蓝口后，会赴老隆与张道隆密谈起义之事，请他协助。

不久，曾团长来老隆和张道隆密谈起义之事，决定以老隆为起义地点，要张道隆动员保安第五团团长列应佳、保四师副师长彭健龙起义。还要他策反龙川县自卫队总队长黄道仁、副总队长曾开华等。曾团长派副官曾得福到老隆安设电话，以便互通情报。策反工作是一项非常秘密细致和危险的工作，稍有差错，就会招来杀身之祸，但是张道隆欣然答应。不过，张道隆虽然尽力而为，但是收效甚微。列应佳、彭健龙、黄道仁等均顽固不化，不易说服。

1949年5月11日，曾团长电告张道隆，他的部队准备于12日开赴龙川，要他到县城佗城接他。他依约前往。时间尚早，部队尚未到达，他就邀请龙川县参谋长黄蔚文、龙川县县长黄学森到茶楼饮茶。约10时左右，有人向黄县长报告，说保安十三团部队来到，曾团长已到夔梅居休息。他们三人旋即同赴夔梅居拜访团长。寒暄后，曾团长要黄县长召自卫队总队长黄道仁前来商谈，黄县长打电话约黄道仁，黄道仁借故不来。曾团长要张道隆电请保四师副师长彭健龙到佗城会晤，彭健龙依约前来。曾团长要黄县长签发公粮五百担，黄县长同意。曾团长派一营军队前往老隆以提公粮为名留在老隆。是日整天以曾团长为东道主请大家饮茶吃饭，气氛和谐，谈笑自若。晚饭后，彭健龙想返回老隆，曾团长热情挽留，不给他去。至夜十时左右，曾团长向彭、黄两人提出起义问题，邀请他们参加。彭、黄两人愕然不知所措，但迫于形势不得不表示参加。不久，曾团长接老隆部队来电说，该营部队已登占卓峰制高点，此时曾团长才同意彭健龙返回老隆师部。彭健龙抵师部后，立即密电广东省主席薛岳：曾天节团叛变投共，老隆师范学校校长张道隆也叛变投共。同时密电和平县东水的列应佳、五华县的张润进营前来老隆救援。所有急密电均被曾团长收到，知道彭健龙所为。

5月13日，张道隆接曾团长电话，叫他即赴佗城，他依约前往团部，见到粤赣湘边纵队代表林镜秋同志，知道边纵部队到达老隆水贝一带集结，准备与起义部队联合作战。当张道隆回到老隆时，知道佗城已经解放。曾团长、林镜秋同志已经带黄学森到水贝边纵总部。

5月14日，张道隆在指挥部见到曾团长和边纵的负责同志。曾团长嘱张道隆打电话给彭健龙，限他当天12时前投降，否则开炮轰击并进攻其师部。张道隆依嘱打电话给彭健龙，说明利害，劝他投降。但是彭健龙执迷不悟，顽抗到底，以为可以凭险待援，拒不投降。12时后，指挥部下轰击师部命令，并由街口向师部猛烈进攻，不到四个小时，即将师部攻陷，彭健龙受伤被俘，老隆解放。

薛岳闻知曾团长起义消息，即派驻河源九十六师两团兵力进攻龙川，并且命令列应佳和张润进部队分别由东水、五华开往老隆救援。边纵早已在东江沿岸部署部队截击九十六师；在四都至老隆沿河险要地带，预伏精锐部队截击列应佳部，列应佳部进入预伏地时被一举歼灭，俘获列应佳。五华张润进营接受李洁之专员劝导，参加起义。曾团长亲率部队赴蓝口督师迎击九十六师，激战两昼夜，敌军全部溃退河源，不敢再越雷池一步，各路都取得彻底胜利。

起义后，曾天节等联合发表讨蒋宣言，得到毛主席、朱总司令赞扬。张道隆被国民党政府撤职查办，并与吴奇伟、曾天节、李洁之、魏鉴贤、肖文、魏汉新、张苏奎等一齐被登报通缉。张道隆泰然处之，在老隆师范学校处理校务至暑假结束。

四、十年冤狱

暑假结束，张道隆不再担任老隆师范学校校长，在县里积极参加发动群众迎接大军南下的工作。1949年后，即往广州，从事自由职业的东江轮船运输工作。那时恰逢解放军解放海南岛，支前司令部交通科科长温成湘与张道隆等商量，组织东江、华南轮船支援前线。张道隆热烈响应，将东江等地30艘轮船组成华南运输公司，温成湘任董事长，张道隆任副董事长。运输军械、粮食及其他军用物资，支援解放军解放海南岛，顺利完成任务。

中华人民共和国成立后，广州市旅居香港的爱国民主人士陆续返回广州，中国国民党革命委员会组织也迁回广州。1950年，张道隆参加了民革组织。是年冬，民革推荐张道隆等三人到设于北京的华北人民革命大学政治研究院学习。参加学习的多为原国民党中、高层人士，为了改造思想而来。1952 年 1 月，学习结束，张道隆回到广州，被分配到华南民革组织处任组织干事。

1953 年，张道隆因为历史比较复杂而被定为重点审查对象。经过数月审查，没有发现他有隐瞒历史等严重情节，宣布解除审查。

1956 年，华南民革改组，张道隆任广州市民革组织组组长，1957 年调任民革广东省委秘书。

1957 年 4 月，为了整顿党风，中共中央号召民主党派、无党派人士等帮助党整风，鼓励大家大胆向党提出意见。大家畅所欲言。由于极少数人的意见过于偏激，同年 6 月开展"反右派斗争"。此斗争犯了严重的扩大化错误，以致不少好人被打成"右派分子"。省民革在向党提意见时，张道隆负责记录，没有发言。虽然如此，也成了"右派分子"，而且是"极右分子"。可谓"奇哉怪也"。

祸不单行。1958 年 7 月 17 日，张道隆被省公安厅逮捕，罪名是"历史反革命分子，隐瞒严重历史罪行"。其实，他的历史在各次运动和他的自传中早已交代清楚，并无隐瞒。因为他认定共产党是实事求是的党，会把问题弄清楚，还自己清白，所以心里比较踏实安定。在公安厅黄华路监狱，同牢房的是一个青年犯人。通过交谈，知道他曾在梅县乐育中学附小读书，是张道隆任梅县乐育中学校长时附小的学生，彼此有师生情谊。因此，他对张道隆非常客气，告知狱中各种制度。有此狱友，张道隆情绪稍为安定。

入狱后，法院没有传讯他到法庭审问。五个月后才叫他到审讯室，向他宣读法院的判决书，称他隐瞒严重反动历史罪行，判处徒刑十年。此判决大出张道隆意料。一来他早已彻头彻尾交代了自己的历史问题，毫无隐瞒；二来即使有隐瞒也不会判处十年徒刑这么严重。他越想越不通，想以死明志。后来与同监熟悉朋友交谈，得知他们多是判刑十年以上的。他们劝张道隆不要走绝路。你走绝路，就说你畏罪自杀，没罪变为有罪。张道隆觉得他们讲得有道理，又想到自己确实毫无隐瞒，共产党总有一天会将自己的问题弄清楚，便打消了自杀念头。

张道隆写信给当时任省交通厅厅长的曾天节，说自己是起义人员，按照党的政策，起义人员历史既往不咎，请他救他出狱。该信

被监狱扣下，没有发出。后来，曾天节听说张道隆被捕入狱，便向省统战部领导说，张道隆是起义人员，对革命有贡献，即使有罪，也应该按政策既往不咎。但是省统战部个别领导说，张道隆"过大于功"，不予赦免。曾天节无可奈何。

张道隆通知家属来监狱会见。他的妻子刁慕贞、儿子张海霖去见他。见面后，涕泗交加。刁慕贞百般安慰，张道隆信仰基督的信心也恢复了，认为人生过程生、老、病、死、祸、福是难免的。十年徒刑只有忍耐，安心改造才有出路。

从1958年12月到1962年4月，张道隆被安排在监狱供应站劳动。从1962年5月到1964年4月，张道隆被安排搞监狱地区清洁卫生、清洗厕所工作。1964年4月，他与五六个犯人一同被送往英德劳改农场改造。英德劳改农场是广东最大的劳改场，里面有茶场、蔗场、水稻场、畜牧场、养鸡场、蔬菜场，还设有茶叶学校、制茶工厂、砖瓦厂等分场。张道隆在场里先后被安排喷射杀虫剂，摘茶叶，种甘蔗，种水稻，种蔬菜。

1968年，张道隆刑满，被安排到英德茶场总医院就业，做种菜等工作。后来，因为该地要腾出来作"五七"干校之用，所有刑满释放的就业人员被遣送回老家。张道隆被遣送回龙川县老家。

五、十年管制

张道隆回到家中，仅有妻子一人在家。夫妻相见凄然无言，欲哭无泪。

刚回到家时，他认为自己刑期已满，释放回家，可以享受人民权利了，自由了，但是，因为他是"右派分子"，属于"五类分子"（地主、富农、反革命分子、坏分子、右派分子）中的一种，因此要受村干部、群众管制。村里有事要干，往往指派"五类分子"去干。例如搞公共卫生、清理公共厕所、修路、筑路、修建集体建筑物、砍木、修水利等。要即叫即到，不准请假，没有报酬。外出要得到村干部批准。

开初，生产队队长安排张道隆拾粪积肥，按所拾肥料的重量计工分。为了多得一些工分，他走遍本村和邻村，多拾粪肥。后来，队长分配他种田，插秧、耘田、收割、晒谷，他都尽力而为。队长还曾安排他牧牛。他在本村、邻村的村头、山边、河畔、水沥旁寻找青草，所牧大水牛身健力壮。

张道隆被当作罪犯坐牢十年，被当作"五类分子"管制十年。由于他始终坚信共产党会有错必纠，他的问题迟早会得到解决的，所以在这20年中，他不悲观失望，不灰心丧气。

1978年，党中央决定对建党以来，特别是新中国成立以来的冤假错案进行全面复查，该平反的一律平反，尚未摘掉"右派分子"帽子的，一律摘掉"右派分子"帽子。这样，张道隆的"右派分子"帽子终于除去，污名得以消除。

六、晚霞灿烂

得到平反后，张道隆夫妇的户口迁回广州。回广州后，恢复了民革党籍，也恢复了工作。恢复工作后，他才知道被判刑十年的原因：没有交代任惠州中学校长时兼任"防奸小组组长"罪行。这完全是子虚乌有的罪行！他在1946年7月被调离惠州中学，接任老隆师范学校校长职务，而国民党设立"防奸小组"的开始时间是1947年以后，因此，他担任惠州中学校长时，"防奸小组"还没有设立，何来担任"防奸小组组长"之事？他向广州市中级人民法院申诉，法院立即复审，复审后撤销原判决，宣布他无罪，冤案终于昭雪。

党的十一届三中全会后，平反所有冤假错案，有错必纠，并实行改革开放的政策。张道隆毫不计较曾经的荣辱得失，继续为人民服务，为社会主义建设尽晚年责任，犹如晚霞迸射出缕缕金光。

1983年，张道隆退休，享受处级离休干部待遇，并被选为省民革统一祖国工作委员会委员。他虽年事已高，但是身体健康，精神饱满，经常参加省民革组织的学习，参加有关祖国统一的各种活动，为传播正能量奔走劳碌。他的大学同学、任中学和中师校长的学生，散布于包括港、澳、台的祖国各地，散布于世界各地。同学、师生经常通过书信、电话联络。学生、朋友邀请他去香港等地会见，他

应邀前往。任职学校邀请他去参加活动，他不顾年迈前往参加。利用各种机会、场合，做祖国统一工作，赞扬改革开放政策和成就，赞扬共产党勇于承认错误。教育后辈受到任何委屈都不要灰心丧气，使不少人深受教育，可谓"经历过生死磨难的人，总能给我们最磅礴的力量。"（郭本城《背影：我的父亲柏杨》）

1999 年，张道隆与世长辞，享年 99 岁。

七、重要启示

张道隆的生平事迹对我们有什么启示？

为了送张道隆读中师，他的父亲把全家栖身的房子卖掉。为了让张道隆读完中师和大学，张化如总共花了一千个以上的银圆。在求学期间，张道隆头悬梁，锥刺股。如果他的父亲、堂叔不如此重视张道隆的读书求学，如果张道隆不如此发奋读书，就不会有树人千万、对革命做出重要贡献的张道隆。这启发我们：知识改变命运，家长应该高度重视子女的文化教育，子女也应该刻苦求学。

张道隆任校长时，所聘教师多为名师，大树良好校风。前者是最重要的"硬件"，后者是最重要的"软件"。"硬软兼施"使他无论在哪间学校任校长，学校都能风生水起。这启发我们：牵牛要牵牛鼻子，办事情要抓关键。

曾天节、彭健龙、列应佳都是省保部队军官。曾天节高瞻远瞩，看得清形势，顺应历史潮流，毅然起义，对革命有功，新中国成立后任广东省交通厅厅长。彭健龙、列应佳鼠目寸光，不顺应历史潮流，成为人民罪人。这启发我们：要高瞻远瞩，顺应历史潮流。

张道隆没发一言也被打成右派分子，又无辜被判刑十年，被管制十年，接二连三遭沉重打击。但因为他坚信共产党是伟大的党，能够有错必纠，所以不悲观，不灰心丧气，终获平冤昭雪，迎来非常幸福美满的晚年。这启发我们：委屈在人生旅途上如影随形，吞得下委屈，才能吐得出人生的大格局。

丑小鸭变白天鹅

——难忘往事

1935 年 11 月 7 日（农历十月初九），我出生于广东省龙川县鹤市区仁里村（今紫市镇仁里村）。八十余年来，有不少难以忘怀、值得一书的事情。

一、饥肠辘辘

偷棕果

棕树的果实苦涩，极不可口，难以下咽。由于天天喝"见水不见饭"的稀粥，饥饿难挨，村中小孩饥不择食，凡可充饥的都吃，棕树果实成熟后也摘来吃。1945 年初秋的一天傍晚，我经过村中一户人家时看见他家棕树果实已成熟，打算明天早上偷来吃。第二天，天刚蒙蒙亮便起床，拿了一把镰刀走到棕树下，用镰刀砍棕果。因为人矮树高只能碰到果子，砍不下来。响声惊动户主，他发现我偷他的棕果，来到我的背后，狠狠地打了我一下，我狼狈而逃。

饥不择食

家乡人每天分早上、中午、下午三个时段做工，做完工回家吃饭。早餐在上午九时前后，午餐在中午一时前后，晚餐在晚上六时前后。为此，家乡小学分早上、中午、下午三个时段上课。

晚餐到第二天的早餐中间间隔 15 个小时，加上吃的是"浪打浪"的稀粥，所以早上上课时饥肠辘辘。一天，有一个同学饥饿难挨，想用纸充饥，于是问老师："老师，纸能吃吗？"老师说："纸里都是纤维，毫无营养，不能吃。"虽如此，那个同学还是悄悄地把一张纸撕碎放进嘴里，嚼烂后吞进肚里。"饥不择食"一点不假。

乞讨歌

中华人民共和国成立前，不少穷人断炊，有些人只好外出要饭。外出要饭，到普通人家乞一碗粥或者一两条番薯，不唱乞讨歌。到富裕人家乞一碗、半碗大米，则唱乞讨歌。有人给一点，有人一点也不给。1947 年某天，我在一户地主家门口听一个乞丐唱乞讨歌，歌如下：

竹夹打来闹洋洋（边唱边打竹板），好久唔曾（没有）到里（这）方；
里方今日刚刚到，歌子同你唱一场，
唱得太公开心肠。

唱得太公开心肠，即刻掏米来相帮；
太公为人真慷慨，掏米还用斗来量，
打发叫花走他乡。

打发叫花走他乡，太婆治家系有方；
样样东西摆周至（整齐），灶头锅尾光光张（亮），
鸡子成群鸭成行。

鸡子成群鸭成行，还有牛羊满山冈；
田地一坵又一坵，收租收债到四方，
米谷豆麦堆满仓。

米谷豆麦堆满仓，打发叫花最应当；
叫花要饭千般苦，妻离子散走他乡，
四处流浪真凄凉。

四处流浪真凄凉，忍饥挨冻地做床；
凉亭庙角是我家，难洗面来难冲凉（洗澡），

灰头土脸无人样。

灰头土脸无人样，人人都话好凄凉；
请求好人帮一下，免得明日见阎王，
大恩大德永不忘。

唱毕一再可怜地乞讨，该户主妇给他三两左右大米，他千恩万谢后离去。

富者田连阡陌，穷者无插针之土；富者米粮满仓，穷者无隔夜之粮！

夜不能寐

家里在人烟稀少、要翻山越岭才能去到的白花輋租了一片田来耕种。1948 年夏收时去收割水稻，我挑十余只鸭子去吃掉在田里的稻谷。下午五时左右伯父母、母亲挑稻谷回去，要我挑鸭子回去，明天再来。那里有一户只有一个老婆婆的人家。我很累，觉得今晚回去明早再来吃不消，便决定不回去，到老婆婆家投宿。宁可今晚无晚饭吃、明早无早饭吃，也不愿挑着鸭子来回走 30 余里的崎岖山路。家人只好同意。我到老婆婆家投宿，她把我领到堆放禾秆的地方，转身离去。我在地上铺上禾秆，躺在上面。蚊子很多，被咬得浑身发痒，加上饥肠辘辘，以致夜不能寐。

卖箬叶

我的伯父张彬泉农忙种田，农闲或做小生意，或当挑夫，或打短工。1948 年三四月间，他给一个住在深山里的人搬土，一直拿不到工钱。农历七月初，伯父又去向他要工钱，他说："我确实没钱，用一担箬叶抵一半工钱怎么样？"伯父说："我要箬叶做什么？"那人说："如今是七月初，过十几天就过七月节。七月节包粽子，包粽子要箬叶，你把箬叶卖了不就有钱了。"伯父想：不知什么时候才能收到工钱，不如要了箬叶吧。于是答应了。

裹粽子本来是端午节的习俗。但是，在我们家乡龙川县紫市镇、黄布镇、鹤市镇、通衢镇、登云镇的农民，"放下禾镰无粒谷"（收割水稻后要交租、交税、还债等，稻谷所剩无几）。端午节正值青黄不接时期，不少人无米下锅，吃糠咽菜，哪里有米裹粽子？只好把裹粽子这事推迟到七月节，成为七月节的习俗。

农历七月初七，天刚蒙蒙亮，伯父便把我叫醒，要我跟他去卖箬叶。我一骨碌爬起来，吃过早饭便跟他上路了。

我家周围十余里村庄距山岭不远，山中有少量箬叶，村里人要箬叶都自己上山寻找、采摘。鹤市、通衢、登云镇多数村庄在一片盆地上，距山岭很远，采摘箬叶谈何容易。因此，我和伯父赶到这些村庄去卖，边走边大声吆喝。可是，穿村过寨，走了约20公里，竟连一片箬叶也没有卖出去。一个老婆婆说："这年头，年年打仗，税多租重利息高，水旱风虫轮着来，浪打浪的稀粥还喝不上，哪能包粽子！"

我俩非常失望地回家。在回到离家还有七八里的地方，我想解手。伯父说："别拉，回到家再拉。"我说："为什么？"他说："农家挣钱千艰万难，今天的情景就是例子。所以农家主要指望种田。种田靠肥，一泡尿一把谷，一斤粪一斤粮。因此，能忍到回家后拉的屎尿，都要尽量忍着，回家后再拉。"我听后只好不拉。

因为又饥又渴又累，伯父担子又重，所以回家时走得很慢，而且走走歇歇，回到家时已是半夜时分了。一回到家，我立即上厕所。

二、大学纪事

欧阳山谈文学创作

中华人民共和国成立后，我在龙川县金安中学念初中，在惠阳高级中学念高中，于1958年考入广东师范学院。

1959年1月11日，广州作家协会举办的文学讲座开课。我班推选六人参加听课，我是其中之一。第一次讲座由广州作协主席欧阳山主讲，内容是：文学创作的目的、文学创作与现实生活的关系、主题、人物性格。

关于文学创作与现实生活的关系，他是这样讲的：文学与现实的关系，好像木匠造的木器与木头的关系，木家具源于木头而比木头更集中，更高级。文学创作是把生活用艺术方式重新表现出来，这种表现，要求作品具有真实性，但这并不等同于说，文学作品只是现实生活中真正发生过的事情的反映，它可以写现实生活中发生过的、没有发生过的（虚构的）、过去的、正在发生发展变化的，或未来的事情。文学创作的真实与现实生活的真实的关系如何呢？毛主席说：文学作品之所以比现实生活动人，是因为作品中的真实来自生活而比生活中的真实更高、更强烈、更集中、更理想，因而更具普遍性。文学作品中的一个工厂的真实，也是其他工厂，所有工厂的真实，因而更具普遍性。我们把两个战士，很多战士的优点综合起来作为一个战士的优点，不是更高了吗？一个小地方的事情不够集中、强烈、理想，把很多地方的事情组合在一个村里，便集中、强烈、理想了。写资本家只观察一个资本家是不真实的，把几个、几十个资本家的性格、行为、癖性等综合在一个资本家身上就有真实性、代表性了。

把许多地方的事集中到一个地方，把许多人的性格集中到一个人身上，如何概括呢？

概括即提炼，要像炼铁那样，把许多生铁、碎铁放在一个炉里，拼命烧它、锤它，除去杂质，使它变成钢。文学创作即把现实生活加工提炼。要区别生活中哪些是现象，哪些是本质。一个人能说会道，非常积极，但本质如何呢？要认识清楚，要透过表面现象抓住本质，再把本质表现在一个人或一件事上。看一个政党、军队等更要看主流，看本质。解放战争时期，国民党的人力、物力、财力雄厚，有美国支持，为什么被共军打败呢？因为在本质上国民党没有人民支持，政府、经济为少数人服务，它的强大是暂时的，它会急剧走向衰弱、死亡。这是它的本质。我们看问题不能只看现象而不看本质。在反映现实时，要反映现实的本质、主流。

本质和历史发展规律相一致，就可以成长、壮大；如果和历史发展规律不一致，就会衰落，被淘汰。今天，某事物看来是很小的，但是如果它是新生的东西，符合历史发展规律的东西，它就会不断成长、壮大，反之就会不断趋向死亡。

要掌握历史发展规律当然不容易，能否掌握，要看个人的马列主义修养，对党的方针、指示、政策、措施的学习，还要看个人是否站稳无产阶级立场，是否有马列主义世界观，是否对生活有观察、体验、分析、研究。

高尔基曾经提过这样一个问题：现实有两种，一种是今天的，一种是明天的。一般人只看到今天而看不到明天。我们能不能看到明天的现实呢？可以，只要我们能以革命的发展眼光来看问题，抓住事物的本质，便可以看到明天的现实。

特殊作业

1959年10月某天，汉语科老师布置作业时说："今日作业是：从今日开始，连续七天，每天从报纸、杂志中找出三个用得不恰当的字或词。"同学们哗然。老师说："不要以为这作业很难，其实不难。当今除了《毛泽东选集》外，其余任何报纸、杂志、书籍都有因为作者笔误、排字工排错字、校对不慎等原因而用得不恰当的字或词。每天找三个很容易。"下午上完课我就去阅览室看报纸找用得不恰当的字词，不久便找出了三个。

提改进意见

1960年3月14日至4月2日，我到学院仪器厂参加劳动。在3月18日用锉子锉铁支时，我改用打磨机打磨，又快又好。于是我向技术指导提出用打磨机代替锉子的建议。他试了试，接受了我的建议。我见他从善如流，于是提出第二个建议：锯、锉、磨都是要将铁支一端除去半边，以便用螺丝带上一块铁片夹紧插在上面的东西。我经过试验除去三分之一同样可以达到目的，而且因为留下了三分之二，厚度增加了，螺丝孔会长一些，能把插在上面的东西夹得更紧，锯、锉、磨面积也小了，省力省时。因此，可以将除去一半改为除去三分之一。他听了我的建议后试了试，果然如我所说，点头同意，并赞扬了我，还说："文化水平高、肯动脑筋的人就是不一样。"

寒假回乡

两年来，母亲一再要我在暑假或寒假回家，我都因为缺钱而没有回去。1961年的寒假假期较长，母亲寄来旅费便决定回去。

2月10日我乘车回县城，将到河源灯塔时汽车出故障，年轻司机修理了两个多小时也没修好。有一个乘客是修理汽车的工人，在司机开始修理时便提出修理方法，可是司机不接受。弄了两个多小时仍无计可施才按那工人说的方法处理，一下子便弄好了。人应虚怀若谷，不应刚愎自用。

晚上九时到达县城，在旅店住宿。第二天凌晨四时起床，去车站排队买车票，买不到当天车票，只好搭自行车。旅客多，用自行车搭客的人少，要两个人共搭一辆车，稍微陡的地方就要下车步行。到了长约两公里、又陡又七拐八弯的岭西岭，更要下车步行。走完此陡坡，三人都累了坐下休息。肚子饿了，我从行李袋中拿出三个在广州买的面包，一人一个，吃完继续前行。

到了鹤市镇镇上，因为颠簸了近三个小时，又走了不少路，很疲劳，决定再搭自行车回家。刚到村边，车夫便说："到了。"我说："这是村的最北边，离我家还有两公里，再向前去。"他说："你说到仁里村，不是到你家门口。现在已经到了仁里村，要再向前去就要再加钱。"我只好下车，步行回家。回到家里，见到分别两年半的母亲、弟弟和伯父一家，非常高兴。

学习评语、组织鉴定

1962年7月23日，去教室看学习评语、学校组织鉴定。

学习评语：专业思想牢固，学习认真，肯虚心向别人学习，在实习教学中有一定的分析综合能力，但基本知识掌握得还不够牢固，例如普通话说得不够标准，今后要多加注意。

小组鉴定：基本同意本人的自我鉴定，但对自己的缺点提得过重。学习态度端正，能认真学习，具有刻苦钻研精神，如在身体较差的情况下能坚持学习。学习成绩优良。拥护党的方针政策，响应党的号召，能参加各项政治运动，学习、思想逐步提高。对科代表

工作能认真负责。劳动目的明确，能尽力干。政治学习热情不很高，在讨论会上少发言，对不良现象不敢大胆提出批评，主观性较强。今后应主动参加政治学习，提高自己的思想水平。身体较差，更应加强锻炼。

学校组织鉴定：同意小组鉴定。该生在学习、劳动和政治运动中表现较好，纯朴，品德好，但对政治学习自觉性不够，讨论会上少发言，对人有一团和气的缺点。

三、曲折婚事

与童养媳解除婚姻关系

中华人民共和国成立前重男轻女，已有两三个女孩后再生女孩的话，往往会随便让人抱去做童养媳。中华人民共和国成立前不少穷人娶不到老婆，一辈子打光棍。因而不少穷人生下男孩断奶后抱个女婴来接着吃奶，做童养媳。我父亲出生不久，我祖父母抱个女婴来给他做童养媳。她夭折后再抱一个。我出生不久，我父母也抱个女婴来给我做童养媳。小时候，我和她两小无猜，一起玩耍。长大后知道两人的关系，加上合不来，便逐渐疏远，以至互不理睬。我高中毕业考不上大学，回家务农，母亲叫她与我圆房，她说圆房前要做八套衣服给她。那时买布、做衣服除了交钱还要交布票。每人每年发一丈三尺九寸布票，要做八套衣服，哪来这么多布票？因而没有圆房。我考上大学后，她认为两人的距离更远了，便去有关部门要求解除婚姻关系，我欣然同意，她便嫁给了别人。

与杨××谈婚

1962年大学毕业被分配到怀集县一中。10月，有人介绍在化州县某单位工作的杨××与我谈婚，叫我写信给她。在信中我本想说"见面后没有意见的话，我俩就谈婚"，可是因为粗心，也可能因为结婚心切，把"谈婚"写成"结婚"，写完没有按照鲁迅先生"写完至少看三遍"的教导看三遍，一遍也没有看就把信寄出。不久收到她的回信，信中说："婚姻是终身大事，哪有见面后就结婚的？你也太浮躁、轻薄了，我不想同这样的人谈婚。"写错一个字谈婚不成还被骂。

此外，我还与罗××、黄××、温××谈婚，因种种原因而分手。

结婚

因为路途遥远而且买票艰难，1963年寒假我本不打算回家。春节前几天，突然收到母亲病危的电报，我立即动身赶回家。回到家后，我请当地名医给母亲诊治，母亲的病虽有一些好转，但仍很严重。开学时间到了，弟弟要回华南农学院读书，剩下我和母亲两人在家。我虽然可以请假，但不能请假太久。母亲的病很严重，既不能带她到学校去，又不能让她一个人在家，真是左右为难。幸亏回家后不久，便有同学杨国英夫妇介绍邻村姑娘杨素雪与我谈婚，见面后双方情投意合。当学校打电报催我回校时，我提出结婚要求。虽然恋爱不久，虽然我因为抢救母亲而债台高筑、没有聘礼，虽然婚房没有一件新东西，虽然婚后就要分离，她要照顾病重的人，她还是同意了。婚后妻子想方设法同伯父一家人搞好关系，使两家人像一家人。母亲既有妻子照料，又有伯父一家人关照，继续吃药治病，一年多后我的儿子出生了，她心情更好，病情更迅速好转。

1972年，为解决我与妻子分居两地的问题，诗洞中学校长范鹤年安排我妻子当临工，后来公社安排她到农科站工作。1974年，我到冷坑中学任教，学校安排她当学校农场饲养员，试验用发酵而不用煮的番薯藤等青饲料养猪。试验完满成功，各地派人前来参观、学习，用发酵饲料养猪在各地推广。试验成功后，妻子不再养猪，而在学校农场种菜。由于能够科学施肥、科学管理，蔬菜产量比另一个种菜者高很多。1975年，我到大坑山中学任教，有一段时间妻子无工可做，便利用家里的缝纫机当裁缝。虽然没有学过剪裁，没有师傅指点，但是通过自学，男女老幼衣服、唐装西装她都能缝制。由于又好又快又便宜，不少村民光顾。1980年，我到大岗中学任教，学校安排她当图书馆管理员。1982年，我重返一中，教局安排她到教印厂当工人。每人每天装订练习簿两千册，她进厂不久便能高质

量完成任务。1986 年至 1995 年退休这段时间内，她在怀集一中报刊阅览室当管理员。她工作非常负责、到位，受到表扬。从 1972 年到 1995 年，她先后在六个地方从事九种职业。由于她聪明能干、责任心强，做什么都容易上手，因而干什么工作都能出色完成任务。真是能干者处处可事，事事可事。

四、光辉岁月

成功秘诀

每年高考，我任教班的成绩都较为优异。领导要我总结成功经验，同事要我介绍成功秘诀。经过总结，我把我的"秘诀"浓缩为"改革教法，狠抓关键"这八个字。

作文是学生知识水平、分析能力、表达能力、思想观点、道德品质的综合表现，是语文科最高级的练习和测试，是语文教学的中心环节，关键中的关键。

学生所学字词的形音义、语法、修辞、标点符号、篇章结构、写作方法等各种语文知识，都可通过作文得到运用，通过运用才能加深理解，掌握在手。

语文教学的主要目的是提高学生的阅读、写作能力，语文考试主要考的也是阅读、写作能力。阅读、写作相辅相成，而写是主要方面。会读的不一定会写，会写的则会有较高的阅读分析能力。叫楼房的建筑师分析楼房的结构、特点、建筑方法，他肯定能够说得头头是道。叫写作高手分析文章的结构、主题、写法，他同样能够说得头头是道。

作文水平高的人说话水平也会高。作文水平高的人知道：说话也应该像作文那样主题鲜明、条理清楚、用词恰切，因而说得好。如果能够写好发言稿再说，会说得更好。

提高作文水平还可提高其他学科水平、成绩。绝大部分学科都需要阅读理解，考试时都有表述题。要顺利阅读理解，表述题要答得重点突出、条理分明、句子通顺、结构完整，这都必须有较高的写作水平。

作文水平高，不仅对学生在学校时非常重要，而且对学生毕业后就业、工作也非常重要。作文水平高，就多一条就业门路。报纸、杂志、广播、电视台记者、编辑，机关、单位、企业招聘文秘人员，写作水平高是必备条件。在工作、事业中有经验、做法、创造、发明等，善于写作的人能够迅速、完美地写出来，有助于事业的交流发展。法拉第为电磁学的建立奠定了基础，但是因为他写作水平不高，因而其著作《电学实验研究》晦涩难懂，未能实现理论上的突破。麦克斯韦读了该书后，用明白流畅、生动形象的语言和严密的逻辑重新著书立说后，才使电磁学理论发展至一个新的高度。

我国古代一千多年来的科举考试只考作文，"文革"前语文科高考作文占总分60%。

"文革"后，语文科的各种考试作文只占总分的40%。语文课本一般一个单元只安排一次作文，一个学期一般只安排六次左右作文。绝大部分时间被老师用于详尽的课文分析，作文这中心环节变成了绿叶，所占教学时间一般不足10%。经过12年教育的中小学生，不少人仍然不能写好作文。作文水平低，阅读分析等水平也低，教学质量不高。

把绝大部分时间用于详尽的课文分析的传统教法，是想把课文"讲深讲透"。要"讲深讲透"谈何容易，就算你能够"讲深讲透"了，学生能够"听深听透"吗？就算学生能够"听深听透"了，没有转化为读、写能力又有多大作用呢？经过反思、探索，我认识到要改革教法，以引导学生自学课文代替吃力不讨好的详尽的课文分析。

要学生自学，必须把学习方法告诉他们。善教者，立足于教学生善学，进而达至"不需要教"的目的。授人以鱼，不如授人以渔；教人学会，不如教人会学。因此，我把各种文章的阅读分析方法教给学生。把方法教给学生后，就"把时间还给学生"，引导学生运用这些方法自学。由于学生已经掌握了方法，因而能够在较短时间内运用方法理解文章的篇章结构、主题思想、写作方法等。这样学生既提高了阅读分析能力，又节约了不少时间，从而可以把大量时间用于作文。

有了充裕的时间作文，我把各类文章的写作方法教给学生，要求学生周周作文、周周仿写、天天写日记。这样做，学生作文水平提高比较快，作文水平提高后阅读分析水平、说话水平也提高了，教学效果明显：任教班的学生的文章有100多篇被报刊采用，在市统考、高考中成绩优异，一再创学校高考成绩新高。

改革教法，狠抓关键是教学成功秘诀，是否也是做其他事情成功的秘诀呢？

获副省长好评

1986年4月，怀集县教育学会会长、副会长、秘书等开会研究年会召开时间、论文主旋律等。我是副会长，参加了会议。会上有人说："去年，封开县教育学会召开年会时，请王屏山副省长参加，他果然应邀参加了，今年我们也请他参加吧！"大家一致赞成。

王屏山副省长果然答应前来参加会议，在会议开幕前来到会场。当时，从广州到怀集的公路又多弯又崎岖，他还要在当天赶回广州去。一位年过花甲、日理万机的副省长，风尘仆仆前来参加只有几十人参加的年会，这种不畏劳苦、深入实际、深入群众的作风，使与会者和知情者无不肃然起敬。

年会的主要议程是宣读论文。安排了三个人宣读论文，我是其中之一。我宣读的是论述改革作文教学的论文，主要内容是：①改一道题目为多道题目。以往布置作文只有一道题目，学生没有选择余地，有时难写；改为多道题目，由学生根据自己兴趣、所掌握材料选择其中一道，就变得容易写了。②改当堂、当天交作文为在两天或者三天内随时交。由于个人水平、材料和当天作业量等问题，不少学生难以在堂上、当天写好作文，因而或者索性不交，或者马虎应付。改为可以在两天或者三天内随时交，学生便有时间认真构思、从容写作、修改，从而写出佳作。③从忽略解决材料问题改为重视解决材料问题。不少学生说作文难，难在哪里？经过了解，主要是缺乏作文材料，巧妇难为无米之炊。于是我采取多种做法帮助学生解决材料问题。④改抽象指导为具体指导。以往指导作文按一般程式讲一般做法，学生说不解渴；后来改为先把示范作文发给大家，再以示范作文为例子作具体讲解，学生说可操作了。我认为：教学是教师、学生的双向活动，教师既要考虑如何教，又要考虑学生在学习、做作业中会有什么问题、困难等，如何防止问题出现，如何帮助学生解决困难，所以做了上述改革。

论文宣读完毕后，请王副省长讲话，他在讲话中首先用了约15分钟称赞我的论文，其中有这样一句话："论述教学改革的文章，我看过、听过很多，但像张老师这样论述从学生角度考虑问题、进行改革的文章，还很少见。"

其实，世上很多事情也像教学，属于双向活动。如父母教育子女、各级领导施政，因而也应该设身处地地考虑你的做法会使对方有什么感受、问题、困难，如何防止问题出现，如何帮助对方解决困难。这样，才能使事情进展顺利，使社会更加和谐。

获"劳模"称号

1989年4月15日，刘炜星校长对我说："今年要评一批省、全国优秀教师，你是要送材料的老师之一，请你写一份材料。"

几天后我把初稿交给刘校长，他提出一些修改意见。我修改后再交给他。主要内容如下：

（1）扎根山区。父母在香港或者马来西亚，曾叫我去香港或者马来西亚定居，我不为所动。有机会去经济发达地区工作也不去。

（2）重视学习。几年来，向人民教育出版社、华中师院邮购了一批书籍，更新知识。为了了解教改动向、学习各地先进教法等，订报刊十余种，挤时间阅读。

（3）敢于改革。几年来，连续担任高三两个班语文教师、科组长、文学社指导教师，每天工作十多个小时。在工作中敢于改革：改教学乏味为有趣；改满堂灌为启发式；改革作文教学；重视对学生进行思想教育。对科组教研活动也做了大胆改革。

（4）爱生凝深情。学生李炎宗患破伤风，带礼物探望他。他伤愈出院后，买文具送给他，帮他补习功课。他是走读生，为了便于早上上学，晚自修后不用回家，他提出想与我同住，我欣然同意。学生沈树波读书时得到我多方面关怀，对我非常感激，毕业后常来

探望。今年春节，他给我妻子送了一枚金戒指以表谢意。

（5）成绩显著。1983年高考，任教班及格率居肇庆市13个区、县理科第一名，平均分居第三名。1984年高考，任教班级是个理科普通班，成绩与重点班相比不会逊色多少。1985年高考，创学校应届文科班最佳成绩。从1983年至1989年，任教班级学生、文学社社员的文章被报刊采用92篇。文学社获全国中学生文学社春笋奖。语文科组连年被评为先进科组。

材料写好后我想，凭此材料可能能够评上省优秀教师吧，想不到竟被评为全国教育系统劳动模范，获得国家教委、人事部、全国工委颁发的"劳模"证书、奖章、奖金、纪念品。

获副省长题词

1990年4月，县教育学会召开年会。县委常委黄来南在讲话时首先说："前几天，县委收到省委老同志寇庆延寄来的一封信，打开一看，原来是一幅题词。"说着，举起那题词："这幅题词是赠送给一中张荣初老师的。上面写'良师益友'四个大字，大家都可能看得见了。左侧有几行小字，大家可能看不见，我念一念。'三月一日《南方日报》以"是孔雀，却不东南飞"为题，报道怀集一中教师张荣初老师的模范事迹，十分感人，为山区教育事业做出了无私的奉献，欣然命笔赠书，向你学习致敬，并祝继续努力，取得新的成就，发扬光大。一九九〇年三月于羊城。八七老翁寇庆延书赠。'"念完把题词摆在主席台，接着说："我代表县委对张老师表示祝贺。我同教育局同志商量过了，把此题词用镜框镶好后再送给张老师。"

《是孔雀，却不东南飞》写了什么，使曾任副省长的寇老读后赠题词给我呢？该通讯与我被评为"劳模"的材料一样从扎根山区、重视学习、关爱学生、敢于改革、成绩显著五方面写我的事迹，不同的是"材料"着重写教学成绩，通讯着重写扎根山区。扎根山区部分主要内容为：1979年，父亲叫他申请去马来西亚，1980年，母亲叫他申请去香港。这个时期，多少人梦绕香江，魂飞海外。伪造海外关系的不乏其人。当时正在条件极差（出县城要步行）的大坑山中学任教的他，宁可接受野性风雨的沐浴，也不接受多情海风的抚摸。1983 年，他的弟弟从香港到宝安平湖与人合资办花场，叫他申请去宝安工作，以便兄弟可以经常见面，他也没有申请。因为他心里明白：自己是国家、人民培养出来的，应该回报国家、人民，应该分配到什么地方就在什么地方扎根。山区人才奇缺，而经济发达地区人才济济。"雪中炭"比"锦上花"重要千百倍。

《是孔雀，却不东南飞》发表不久，广东电视台也在新闻节目中报道了我的事迹。

赴京参加座谈会

1992 年 7 月 15 日，县侨联主席汪庆辉等一行来到我家。主席对我说："全国侨联决定召开全国侨界优秀教师座谈会，你是参会老师之一，我们祝贺你……"我听后很高兴，对他们表示感谢。

7 月 23 日，我接到省侨联通知：省侨联已经替你预订 26 日去北京的机票，请提前到省侨联取票参会。25 日，我到广州后立即去省侨联取机票。26 日乘机到达北京。在首都机场，受到全国侨联同志的热烈欢迎。

到京第二天便开座谈会。参加座谈会的有来自全国侨界教师 39人、国务院侨委、全国侨联、教育部领导。座谈会首先由全国侨联主席庄希泉讲话。他在讲话中说了这样一件事：他去欧洲旅游时拜谒了马克思墓，在墓上看到一条条幅："这次没有做好，下次一定做好。"这是东欧某国共产党人写的，意思是：该国共产党执政时没有做好工作，得不到人民群众支持拥护，从执政党变成在野党。今后要吸取教训，如果重新执政的话，一定把工作做好。

接着由教育部领导讲话。他说："目前，教师的工资待遇、政治地位还不是很高，党和政府决定：要让教师的职业成为人们羡慕的职业。召开这次会议，就是侨联提高侨界教师地位的措施之一。"果然，不久之后，教师的工资、地位逐步提高，原先在高考中高分考生很少填报的师范院校，逐步成为高分考生争相填报的院校。

下午，侨联同志带领我们瞻仰毛主席遗容，参观天安门、天坛。

第二天上午参观首都钢铁公司，我近距离看到了炼钢情景。下午参观天津大邱庄。在大邱庄参观后时任大邱党委书记的禹作敏给

我们做报告。大邱庄的变迁使我感到意外，禹作敏得意扬扬、目中无人的说话和形态也使我感到意外，当时我就觉得他有些问题，后来他果然闯了大祸。可见，一个人不管取得多大的成就也不能忘乎所以。

第三天去长城等风景名胜游览。

第四天离京。回到广州后我立即写了一则简讯寄给《广东侨报》，报道这次会议的主要内容，《广东侨报》采用了该简讯。

桃李有情

2016 年 10 月 22 日，怀集一中 1965 级初一乙班学生来探望我。其中何洁从广州海珠区来，梁小平从肇庆来，陈树桐、李天枝、黄杞初、黄芝初、黄枝科、邓树广从怀集县来。1 个班 8 个人都是 65 岁以上的人，结伴远道探望 50 年前的老师，可谓罕见、难得。

学生陈春培，1982 年毕业后常来探望。1996 年我退休离开怀集去珠海发挥余热时，他送我去珠海。2006 年，我从广州到江门生活，他驾私家车来广州，再从广州驾车送我到江门。2007 年，他驾私家车载我全家到怀集、封开、德庆、三水、南海旅游。他常打电话来，特别是近几年，每月打三四次电话，有时一聊就是一个小时左右。还曾数次带不少礼物前来探望。对我和我家人关怀备至，情同家人，我与他情同父子。

同事赠诗

我在怀集一中任教时的同事区子铭，是位能文擅诗、教学有方、很受学生欢迎的老师。2016 年，他赠给我诗两首。

其一为《赞〈文学百花园〉》：

《百花园》里物候新，姹紫嫣红吐芬芳；
信手拈来含深意，匠心独运成妙文。
百炼功深柔绕指，平和敦厚文如人；
不是园丁勤浇灌，哪得百花呈缤纷。

其二为《赠张荣初同事》：

张君品学盖同仁，荣誉之源在于魂；

初志不移情更炽，佳书迭出话谆谆。

衷心感谢共产党

我能够从丑小鸭变成白天鹅，应该感谢共产党。中国共产党领导全国人民推翻三座大山，建立新中国，我才能不再过蝉腹龟肠的生活，才能从赤贫的农家子弟成为大学生，成为教师；党的十一届三中全会后，中国共产党拨乱反正、改革开放，我才能在教学上取得良好成绩，才能成为特级教师、劳动模范、省人大代表；才能出版一本又一本著作。没有共产党，就没有新中国，我也绝不可能从山村到大都市，从卑微到显赫，从贫困到富裕，从苦闷到欢乐。

文学评论

广东省作家协会、戏剧家协会、民间文艺家协会会员周如坤，是"三栖作家"。他的新作《南音之恋》内容丰富、思想深邃、语言生动、写法多样，堪称思想性强、艺术性高的文学作品集。

思想性强，艺术性高

——如坤兄《南音之恋》序言

广东怀集县桥头镇地处石灰岩地区，即岩溶地貌。在绿油油的平畴上，群峰峻拔，溶洞千姿百态，遐迩闻名。进入该地，犹如进入童话世界，如梦如幻。

地灵则人杰，江山助文人。桥头镇既是锦绣之乡，亦是文艺之乡。六月六"耍岩节"搭棚唱戏、唱山歌的场面热烈壮观，地方戏贵儿戏独具一格，唱夜歌、对南歌是当地文艺奇葩。歌手、民间艺人、诗人、作家如雨后春笋。如坤兄是其中独领风骚者。

如坤兄不仅是桥头镇文艺界的佼佼者，而且是怀集县文艺界独领风骚者，还走出了怀集大山，在县外也有较高的知名度。岭南著名作家杨羽仪说："如坤……你的散文，是有山的意味的；你的报告文学，是有山的淳朴和真实感的；你的民间故事，是有山的魅力的……你的一切创作素材都源于山，你却走出了大山。你凭着山里人的感受和胆识，走出了大山。"

杨羽仪的评价非常中肯。自1958年以来，如坤兄锲而不舍，笔耕不辍，诗歌、小说、散文、随笔、报告文学、戏剧、曲艺、文学评论佳作迭出，如繁花竞放，不断飞出怀集大山，在省、市级多种报刊上发表。有20多篇作品在省内外获奖。他是广东省作家协会、戏剧家协会、民间文艺家协会会员，可谓"三栖作家"，实为罕见。1994年，花城出版社出版他的小说散文集《梦断燕崖》。1999年，中国文联出版社出版他的中短篇小说集《徒歌岁月》。经过十余年的孕育，如今又有散文随笔集《南音之恋》呱呱坠地。

此文集内容丰富、思想深邃、语言生动流畅、写法无所不用，可谓思想性强、艺术性高。阅读时犹如在花园中徜徉，阵阵花香扑鼻而来。

文集题材广泛、内容丰富。人、事、物、景、知、情无所不有。

文集描写了不少鲜活的人物，人人非凡：

在怀集山野岩洞里隐居十余年的禅宗创始人六祖慧能。

在百万军中取上将首级如探囊取物、得天下后被诬谋反而被杀的韩信。

任粤桂湘边区工委书记兼边区纵队副政委的革命烈士钱兴。

《中国戏曲音乐集成》副总主编、《团结就是力量》等歌曲谱曲者卢肃。

新中国成立前家徒四壁、读小学都要边做工边读书的苦孩子，新中国成立后当上了县长的邓亦威。

文集叙述了不少动人的事情：

封建社会赋税如山，民不聊生。被视为异类的瑶族同胞更受歧视、压迫、剥削。他们奋起反抗，朝廷不断围剿、扫荡、追杀，使瑶胞伤亡惨重，家园尽失。但是瑶胞们坚持斗争，以致官军疲于奔命。

刻骨铭心的爱不能表白，把愿望寄托于来世。

一个童孩，父亲去世多年后，母亲带着他改嫁。后父的暴力倾向和自私刻薄使他不寒而栗。为此，他想与森林、山溪、百鸟为伴生活。

先人从四面八方来到一个山村，十余个姓的人一直友善相处，从未发生过纠纷，村里发生翻天覆地的变化。

外出搞建筑的农民工，在为别人建造优雅住宅时构想着自己家园的蓝图，在村里规划建 35 座别墅，如今已初具规模。

人民群众从中华人民共和国成立初到现在一直用山歌歌颂党的恩情。

文集介绍了不少稀奇的景与物：

屹立于土山山巅的神奇石鼓。

从泰国引进的"仅此一株"的缅茄树。

砚池正中被墨条磨出一个小洞的砚台。

一座山上的 528 种野生动物，隶属 71 个科 27 个目，其中属于国家保护的珍稀和濒危动物 32 种。

奇丑无比却在奇石展览评选中获得银奖的丑石。

有浓厚地方特色的地方戏、情歌、谚语、歇后语、神话、传说、故事。

诗歌新体裁"三行诗"。

文集描绘了不少美景，情景交融，美美与共：

放眼群山，天风来时绿浪滔天，林涛之声时而像浪拍海岸，时而像万鼓回音。

一座座小村庄诗意般展现在依翠偎红、烟岚迢迢的云彩边、山麓旁，牛羊相唤，鸡犬互鸣。

几处屋子的瓦顶有炊烟飘出，淡淡的，与山岚组成纱帐，把横陈直叠的梯田罩在里面。

"仙人瀑"直泻而下，落崖惊风，声若奔雷，水花在空中化作漫天水雾。

百里湖光尽收眼眸。"百岛浮泽国，千山巍巍攀""吞吐江湖收眼底，一框青翠出窗帷""青松翠竹迎风立，云雨烟波水无边""遥遥一坝映蓝天，森森惊涛绕绿峦""千峰为嶂碧湖横，林静风清细浪弹"等诗句，是高州水库的真实写照。

文集介绍了不少知识，使作品的文学性与知识性融为一体，使读者在欣赏美文时又了解到相关知识。例如：

所谓"红层"，是指在中生侏罗纪至新生代第三纪沉积形成的红色岩系。一般称为"红色砂砾岩。"

凤凰，古代传说中的鸟王，雄的叫"凤"，雌的叫"凰"，通称为"凤"或"凤凰"，其形据《尔雅·释鸟》一书注："鸡头，蛇颈，龟背，鱼尾，五彩色，高六尺许。"

道教，中国汉民族本土宗教，渊源是古代的巫术。东汉顺帝汉安元年，由张道陵倡导于鹤鸣山。道教奉老子为教祖，尊称"太上老君"，以《老子五千文》《正经》和《太平洞极经》为主要经典。

在漫长的岁月里，每一块原石，经过河水冲刷、搬运，以及在滚动中与沙砾的相互摩擦、碰撞，再加上气候、水温和物理元素的介入，一块块变化多端、巧夺天工、意趣横生的奇石诞生了……

文集里每篇文章都饱含情感。通过这些文章，如坤兄抒发了如下情感：

对旧社会的愤慨、对新社会的热爱之情；

对坏人坏事的贬斥、对好人好事的赞美之情；

对假丑恶的厌恶、对真善美的颂扬之情；

对祖国壮丽河山、名胜古迹、灿烂文明的赞叹之情；

对故乡的热爱之情。

如坤兄写人、叙事、绘景时，人、事、物、景、知、情兼收并蓄，融为一体，因而所写人、事、物、景内容丰富，有立体感。

文集描写了这么多人、事、景，介绍了这么多物、知，抒发了这么多情，展现的社会广度广、深度深，因而可以毫不夸张地说此文集题材非常广泛、内容异常丰富。

文集中的作品基本上取材于怀集县，有鲜明的地方特色、浓厚的地方气息。"中国的就是世界的""越是中国的就越是世界的"。同理，"怀集的就是中国的""越是怀集的就越是中国的"。因此，相信此文集不仅会受到本地读者欢迎，而且会受到外地读者青睐。

日本作家厨川白村说："散文作家装着随便涂鸦的模样，其实却是用了雕心刻骨的冷清苦心的。"如坤兄在写人、事、物、景时，看似信手拈来，"东拉西扯"，其实是经过精心构思、苦心经营的，里面透出许多思辨、哲理、人生体味、各种情感、种种启示，因而思想深邃。

《走马洛阳》写游洛阳所见，显示祖国灿烂文明：古丝绸之路之不远千里，白马寺是中国、日本、朝鲜、越南诸国佛教之"祖屋"，像龛群雕是人类美术史上的杰作之一。

《别梦依稀忆高州》写高州水库建造前千万百姓长期受水灾、旱灾之苦，建造后四县市旱涝保收；《燕岩风光》写中华人民共和国成立前六月六"耍岩节"乱象丛生，中华人民共和国成立后"千人赏歌，万人观燕"；《丰大行草》写丰大村过去"米缸十有九缸空"，如今丰衣足食、吟诗作对；《天子岭上的"领头雁"》言及山奢村过往外地姑娘不愿嫁到山里来、本村姑娘往外跑，现在不少外地姑娘投入这大山怀抱；《唱支山歌给党听》言及新中国成立前爹娘抱着木琴沿门卖唱，如今儿子抱着木琴弹唱苦尽甘来心声……这些事情，充分显现了旧社会的暗无天日、新社会的艳阳高照，是截然不同的两个社会。

在《马家山下的神韵》中，写起义军的一位哨兵用一句话便使一队官兵慌忙撤退的故事，展现了普通一兵的无比机智。其他神话、传说同样展现了老百姓战胜妖魔、征服自然的力量。

《天子岭下的"领头雁"》写闭塞落后的山村村民致富情景，显示党的富民政策正确、改革开放成就卓著。

《远去的怀岭瑶寨》反映封建社会官府与少数民族之间矛盾异常尖锐，显示了封建社会的黑暗、民不聊生。

《钱兴塑像前的遐想》写钱兴参加血与火的革命斗争，歌颂烈士不屈不挠、英勇就义精神，赞扬人民大众永远铭记烈士精神。

《孤独的"韩信点兵"》写韩信居功至伟却死于非命，让我们看到封建帝王的残暴。

《刘三妹与武则天有个"约会"》写刘三妹受百姓喜爱，武则天遭百姓贬损，昭示我们要做品德高尚的人，不要做荒淫无道之人。

《异质意识者的展示》写农民从住草庐茅屋到住砖瓦房，再到"高楼大厦一如春笋""初见规模的别墅群"，显示农民生活如芝麻开花节节高，歌颂改革开放。

《凤凰行》对"道""德"的阐析，让人明白人应该道、德兼备，应该"少私寡欲"，使人明白为人处世的道理。

《丑石不丑》末尾写道："这丑石不丑，寓意亦深。你想想，它历尽坎坷磨难，尚能活出别样的风采，我们人类可否从中感悟点什么呢？"这启发提示我们：人家长期处在极其艰难困苦中尚能成就大业，我们如今生活这么优裕、环境这么优良、条件这么优越，不应取得更大成就吗？

《逢怀则止话慧能》写慧能为避恶人追杀，在怀集野岭岩洞生活十余年，后来成为世界十大思想家之一。这向我们昭示："吃得苦中苦，方为人上人。"

如坤兄写人、记事、状物、绘景、阐理、说知、抒情，都有深刻见解、深邃思想，意义深远，耐人寻味，因而其作品思想性强，

能给人很多启示，很多正能量。

如坤兄是位语言大家，作品中的词语准确、生动、形象，句子流畅，句式多变，修辞方法多式多样，可谓语言生动流畅。

看过前面介绍的写景等的那些语段，相信大家会认同我的看法。下面再举数例：

稻粱瓜果，在山歌声中发芽生长，秋天，果实渗满了山歌的甜蜜。

钱兴的塑像……不是山峰胜似山峰，挺立在天地之间，辉映着八桂的山山水水。

才见瀑布跃崖而去，刚拐个弯又遇溪水绕足。大稠顶的溪涧森罗幽谷，其水清冽甘甜，其声优美动听。

在梁兄的坟头哭得天昏地暗，飞沙走石，此时墓穴空开，她毫不犹豫地纵身往里一跳，动作完成得十分利索，连如今奥运会上的跳远运动员也自叹弗如。

二河飞珠，一寺寓丈，千峰披秀，百果含金……

这些语句准确、明快、生动、形象，行云流水，令人赏心悦目。

文集中的语言之所以会如此生动流畅，除了词语准确、明快、丰富、形象和句子通畅外，还与如坤兄综合运用了多种修辞方法有关。运用较多的有排比、比喻、拟人、对偶。例如：

李清照的乡愁是梧桐、细雨、海棠、黄花；陆游的乡愁是黄滕酒、宫墙柳；台湾诗人余光中的乡愁是一枚邮票或一张船票。

连绵起伏的碧峰，点点堆堆的农舍，翠烟缭绕的果园，悠然自得的牛羊。

歌颂党的正确领导，赞颂党的光辉业绩，传扬社会主义优越性，塑造党的基层干部形象，反映时代的精神面貌。

或心页褶皱得以抚平，或胸中块垒得以驱除，或人生百事得以参透，或思想灵魂得以净化。

望我，白水河，以你沧桑的历史；望我，白水河，以你深刻的意境，望我，白水河，以你瑰丽的霓虹。

父逝妹殁之痛,让他学会了坚强;母苦家贫之困,让他选择了励志;校厨挑工之苦,让他懂得了进取……

这些排比句从多方面去写人、叙事、状物,语言生动形象,语势磅礴,深化了语意。

这些百感交集、关乎洛阳的韵文律句,是一壶壮我行旅、洗去长途孤独的陈年老酒。

把善男信女额上的沟谷念成一马平川。

红得发紫的杨梅果似吐烈焰。

梅县人的日子是用山歌酿造的日子,如酒、醉了一方水土……

湖水……化作千万璀璨明珠。

天天百无聊赖瞅着白驹过隙,也不是事儿。

这些比喻句使抽象、生疏的事物变得具体、形象、熟悉。

多年前的一个初冬,我去了一趟洛阳,平平仄仄的唐诗一路相伴。

一个世纪以前,香港和九龙半岛在哭泣中告别老家新安。

白水河的目光是睿智而坚定的。

仙人瀑落入大水潭后又一路狂奔,再成一瀑,奋不顾身地直扑峡谷。

这些句子把事物、自然现象比拟成人,会伴人行走、哭泣、目光睿智、狂奔、奋不顾身,从而使抽象的东西变得鲜活、具体、形象,使没有生命、思想、感情的东西,变成有生命、思想、感情的东西。

东见刀削般的悬崖,北隐迷宫似的岩洞。

千泉裂石飞青壑,万鸟啼林越碧霄。

巍巍大坝横幽谷,湛湛平湖映夕阳。

这些对偶句非普通人可造,它增强了作品的文采、观赏性、可读性。

词语如此准确、明快、丰富、形象,多种修辞方法如此综合运用,句子流畅,加上句式多变,因而说此文集语言生动、流畅并非妄言。

如坤兄流泻文字时写作方法无所不用。记叙、描写、议论、抒情、说明、对比、联想、引用、韵散结合等都用上了,往往是多种写法的综合运用。

文学作品主要用记叙方法叙写。在此文集中,记叙俯拾皆是。仅举一例:

燕岩是这里一百多个岩穴中最大、最奇伟的一个溶洞,它坐落在风景秀丽的圩镇附近的峰林谷地上,每年春分过后,栖息在海岛崖穴上的金丝燕,成千上万朝此岩穴远飞而来,在岩宇间扑翅飞翔,啾啾唧唧,喧叫声不绝于耳。这些燕子筑巢于穹顶石穴,繁衍后代。仲秋时节,老燕偕新燕离岩而去,飞归海岛祖居。燕岩其名源自此出。

文学作品要想使读者阅读时如目睹其人,亲历其事,亲临其景,亲睹其物,就要运用描写方法。在此文集中,描写同样俯拾皆是。仅举一例:

峰林石谷、白房绿野、竹林蕉丛、披蓑行人,全部落入烟雨空蒙之中。若雨过天霁,日射云崖,偶见七彩长虹凌驾在洞前埋藏着丰富的古象、熊猫、犀牛及鹿的化石的峰丛间,景色分外妖娆。

如坤兄在记叙、描写中适当加上议论,点明事物的意义、渊源、主旨等,起画龙点睛作用。例如:

……香甜的生活总是在艰苦中获取的……
这真是一语中的!这种婉转而不是生硬的指点,使我不但找出了记谱上存在的问题，也学到了做人处事的方式。

是啊，如果没有共产党领导和对山区人民的亲切关怀，乡亲们坐汽车进城的梦想，是根本无法实现的。

不管在什么时期，人们都纵情歌唱党，歌唱祖国，这足以说明广大人民群众对党怀着无比深厚的感情，时时刻刻都是与党同呼吸、共命运、心连心的。

通过对比，可使两种事物的大小、优劣等更加鲜明，给人印象更深。在此文集中，可看到很多对比。例如：

周围约 10 公里的艾尔斯石与面积达 215 平方公里的丹霞山相比，简直是小巫见大巫了。

古罗马的性爱浮雕、印度卡杰拉霍古庙群的性爱石雕和泰国的男根崇拜物，都是人工所为，而阳元石是大自然神工鬼斧之作。

"长嘴饱满短嘴饥。"比喻有手腕之人油光满脸、贫苦之人饥饿难捱。

在行云流水的叙述中，如坤兄不限于一人、一事、一物、一景，而是浮想联翩、纵情挥洒。通过联想把人物、事情、风物景致、风土人情、人文掌故、思辨、哲理、人生体味等熔于一炉。如水银泻地，令人目不暇接，给人以丰富的美感、立体感。例如：

《走马洛阳》写作者在洛阳十里长街徜徉时，恍惚见到丝绸之路的东方起点，马队从洛阳远郊出发向西再向西，穿越河西走廊，前往异国他乡。在白马寺，似乎穿越到东汉，看到印度高僧前来洛阳的情景。在伊河之滨，朦胧看到白居易在伊水桥上朗诵诗句。

《旅次印象》写作者在鼓浪屿听鼓时，似乎听到郑成功当年率军从厦门出发去台湾，收复台湾的冲锋、呐喊声。

《丑石不丑》写作者从丑石沧桑的表象，似乎触摸到地球的脉动，想到没有数千年或者上万年的天然打造，石头是无法形成现在这个样子的，又意识到岁月的蹉跎，和空付了大好时光的自己。

为了让读者在阅读时了解到相关知识，既欣赏到作品的优美又

增长知识，如坤兄用说明方法解说相关知识。前面在评论此文集内容丰富时所介绍的"知"，都是用说明方法写的。下面再举两例：

> 平原，从字义上指的是陆地上一般海拔在 200 米以下的宽广低平的地区。以较低的高度区别于高原，以较少的起伏区别于丘陵。按成因分为冲积平原、侵蚀平原、湖成平原、海岸平原、冰水平原。
>
> 高州水库是鉴江流域的主体工程，是茂名市最大的蓄水工程，集雨面积 1 022 平方公里，水面 6 万亩，设计总库容量 11.5 亿立方米。

文集中的作品饱含情感，如坤兄融情于人、事、物、景（借人、事、物、景抒情），或人、情交融，或事、情交融，或物、情结合，或景、情结合，或直抒胸臆。例如：

> 这条大坝巍然屹立，雄伟壮观，震慑心魄，不愧为数千万立方水的保护神。虽不收"巫山云雨"，亦可见"高峡出平湖"。
>
> 近年，凤凰一带连续有两名学子考上了清华大学。他俩就是从山区飞进首都北京的"凤凰"，让连麦以及全县的人都为之骄傲和自豪！
>
> 2014 年南京青奥会田径赛上，梁小静勇夺女子 100 米跑金牌，是我国运动员有史以来在奥运级别赛事上取得的 100 米短跑的首枚金牌。她是岗坪的骄傲，更是中国的骄傲。
>
> 那人很凶，他处处看我不顺眼，动不动非打则骂。……我一想起后父的暴力倾向和自私刻薄，不寒而栗，如一次圩上放电影，四分钱一张票，便向后父要四分钱去看一回从来未看过的电影，他不给不说还挖了我一眼。

前面句段，或融情于景、事，或事、情交融，或人、情交融。如坤兄非常擅长于引用。例如：

> 我国著名地理学家、华南师范大学教授曾昭璇在比较了国内外

的丹霞地貌后，认为丹霞山"无论在规模、景色上"皆为"世界第一"。

正如多位诗人写的那样："巨坝横江锁孽龙，浊流偃伏碧湖中""巨坝横空截水，平波漫谷浮山""一坝横空截巨流，茫茫山海出高州""横空大坝锁狂龙，万顷苍茫一望中"。

至于刘三妹其人，据《陆次云峒谿纤志》载："苗族所祀之善歌者。皆依声就韵。作歌与之。以为谐婚跳月之辞。后人奉以为式。苗族之善歌此始。"

文集里像这样的引用可谓无处不有。《走马洛阳》开篇引用了李白、王维、王湾、冯著、杜审言、张籍共六位诗人的诗句。《别梦依稀忆高州》引用了两首诗、十首诗的句子。如此旁征博引，使作品内容更加丰富多彩，更有观赏性。由此也不难看出如坤兄博览群书、博闻强识、知识渊博。

此外，因为如坤兄能诗擅文，加上引用了不少诗句，因而在此文集中诗文相间、韵散结合之处比比皆是，别有韵味。

综合运用了九种写作方法，所以说此文集写作方法无所不用顺理成章。

此文集内容如此丰富、思想如此深邃、语言如此生动流畅、写法如此无所不用，足见此文集思想性强、艺术性高，足见如坤兄深谙写作之道、理念前卫、写作功底深厚，《南音之恋》一书值得一读。

最后说说书名。

南音，岭南家喻户晓、男女老少喜闻乐见之粤调。

南音，如坤兄的乡愁。

《南音之恋》，中国南方一位作家对乡土的眷恋，对父老乡亲的恋念，更是对让故乡、乡亲获得解放、幸福的党和新社会的恋歌。